彼女の倖せを祈れない

浦賀和宏

幻冬舎文庫

彼女の倖せを祈れない

1

同業者——青葉幸太郎《あおばこうたろう》が殺されたという一報が週刊標榜《ひょうぼう》の中田からもたらされたのは、冬の寒さがようやく和らぎ始めた四月のことだった。

『今さっき澤村《さわむら》さんに教えてもらったんだが——憶えているか？　青葉幸太郎のことを』

その中田からの第一声を聞いた時、既に妙だと思っていた。中田は大学の先輩で、週刊標榜編集長の彼は俺に細々《こまごま》とした雑文書きの仕事を回してくれる。この仕事を始めた当時の俺は証券会社の仕事をクビになり途方に暮れていたから、ライターをやってみないかという中田の申し出に一も二もなく飛びついた。自分にそんな素質があるとは思っていなかったが、しかしそれがこうして長続きし、ある程度軌道に乗っているのだから、人生何が幸いするか分からない。もちろん何でも屋のフリーライターはあちこち首を突っ込むのが仕事だから、時には見たくないものを見てしまうこともある。その度、こんな仕事はもう辞めたいと心から思う。しかし今でもずるずるとこの仕事を続けているのも、背に腹は代えられないからだ。金を稼がなければ、家賃も食費も賄えない。

中田がこうして俺に電話をかけてくる用件は、もちろんほとんどが仕事の依頼だ。だが中田は澤村と青葉の名前を出した。二人とも俺と同じ業界の人間だ。澤村は週刊クレールという週刊標榜のライバル誌の編集長である。部数を争っているライバル誌といえども、同じ業界ということで各誌の編集長同士の親睦会などが定期的に催されており、交流はそれなりにあるようだ。

そして青葉は週刊クレールで主に仕事をしている、俺と同じフリーのライターだ。彼の名前を中田が出したということは、彼がまた何か仕出かしたのだろうか。面識はなく、電話で数回話した程度だが、スタンドプレーが多く、クライアントの依頼を忠実に遂行するフリーランスという意味では、あまり優秀ではないようだ。去年の秋のある事件の取材では、それで俺も足を引っ張られた。彼のことなど、あまり思い出したくないというのが正直なところだった。

「ええ、もちろん。忘れるはずがありません。彼がどうかしたんですか？」

『死んだんだよ』

と中田は実にあっさりと言った。

単純な仕事の依頼ではないとは思っていたが、しかしあまりの予想外の言葉に俺は絶句した。青葉は俺と同年代だ。まだ若い。もちろん若くても病気で死ぬことはある。だがもし病死だとしたら、それで中田がわざわざ俺に電話をかけてくることはないだろう。仮に死傷者が多数出ている事故に巻き込まれたというなら、その事故のことを言わずに真っ先に青葉の名前を出すのは不自然だ。第一、そんな大事故のニュースなど俺は知らない。とすると——。

「殺されたんですか？」

深く考えるより先に、不穏な台詞《せりふ》が口をついて出た。そしてそれは正解だった。

『さすが銀《ぎん》ちゃん。勘が鋭い』

「いったい、誰に——」

俺は絞り出すように声を発した。

『澤村さんもさっき警察から連絡を受けたらしい。日比谷公園で刺し殺されていたらしいが、詳細はまだ分からない』

刃物による刺殺は、数ある殺人の手段の中で、最も一般的なものだ。どこの家にも包丁の一本や二本あるだろうし、絞殺や撲殺などに比べて簡単で成功率も高い。

青葉が殺されて、俺が殺されない理由は何もないように思えた。俺だってスタンドプレーすれすれの取材をすることはある。フリーランスの世界は苛烈だ。馬鹿正直に仕事をしていてはライバルに特ダネを奪われてしまう。ただ俺は青葉に比べて要領が良かったから殺されずに済んでいるのかもしれない。まだ青葉が殺された原因も何も分かっていないのだが、他人の秘密に首を突っ込むことの多いこんな仕事では、恨みを買いがちだ。

「仕事関係で殺されたんですか？」

『澤村さんはそう考えている。青葉はボツになった記事を自分のブログに上げたり、やりたい放題だったからな。週刊クレールも、もちろんうちもそうだが、そういうライターは危なっかしくて使いたがらない。まあ、干されたってやつだよ。だから諦めて他の仕事を探せばよかったんだろうが、青葉はライター業にしがみついていたらしい』

ライターはフリーランスで将来も見えないし、収入だってたかが知れている。それに何かと傷つくこともある。だがギャンブルにも似た快楽を与えてくれる仕事であることは否定できない。俺の場合は、あちこち出向いて人と会うのが苦ではないということもあるが、そうでないタイプのライターも、自分の書いた文章で金を稼ぐという行為に喜びを感じているのではないか。

俺にだって保証のない仕事だけにいつかチャンスをつかんで一発当ててやる、という大げさに言えば野望のような気持ちもある。青葉はその気持ちが他のライターよりも少しだけ強かったのだろう。だからこそ後先考えず、ボツになった記事をブログに上げるような無茶をした。プライドが高く、自分の記事に自信を持っていたからこそ、どこか他誌の目に留まり、仕事を回してくれることを期待していたのではないか。実際はまったく逆効果だったようだが。

『だが生半可な記事ではどこも相手にしてくれない。だからこれはあくまでも俺の推測だが、暴力団とか、そういう他のライターが扱いたがらない、アンダーグラウンドな方向に首を突っ込んだんじゃないかな。それで、やり過ぎた』

ライターという職業を名乗り、取材をし、記事を書くのは自由だ。だがその記事を買ってもらわなければ収入はゼロだ。仕事の傍《かたわ》ら、バイトでもして食い繋《つな》いでいたのだろうか。青葉が哀れでならなかった。そして仕事を干されてもなおライターという職業にしがみついた男の末路を見たような気がして、俺は改めて自分の将来に不安を覚えた。確かに俺は各クライアントとの関係も良好だ。客観的に見て世に多くいるライターの中でも恵まれているほうなのは間違いないかもしれない。だからといって、この状況がずっと続くとは限らないのだ。

「青葉が死んだ詳しい状況は分からないんですね？」

週刊誌の記者などは警視庁の記者クラブに加盟することはできない。フリーランスなど論外だ。だから、どうしても新聞やテレビに比べると後手後手に回ってしまう。従って発生直後の殺人事件の取材はやり難《にく》い仕事の一つだった。どうあがいたって警視庁お抱えの報道機関を出し抜くことはできないからだ。そういう記者クラブ制度を批判する声は多いが、現実はそうなのだから仕方がない。

『ああ、今の段階ではな。すぐに報道されると思うが——』

「お前も殺されないように気をつけろって、そう忠告するために電話をくれたわけではないんでしょう？」

　フリーライター連続殺人事件、そんな二時間ドラマのタイトルじみた文言が脳裏を過《よぎ》る。

『週刊クレールは、もちろん捜査の推移にもよるが、青葉が殺された事件の記事を書くつもりはないようだ。青葉がブログに載せたボツ記事は本来週刊クレールに載るはずのものだったから、青葉が仕事を干されるきっかけを作ったのは澤村さんと言えなくもない。たとえ自分たちに理があろうとも後味が悪いんだろう』

　よほどのことがない限り、殺された被害者を糾弾するような記事は書けないし、自分からクビを切っておいて、その死を悼むような記事を掲載するのは、偽善的な匂いがするから止《や》めたのだろう。

「お尋ねしたいのですが、青葉が殺された事件そのものは、ニュース性が高いということでもないんでしょう？」

『いや、それはまだ今の段階では分からない。ただ、個人的にちょっと気になっていることがあってな——』

「何です？」

『一週間前、青葉が俺に電話をかけてきたんだよ。特ダネがあるって。週刊クレールとはもう仕事ができないから、俺のところに話を持ちかけてきたんだろう』

「それで、どうしたんですか？」

『もちろん眉唾《まゆつば》ものだったが、一応話だけは聞いてやろうと思った。そしたら青葉は何て言ったと思う？　ギャラと引き換えに記事を渡すだとさ！』

「それは——」

　あまりにも常識外れだ。いったいどこの週刊誌が、記事の内容も分からずギャラを払うというのだろう。たとえ相手が著名なノンフィクションライターであっても、まずそんな事例はないだろう。ましてや青葉は著名なライターからはほど遠い。

「その特ダネって何でしょうね？」

『それすら分からん。一応俺も訊いたんだが、貴誌は保守系だから迂《う》闊《かつ》に漏らすと握りつぶされるかもしれない、だからまず金が欲しいの一点張りだ。もちろんそんな馬鹿馬鹿しい申し出を受ける気はないから断ったよ。そしたら青葉は、後悔しますよ、なんて捨て台詞を吐いて電話を切りやがった。まったくふざけた野郎だ』

「じゃあ、中田さんは、その青葉が握っていた特ダネのせいで、彼が殺されたと——？」

『いや、まだそうと決まったわけじゃないが、何となく気になるだろう。今回の事件が、青葉を殺してまで記事を握りつぶしたいと思っていた奴の犯行だとしたら、あながち青葉が言っていた特ダネも眉唾ものではないのかもしれない』

「へえ――」

正直言って、それほど関心は持てなかった。青葉という男を知っているからだろうか。彼に限らず、金目当てに本来二束三文にしかならないトピックを、特ダネと偽って売り込む輩《やから》は、今まで中田も大勢見てきたはずではないのか。俺たちは青葉幸太郎という男を知っているから、彼の死に騒然となるが、世間一般には仕事を干されたライターが殺されたという事件に過ぎない。青葉が言っている特ダネとはまったく関係なく、痴情のもつれとか、そんなありふれた理由で殺された可能性も否定できないのだ。

日本では年間千二百件ほどの殺人事件が起こっている。これはアメリカなどに比べればかなり低い件数だ。しかし、だからといってその千二百件をすべて報道などしていられない。良くて一度は報じられるが、その後の経過は梨のつぶてというのがほとんどだろう。やはり頻繁に報じられるのは、猟奇的だったり、扇情的だったりして、視聴者や読者の興味を引くもの、つまり金になりそうな事件だ。

週刊クレールはともかく、他誌もライターが単に公園で刺し殺されたなどという地味な事件をクローズアップする必要はないと考えるかもしれない。だが中田は違う。青葉の死が金になると踏んだのだ。だからこそ、彼はこうして俺に電話をかけてきた。澤村や青葉の名前を出した時は何の用件だろうと思ったが、やはり中田が仕事の話以外で俺に電話をかけることなどあるはずがないのだ。

「青葉がどんな理由で殺されたとしても、俺なら彼の死をセンセーショナルに伝える記事が書けるってことですか」

『いや、必ずしもそういうことじゃない。ただ銀ちゃんには伝えておかなければならないと思って電話したんだ。青葉とは一悶着《ひともんちゃく》あったんだろう？』

「一悶着だなんて、そんな。電話で数回話しただけです」

『週刊クレールとうちが部数競争をしていることは言うまでもないな？』

と中田は言った。もちろん競争相手は週刊クレールだけではないが、常に近い部数で小競り合いをし、また保守系の週刊標榜とリベラルな週刊クレールということで、何かと比べられがちだ。建て前では親睦会で編集長同士が仲良くはしているが、目の上のたんこぶのように思っていることは想像に難くない。仮に週刊クレールの売り上げが落ちたところで、もともと記事の傾向が違うのだから週刊標榜の部数が伸びるとは単純には言えないが、週刊クレールより週刊標榜の方が上だと世間に知らしめることはできるかもしれない。

「青葉が殺された事件に関しては週刊クレールは競争相手にはならない。なら駄目元でも、万が一の可能性に賭けて、青葉の言っていた特ダネの正体を摑めれば、週刊クレールを出し抜けるかもしれない――ということですか？」

『さすが銀ちゃん。勘が鋭い』

そう言って中田は笑った。果たして青葉の死と彼が握っていた特ダネとの間に因果関係があるのかは定かではないが、どうにでも書きようはある。出世欲に駆られた哀れなライターの成れの果て、という視点で記事を書いたらそれなりに面白い記事になるかもしれない。

「闇社会に肉薄して殺されたというふうな記事にしなくてもいいんですか？」

中田は俺のその言葉を冗談だと思ったみたいで、ははは、と笑った。

『うちの編集部に銃弾が送られてくるような事態になるのはごめんだぜ』

そうなったらそうなったで、また書く記事が増えていいじゃないですか――そんな軽口を叩きそうになったが、思い止《とど》まった。嫌な考えが脳裏を過ったからだ。

闇社会というと、いかにもハードボイルド小説じみた響きでリアリティが薄いが、アンダーグラウンドな世界は確実に日本に存在している。もし青葉が本当に闇社会の実情を取材していて殺されたのなら、その死の謎を追う俺にも危険が降りかからないという保証は？フリーライター連続殺人事件などという惹句《じゃっく》は冗談ではなくなる。

『もしもし？』

「すいません――ちょっと嫌なことを考えて」

『嫌なことって？』

「もし青葉が取材絡みで殺されたとしたら、俺も殺されるかもしれないって」

『ミイラ取りがミイラになると？』

「ええ。中田さんは俺をライターの世界に招き入れてくれました。それは本当に感謝しています。でも死ぬかもしれないとは言ってくれなかった。これが戦場記者だというのなら、言われなくても覚悟は決めます。でも、今まで俺や青葉のような何でも屋のライターが命を落とす事件なんてなかったんでしょう？」

　電話口から中田の、ほんの少しだけ考え込むような気配を感じた。

『少なくとも俺は聞いたことがない。だから、青葉が殺された原因はライターの仕事とは無関係という可能性もなくはないんだ』

　気休めでそう言っているのだろう。さっきはアンダーグラウンドな方向に首を突っ込んで、やり過ぎた、などと言っていたではないか。ボツになった腹いせに記事をブログにアップするような後先考えない男なら、どんな危険な場所にも勢いで飛び込んでゆくに違いない。そして特ダネに相応《ふさわ》しい秘密を摑んで、そのせいで殺された――なるほどこれは分かりやすい筋書きだ。中田が青葉の握っていた特ダネを追え、と指示するのも理解できる。だが、所詮俺は使い捨てできるフリーライターだ。俺が青葉の二の舞いになっても、決して中田は責任を取ってくれないだろう。

『無関係なら無関係で、仕事で無茶をするような性格だからプライベートでも恨みを買いやすい、というふうに記事の流れが作れるんだ。分かるだろう？』

「ええ――」

中田に生返事を返しながらも、しかし俺は、青葉が殺された事件の記事を書くと決意している自分に気付いていた。中田からの仕事の依頼は断れないのはもちろんだが、俺は青葉に同情しているのかもしれない。青葉に比べれば、俺はまだライターとして成功しているほうだろう。青葉が本当に特ダネのせいで殺されたなら、自滅したと言えなくもない。だが俺と青葉の違いがただ要領の良さだけならば、あまりにも彼が哀れに思えた。その哀れみは、俺もいつかそうなるのかもしれない、という不安と共に俺の胸に迫ってきた。

青葉が何故殺されたのかを世間に明らかにすることが、供養として俺が彼のためにできる精一杯のことかもしれない。

青葉の死は、翌日の新聞で報道されていた。ベタ記事かと思ったが、扱いは小さくなかった。もちろん大きな記事という意味ではない。次に青葉の死が報じられるのは恐らく犯人が逮捕された時だろう。その時はベタ記事か。

記事の扱いが小さくなかったのは、犯行現場が日比谷公園という誰でも知っている都心の名所だからだ。目と鼻の先に警視庁があるということも、マスコミが面白おかしく報道する原因の一つかもしれない。

むしろ新聞よりもテレビの方が扱いが大きかった。当然、検証が終わるまで現場には立ち入ることはできない。まさか広い日比谷公園すべてを封鎖するということはありえないだろうが、慣れ親しんだ公園で殺人事件が起きるのは近隣企業のサラリーマンには嬉しくない事態のようだった。昼休みは日比谷公園で弁当を食べる者だっていただろう。そういう人々にレポーターはマイクを突きつけていた。

怖いです、早く犯人捕まるといいんですけど。ここは遠足で小学生たちもよく来るんで、何もこんなところで事件を起こさなくても――そんな毒にも薬にもならない事件への感想を聞かされるのには食傷したが、どんな小さな情報でも聞き漏らすまいと俺はテレビに釘付けになっていた。

青葉は噴水広場のベンチに座って事切れていたようだ。死体は朝、ここを散歩に訪れた男性によって発見された。会社をリタイアした後は、毎日こうして散歩に出るのが日課だったそうだ。向かいのベンチに座って一息ついていたんだけど、身動き一つしないからおかしいと思って――と発見者は語った。

死亡推定時刻は、だいたい死体発見の九時間前から十一時間前。発見時刻が朝の七時だから殺害時刻は前日の午後八時から午後十時の間だ。つまり青葉はまる一晩放置されていたことになる。いくら夜とはいえ殺害直後の時間帯に人っ子一人いないとは考えられない。誰か不審に思わなかったのか、と憤ったが、発見者もすぐに死体とは気付かなかったようだから、傍目《はため》には穏やかな死に様だったのだろう。出血も少なかったのかもしれない。ホームレスがベンチで眠っているんだろうと思い、気にも留めずに通り過ぎた可能性もある。

報道では被害者を『青葉幸太郎さん（33歳・無職）』と報じていて、世間では青葉をライターとは認知していなかったんだな、と思い余計に彼を哀れに思った。テレビの報道具合も、日比谷公園で殺人事件が起こったということのみに注目し、青葉の死を重んじる論調ではないようだった。

これがたとえば殺されたのが女子高生だったり、若いＯＬだった場合は被害者に最大限同情した報道になるのだろう。だが仕方がない。大衆は、三十三歳の無職の男が殺されるよりも、若い女性が殺されたほうが可哀想だと思う。だから若い女性や子供が死んだニュースは頻繁に報じられる。そちらのほうが視聴率が取れるから。人間の命は平等ではない。

もし青葉が日比谷公園ではなく、もっと地味な場所で殺されたらこんなふうに大々的に報道されることもなかっただろう。事件の基本的な情報や他のメディアの出方を知ることができるから、取材する側としては良かったと思うことにした。商売敵《がたき》が増えるのは事実だが、もともとこの手の殺人事件の取材で大手メディアと戦おうとする気は毛頭ないのだから。彼らを出し抜けるとしたら、青葉が何らかの特ダネを握っていたせいで殺された可能性がある、という情報をこちらが摑んでいる点か。ただ、もちろん週刊標榜に話を持ちかけるぐらいなのだから、青葉は各種媒体に同じ話をしているだろう。このマスコミの報道ぶりを見て、週刊クレールが今回の事件は報じないという判断を覆すのではないかと、俺はそちらの方が気掛かりだった。

青葉は争った形跡もなく、ベンチに座ったまま事切れていた。犯人は青葉と顔見知りで、一緒にベンチに座ってから刺したと考えるのが自然だ。これが通り魔殺人なら捜査が長引く恐れも考えられるが、顔見知りなら早い段階で警察は容疑者の目星をつける。そして真犯人の正体を新聞やワイドショーが報じ、俺の知るところとなる——恐らく事態はそのような流れで推移するだろう。

とりあえず、今俺がやらなければならないことは、青葉の人となりの取材だ。青葉の携帯番号は知っているが、すぐに電話をかける勇気はなかった。顔見知りの犯行が疑われる今、携帯のデータは有力な手がかりの一つだろう。警察が押さえていると考えるべきだ。青葉と無関係ではないのだから、俺も容疑者圏内にいるのかもしれない。それはそれで仕方がないが、うっかり青葉の携帯に連絡を入れて自分から警察に存在を知らせる必要があるとは思えない。どうせ根掘り葉掘り事情聴取をされた上に、捜査の進展などこちらには明かされないのだから。

俺は週刊クレールの澤村に電話を入れ、青葉についての記事を書くことを告げた。それが最低限の礼儀だと思ったからだ。予想以上に報道されているが、しかしそれも一時のものだろうから、やはり週刊クレールでは青葉の事件は取り上げないとのことだった。つまり、今後報道が過熱するようなことがあれば、週刊クレールの参戦もありうるということだ。

俺は澤村に、青葉の人となりを訊《き》いた。青葉はまるで餌を前にした魚のように、金になるかもしれないとみると、何でも食らいついていたという。ハングリー精神に溢《あふ》れているというと聞こえはよいが、他のライターの仕事までも自分に回せと要求してきたことがあり、その時は流石《さすが》に青葉に説教をしたそうだ。だが彼はどこ吹く風だったという。

澤村は青葉のことはもうこれ以上語りたくない、と言わんばかりの口調だったので、俺は青葉が住んでいたアパートの住所と電話番号を聞いて早々に話を切り上げた。大井競馬場近くのアパートだからすぐ分かるよ、とのことだった。青葉が金にがめつかったのは競馬の借金が嵩《かさ》んだからかな、と俺は邪推した。

最後に俺は澤村に、彼は一人暮らしですか、と訊いた。一人暮らしだったら近隣住民に話を聞こうと思ったのだ。仕事が不規則なフリーライターという職業をしていたら、近隣住民とはあまり交流はなかったかもしれないが。

しかし澤村からは青葉には確か妻がいたはずだ、という答えが返ってきた。結婚しているのならば妻にインタビューができるが、単純に喜ぶことはできなかった。それなりに経験は積んできたつもりだが、事件事故の犠牲者の家族へのインタビューは、未だに慣れない。

澤村の言った通り、青葉のアパートは大井競馬場前駅から歩いて五分ほどの場所にあった。一応、前もって教えられた番号に電話したのだが、一向に通じる気配がなかったので直接向かうことにしたのだ。電話を取らないようにしているのだろう。青葉の妻にしてみれば、いくら生前に繋《つな》がりがあったとはいえ、俺も夫の死で金儲けしようとしているマスコミ連中の一人であることには変わりがない。俺にだけ心を開いて話してくれるとは考えられない。

今日はレースがあるのか、電車のドアが開くと、一瞥《いちべつ》して競馬場に向かうと分かる中年の男性たちが我先にと降りていった。俺は彼らに交じって駅を出た。競馬場に向かう彼らからは早々に離脱し、しながわ区民公園の方に向かって歩く。青葉のアパートは公園近くの住宅街の中にあるという。大通りから少し中に入ったところにあるアパートだったが、澤村がすぐに分かるよ、と言った意味を俺はほどなく理解した。明らかに近隣住民ではないと思しき人間たちが近くをうろついていたからだ。競馬場に足しげく通う人々とは、また違った匂いを発散させている男たち。俺や青葉の同類。

ほとんどが何か進展がないかとアパートの前に張り込んでいる者たちだったが、近隣住民にインタビューをしている者もいた。当初はライターが殺された事件など世間では話題にならないだろうと考えていたが、自分自身がライターである故に客観的に判断できなかったのかもしれない。やはり皇居や警視庁のお膝元で起きた殺人事件という要素は大きかったのだ。

俺は青葉のアパートの写真を一枚撮り、それからどうするべきか考えた。愚直に部屋まで出向いてインターホンを押すことはできなかった。マスコミに、すわ被害者の知り合いか！とインタビュー攻勢にあうのは間違いないからだ。

その時だ。

「あなた、桑原《くわばら》銀次郎《ぎんじろう》さん？」

という野太い声が背後から降りかかってきた。振り返ると、カールした天然パーマの髪形が特徴的な大柄の男がいた。ノータイだったが、一応スーツ姿だった。伸びた無精髭が彼の粗野な印象を余計に強調している。恐らくアパート前にずっと張り込んでいるのだろう。とにかく、まるで知らない男だった。

「いいえ、違います」

と短く言って、俺は彼から顔を逸《そ》らした。自分の名前も名乗らないで話しかけてくる無礼者を相手にする気はなかった。同時に面倒なことになったな、と心の中で舌打ちをした。一度否定しただけで諦めるような物分かりのいい人間は、取材者には向いていない。

「え？　違うの？」

案の定、男は馴れ馴れしく俺に言った。だが俺に彼を撥《は》ねのける資格などないのだ。俺だって普段から自分とは関係のない赤の他人の元に押し掛けて、あれこれインタビューをしているのだから。

「どちらでお会いしましたか？」

「やはり、桑原銀次郎さんでいらっしゃる？」

その言い方が嫌みたらしく、俺は質問には答えなかった。だが男はお構いなしだ。

「初対面だと思いますよ。ただ、あなたは有名人だから」

どうして私のことを？　と訊き返そうと思ったが止めた。昨年の青葉の例の記事がボツになった一件に、俺は少なからずかかわっていた。それが中田の言った一悶着という言葉の意味だ。もしかしたら、俺は自分が思う以上に、ライター業界で顔と名前が売れているのかもしれない。芸能人のスキャンダル写真を撮ることに比べれば、俺の顔写真を手に入れることなど、百戦錬磨のライターには朝飯前なのは言うまでもない。

「あの、すいません。お名刺を頂戴できますか?」

「ああ、これは失敬」

と男は口では言いながら、しかしまったく悪びれる様子もなく、名刺を差し出してきた。

名刺には『東都新聞　東京本社　記者　佐藤泰二《たいじ》』とあった。部署名がない。恐らく取材用に自分で作った名刺だろう。これなら何の取材をしているか明かさずとも東都新聞記者という肩書きを使えるし、情報収集にも便利だ。今どきこんな名刺はパソコンでいくらでも作れる。

スーツを着ているにもかかわらず、彼のことを新聞記者だと夢にも思わなかったのはある種の先入観があったからだ。東都新聞といえば記者クラブにも加入が許される一流紙だ。そういう選ばれた者にとって張り込みとは、新しい発表が出るまで冷暖房が完備された快適な記者室でコーヒーでも飲みながら待機することを指す。間違っても被害者の自宅の前に居座ることではない。

もちろん他紙に先んじて特ダネをすっぱ抜きたい記者にとってはこの限りではないが、どうせいずれは記者会見で発表される内容なのだ。努力の割には得るものは少ないと、俺のようなフリーランスは思う。

「こんなところで東都新聞の記者さんが、いったい何を？　まさか張り込みじゃないでしょうね？」

「まさか、とは？」

「フリーライターが殺された事件で特ダネをすっぱ抜いても、それほど美味《うま》みはないでしょう」

　佐藤は俺はじっと見つめた。俺が言った今の言葉の真意を推し量るような真剣な、しかしねちっこい視線だった。

　佐藤はその視線を維持したまま、言った。

「あなたはこれが、単純に青葉が通り魔に殺された事件だとお思いですか？」

「なぜ私にそんなことを訊くんです？」

「あなたは生前の青葉とトラブルがあったお方だ。あなたなりのお考えが何かあるんじゃないかと思いましてね」

「トラブルとは大げさですね。私には何も考えなんてありませんよ。電話でしか話したことがないんです。面識はないに等しい。今日、私がここにいるのは、あくまでも週刊標榜の依頼だからです。青葉が誰に殺されようが、私には興味はない。仮に事件が迷宮入りになろうが、それをそのまま記事に書くだけですから。それよりも佐藤さんは何故こんなところにいるんです？」

俺のその質問に佐藤は無言だった。俺は答えたのに、と憤ったが、質問に答えようが答えまいが当人の自由。佐藤の質問に答えたくなかったら、俺も口をつぐんでいればよかっただけの話だ。ただ俺は、まるで俺が青葉を殺したのではないか、と疑うような佐藤の視線が我慢ならなかった。

佐藤は俺の質問には答えないくせに、また新たな質問を繰り出してきた。

「犯人に興味はないと仰《おっしゃ》いましたが、桑原さんは青葉が通り魔的な犯人に襲われて死んだとお思いですか？」

今度こそ黙っていようかと思ったが、青葉の死について現時点での俺の考えを話すことが、俺の個人情報やこれから書こうとする記事の内容の漏洩《ろうえい》に繋がるとは特に思えない。俺も彼がどこまで取材が進んでいるのか気になったので、軽くジャブを出すことにした。

「青葉はベンチに座って死んでいたといいます。しかも朝まで気付かれないほど、傍目には穏やかな死に様だった。殺されるとは夢にも思わないまま息絶えたんでしょう。いきなり隣に座ってきた赤の他人に刺されたなら、もっと死体の状況は違っていたはずです。犯人と青葉は顔見知りで日比谷公園で待ち合わせをしていた——そう考えるのが自然なんじゃないでしょうか。プライベートに知人と会っていたという可能性はあるでしょうが、それよりも私はライターの仕事の関係で知り合った人間に殺されたと考えるほうが妥当だと思いますね」

「――どうしてですか？」

「あなたですよ。先ほどあなたは、何故ここにいるのかという私の質問を無視しましたね？　それは別に構いません。でもそれはひょっとして、他社の人間に理由を言うことができないからではないですか？　あなた方は別の事件の重要参考人を追っていた。その過程で今回の青葉の事件にぶつかったんじゃないですか？　ライターはいろんな業界の人々と知り合う機会がある職業ですからね。青葉がまったく別の事件の重要参考人と接点を持っても不思議ではない」

少し発想が飛躍したかもしれないが、正解でなくても別に構わない。俺の意図は佐藤にカマをかけて相手の反応を見ることなのだから。

佐藤は言った。

「日比谷公園という都心のど真ん中で起きた殺人事件です。皆が騒いでいるように、私らも事件を追っているんです。ただそれだけです」

「そうですか」

と俺は頷《うなず》いた。当たらずとも遠からずといったところか。さっきからこの佐藤という男は、俺の質問にだんまりを決め込んでいた。にもかかわらず、今の質問にはすぐに答えた。人はやましさを刺激されると饒舌《じょうぜつ》になる。少なくとも彼にとって青葉の死は、マスコミで報道されている以上の取材価値があると考えていると見て間違いないようだ。それはいったい何なのか――。

「状況はどんなふうです？」

と俺は青葉のアパートを眺めながら訊いた。佐藤は肩をすくめた。

「動きはまるでない。どうやら奥さんは実家の方に帰っているみたいです。身重ということもあって安静にしているんでしょう。いや、奥さんの心情は察してあまりある」

「青葉の妻は妊娠しているんですか？」

佐藤は、何だ知らなかったのか、と言わんばかりの顔で、ええ、と答えた。

「出産時期は？」

「もうすぐだと聞いていますが、何か？」

俺は佐藤の質問には答えず、再び青葉のアパートを見つめた。青葉が金のために無茶苦茶な仕事ぶりをした理由はこれで分かった。生まれる子供のために金が必要だったのだろう。だが彼にとっての悲劇は、その努力がすべて裏目裏目に出たことだ。

「失礼を承知で言いますが、我々の業界には、あなたが殺したんだと言っている者もいますよ」

青葉のブログの一件がそこまで広がっているのか。俺はうんざりしたが、今回の事件での世間の俺に対する評判が知れたのはよかったと思うことにした。それがどんなに鬱陶《うっとう》しいものでも、目をつぶっていては重要な情報を見逃してしまうかもしれない。

「私が犯人だったら、のこのことこんなところに来ると思いますか？　私は青葉を恨んでいないし、今は哀れみしかない。それで、佐藤さんはどうするおつもりで？　私に取材を申し込むつもりですか？」

佐藤は俺のその質問には答えずに、いきなり、

「青葉が殺されてどう思いますか？」

と訊いてきた。やはり記事にする気だ。ただ、もし俺個人に彼が並々ならぬ関心を抱いているのなら、とっくの昔に接触してきたはずだ。記事に色を添えるのにおあつらえ向きの男が現れた、ぐらいの気持ちなのだろう。

「私もあなたと同じで、仕事でここに来ている。私に取材をしたいのなら、まず取材依頼を送っていただきたい」

するとと佐藤は、

「では、折りを見て、また」

などとまるで勝ち誇ったような表情で言った。自分はお前が持っていない決定的な情報を

持っているんだぞ、と言わんばかりの顔つきだった。流石の俺も辟易《へきえき》してこの場を立ち去りそうになったが、ふと思い止まって、佐藤に訊いた。

「いつからここにいるんですか？」

「昨日から。そろそろまる一日になるかな。いや、あのアパートには今誰もいないはずだから無意味かもしれないけど、誰かやってくる可能性も否定できない」

「それで誰か来ましたか？」

「あなたが来ました」

俺が来たことが張り込みの唯一の収穫か。しかしもし誰か重要な人物と遭遇したとしても、それを正直には言わないだろうな、と思った。と同時に、東都新聞の記者がまる一日つぶして張り込みするほど、青葉が殺された事件の裏には大きな陰謀が隠されているのかと思うと、今回の事件に対して改めて興味をそそられた。青葉が中田に持ちかけた特ダネの信憑性は、俺が思った以上に高いのかもしれない。

「東都新聞の記者さんともなれば、いろいろお忙しいと思うんですが、それをなげうってまで一日張り込むほど、今回の事件は話題性があるんですね」

と俺は言った。それで佐藤は、口が滑ってしまった、と言わんばかりの嫌な顔をした。

「青葉の実家には張り込まないいんですか？」

「他の記者が張り込んでいます。もういいでしょう、私のことは」

自分から話しかけてきたくせに、佐藤はそんなふうに言った。ずっと定位置で張り込みをしなければならないので、動くに動けないのだろう。彼の仕事の邪魔をしても仕方がないので、俺の方から引くことにした。東都新聞は記者クラブに加入しているし、その気になればいくらでも記者を動員できる。こっちは一匹狼のフリーランス。敵《かな》うわけがない。ただ佐藤を注視していれば、少しはおこぼれにありつけるかもしれない。そのためには彼の仕事がスムーズに進んでくれなければ困る。

彼に名刺を渡して、俺はその場から立ち去った。収穫は佐藤と出会ったことだけだったが、しかし事件への態度を改めざるを得ない重要な示唆を得た。それは東都新聞のような大新聞の記者が、青葉の自宅に張り込みをしてでも手に入れたいネタがあるということだ。そのネタが今回の殺人事件に少なからずかかわっているのは想像に難くない。

俺は駅の方に戻って、しながわ区民公園の中に入った。あんなマスコミだらけの場所で電話で話はできない。俺は人気《ひとけ》のないベンチに座り、周囲を窺《うかが》ってから中田の番号にかけた。

「今、青葉のアパートの近くにいます。青葉の妻はマスコミを逃れて実家に戻っているようです。後で近隣の住民にも話を聞いてみようと思いますが、それよりも面白い人物と会いましたよ」

俺は東都新聞の佐藤泰二のことを中田に話した。

「東都新聞はこの事件が特ダネになると踏んでいるようです。もしかしたら青葉は東都新聞にも特ダネの話を持ちかけたのかもしれない。どこまで本当か分かりませんが、実家の方にも張り込んでるみたいです」

『張り込み？　青葉の妻が実家にいるのは周知の事実なんだろう？　何を張り込むって言うんだ？』

「誰かが青葉の妻を訪ねてくるとでも思っているんじゃないでしょうか。加害者ならともかく、被害者をそこまで追うのは普通じゃない。青葉の死について、何かしらの考えがあるに違いありません」

『話したのは佐藤泰二という男だってな』

「ええ」

『部署はどこだ？』

「分かりません。名刺を貰《もら》いましたが、東都新聞記者としか」

『ふうむ——佐藤泰二、佐藤泰二——』

中田は呟《つぶや》いた。

「ご存知なんですか？」

『いいや。だが東都新聞には顔なじみがいるんで、ちょっと探りを入れてみる。もちろん、部外者に情報を流すような者はいないと思うが、どこの部署なのかぐらいは分かると思う』

「ありがとうございます。助かります」

　すると中田は電話先で小さく笑った。

「何か？」

『いや、銀ちゃんの取材魂に東都新聞が火をつけてくれたと思ってさ。もともとこの事件の取材には乗り気じゃなかっただろう？　でも銀ちゃんが本気を出せば出すほど、良い結果を生むのは過去の事件で実証済みだ。期待している』

　良い結果、か。もちろん中田は週刊標榜の売り上げのことを言っているのだ。だが正直、俺は自分の仕事に心から満足したことは今まで一度もない。皆自分の仕事に対する姿勢などそんなものかもしれないが、最近俺がかかわった事件は次元が違う。一年前の事件も、半年前の事件も、悔いばかりが残っている。にもかかわらず、青葉の死の真相について好奇心が抑えられない。また嫌な結末を迎えるかもしれないのに。俺がライターという仕事に骨の髄まで順応してしまった証拠なのだろうか。

　それでも今回はまだ大丈夫だろう。青葉幸太郎という、電話で二度話しただけの同業者が殺された事件。過去の二つの事件のように事件が俺のプライベートまで巻き込む事態に発展する恐れはない。俺はそう自分に言い聞かせた。

「中田さん、あと、もう一つお願いできますか？　青葉に仕事の依頼をした出版社なり編集部が分かったら、教えていただきたいんです」

『ああ、もちろん。だが澤村さんも心当たりはないと言っていたから、よほどのアングラ誌、あるいはミニコミ誌かもしれない。あるいは――』

「あるいは？」

『特に依頼などは受けていないが、自分の書く記事がどの編集部も、それこそ袂《たもと》を分かったはずの週刊クレールさえも欲しがるものだと青葉が考えていたとしたら――もしそうだとしたら、ちょっと確かめるのは難しいぞ。やはり青葉は彼の言っていた特ダネ絡みで殺されたと銀ちゃんも考えているのか？』

「正直、最初は半信半疑でしたが、今はその可能性が一番高いと思います。もちろん状況証拠しかありませんが、あの東都新聞が現場に乗り込んでまで事件を追っているんです。プライベートでの怨恨、たとえば浮気相手との別れ話がこじれたとか、そんな事件とはどうしても思えません」

『確かに青葉は追い詰められていたからな。一発でかいヤマを当てようとして墓穴を掘ったのかもしれない。でももしそうだとしたら銀ちゃんも気をつけろよ』

「ミイラ取りがミイラ、ですか？」

『そうだ。もちろん俺は銀ちゃんは同じ轍《てつ》を踏まないと信じている。しかし東都新聞も追うような大きな事件なら、上手くいったら二弾、三弾と特集記事が組めるな。銀ちゃんは才能のある男だ、かならず青葉の死の真相を突き止めてくれると信じている』

俺は苦笑した。

「もし、青葉の事件が何か大きな陰謀にでも繋がっているんだとしたら、それで一冊本を書きますよ。本を出版するのはこの仕事を始めてからの夢でもあったし」

そんな軽口を叩いて、俺は電話を切った。普通は冗談でも出版の話など持ち出したら、言《げん》質《ち》を取られまいとする中田のこと、言葉を濁されるのがオチだったが、しかし中田はまんざらでもない様子だった。もちろん事件の内容いかんだが、俺の夢は現実味を帯びているのかもしれない。それは取りも直さず、業界内での俺の知名度が上がっていることを意味している。もしそれが過去に青葉と一悶着あったことが原因なら単純には喜べないが、とにかく今はやれるだけのことをやるしかない。

青葉のアパートの近隣住民に聞き込みをしたいのは山々だったが、あの近辺には佐藤が張っている。俺の仕事の様子を佐藤に見られるのは面白くないし、正直俺は近隣住民の話などより、佐藤の話を聞きたかった。さてどう動くべきか——。

試しに俺は近くのコンビニで、今日の東都新聞を買ってきた。昼飯がまだだったので、菓子パンとコーヒーも一緒に。傍《はた》から見るとまるで競馬の予想をしているみたいだが、スタイルを気にしている場合ではない。

東都新聞は今朝も読んだのでまったく無駄な出費だが、しかし確かめたいことがあった。佐藤がどんな記事を書いているのかが分かれば、どこの部署にいるのか、ある程度は予想できる。俺の知る限り新聞記事は大抵が記名制なので、どの記者がどの記事を書いたのかは一目瞭然のはずだ。

菓子パンをぱくつきながら、新聞を捲《めく》る。一面から順番に目立つ見出しを目で追った。『対シリア決議案合意』『貨物船転覆五人不明』『認知症患者に過剰診療』『TPP交渉の遅れ懸念』『世界遺産への推薦候補4施設』『英国で原発会社買収』——佐藤の記名記事は見つからない。まる一日張り込みしていたと言っていたから、今日付けの新聞記事を書くことはできないのかもしれない。もし書き溜めていた記事が掲載されているとしたら、速報性の薄い特集記事や、コラムなどだろう。もしかしたら文化、芸能欄かもしれない。俺は当たりをつけながらページを捲った。

佐藤泰二の名前はほどなくして見つかった。それはやはり特集記事で『父の影を振り払い日本再生へ』というタイトルで、現政権政党の保守党の若手議員、天野《あまの》桐人《きりひと》について書かれたものだった。

天野桐人は大臣も務めた父、天野猛《たけし》の次男であり、地盤を継いで出馬しトップ当選を果たした。世襲や二世議員という言葉にはネガティブなイメージも少なくないが、それを差し引いても天野桐人は見た目も良く、人を引きつける魅力もあり、保守党の政権奪取に一役買ったともっぱらの評判である。

週刊誌も彼の話題を出せば売れ行きが良いので、俺たちライターも彼のことを書く機会が多い。もちろん、そんな清廉潔白な天野桐人のスキャンダルを暴けば大スクープなのであの手この手で嗅ぎ回っているのだが、敵もさるものでなかなかスキを見せない。唯一の弱点と目されるのが、兄であり、天野猛の長男である兼人《かねと》の存在だ。もともと猛は兼人に地盤を継がせようとしていたのだが、彼は政治にまったく関心を示さなかったらしい。かといって他にしたいこともなかったので、猛のコネで保守党の関連企業に就職させたようだが、長続きせず辞めてしまい、今は親の脛《すね》をかじって生活しているようだ。

そういう兄がいることは、確かに天野桐人にとっては大っぴらにして欲しくない事実であることは間違いないだろうが、しかし大々的に誌面で告発するほどの問題でもない。下手をしたらこちらがプライバシーの侵害で訴えられかねない。

同業者の中には天野兼人が何かしらのスキャンダルを起こしてくれないかと待ちかまえて

いる者もいるらしいが、俺にはそこまでの準備はない。週刊標榜は右よりの雑誌だから、保守党の批判記事を喜ぶ読者がそれほど多くないのだ。もちろん大きなスキャンダルならその限りではないが、ボツになると分かっているのにスケールの小さい記事を書いても仕方がない。

東都新聞はリベラルな新聞で、記事の論調も左の傾向が強い。だが佐藤が書いたこの天野桐人の特集記事は、客観的に見ても公平と言えるものだった。フェアといえば聞こえはよいが、しかし毒にも薬にもならず面白みの薄い無難な記事だ。だがわざわざ東都新聞を買ったのは、佐藤の記事を批評するためではない。問題は、佐藤が政治面で記事を書いているということだ。もしかして佐藤は政治部ではないのか――？

新聞記者は俺のような何でも屋のライターとは違う。普段、政治家のぶら下がり取材を行っている人間が、殺人事件の張り込みに回るとはちょっと考え難い。にもかかわらず、佐藤は青葉のアパートの前に張り込んでいる。つまり佐藤にとっては、これも政治記事を書く取材の一環ということになる。部署名を伏せた名刺をわざわざ作ったのも、そのことをできるだけ知られたくなかったからではないか。

中田の話を思い出す。青葉は彼に特ダネを持ちかけてきた時、貴誌は保守系だから迂闊に漏らすと握りつぶされるかもしれない、などと言ったという。つまり青葉の特ダネは保守党の政治家のスキャンダルなのではないか。もちろんそんな発想が頭に浮かんだのも、たまたま佐藤が書いた天野桐人の記事を読んだからだろう。しかし現にライターが一人殺され、東都新聞の政治部が被害者の自宅を張り込んでいるのだ。

青葉は東都新聞にも特ダネをもちかけた。週刊標榜とは違い、リベラルな新聞だから特ダネの内容を話した可能性は高い。しかし、その直後に青葉は殺された。事件と保守党のスキャンダルとの関連性を東都新聞は疑い、こうして佐藤が青葉のアパートの前に張り込むという事態になった——これはかなりいい線を行っているのではないか。東都新聞の政治部が張り込みしてまで欲しい特ダネなど限られている。保守党のスキャンダルなどその代表格だろう。ましてや殺人事件が絡んでくるとなったら、政権がひっくり返るほどの大騒動になる。

もちろん裏付けは必要だ。青葉が何か政治絡みの取材をしていたという確証が欲しい。どうやって調べようか、と考えるより先に俺は携帯電話を手に取っていた。

青葉の携帯電話を鳴らしたくなかったのは、警察に自分がこの事件の取材をしていると思われたくなかったからだが、こういう事態になってくると背に腹は代えられない。考えようによっては、俺も容疑者の一人であることは絶対的なアドバンテージと言える。東都新聞という大組織を相手にするのだから、使えるカードはすべて使ったほうがいい。

俺は青葉の番号にかけた。電話を取るであろう警察の人間にどういうつもりで連絡をしたのか、その言い訳をあれこれ考えながら。

しかし誰も出る気配はなかった。警察の押収物として倉庫にしまわれているのかもしれない。もしそうだとしたら電話を鳴らしたところで誰も出るはずがない。俺は諦めて電話を切ろうとした。だが、その時——。

『——もしもし?』

か細い、女性の声がした。声の調子から、警察官ではないなと思った。一般の人間だろう。とするとつまり——。

「こちらは青葉幸太郎さんの携帯ですか?」

『——はい』

俺の問いかけにも、やはり女性は消え入るような小さな声で答えた。

「突然申し訳ありません。桑原銀次郎と申します。失礼ですが——青葉さんの奥さんですか?」

その俺の質問に、彼女はただ、摩季《まき》です、とだけ答えた。

「実はご主人とは生前何度かお話ししたことがありまして。この度はとんだことで——通じないかもしれないと思ったんですが、この番号しか連絡先を知らなくて、失礼だったかもしれませんが、お電話を差し上げたんです」

『携帯は取らないようにしていたんです』

と摩季は言った。

『悪戯《いたずら》電話がすごく多くて。どこで番号を知ったか知りませんが、皆、興味半分で電話をかけてくるんです。中にはハイエナみたいに他人のことに首を突っ込んであることないこと書くから殺されただなんて、そんな酷いことを言う人も——。なんで私たちは被害者なのにそんなことを言われなければならないんでしょうね？　だから、さっさと解約してしまおうかと思ったんですけど、もしかすると重要な電話がかかってくるかもしれないから——』

そこで摩季は言葉を切った。重要な電話とは、この俺からの電話のことを言っているのだと気付くのに数秒かかった。

「お忙しいところ申し訳ありません、今、お話よろしいですか？」

『いいですよ。葬儀の準備は実家から夫の両親が来て進めていますから。私は身重だから安静にしてろって』

「すいません——大変な時にこんな電話をして」

『いえ、いいんです』

「あの、ご主人の携帯は証拠品として押収されなかったんですか？」

『念のため指紋とかを調べたようですけど、主人以外のものは出なくて——面識があった人間を調べるために電話帳や履歴や写真のデータを吸い出して、それで返してくれました』

「ああ、そうなんですか」

確かにデータは捜査の参考になるだろうが、携帯そのものは犯人の指紋、もしくは被害者の血痕などがついていない限り、押収しても意味がないかもしれない。

摩季は、

『銀次郎さん』

と少し唐突に言った。

「はい」

『——あ、すいません。銀次郎さんってお呼びしてもいいですか？』

「構いません。お好きに呼んでください」

『あなたの名前は忘れられません。主人はよくあなたの話をしていました。だから今、あなたからの電話がかかってきた時、私は——思ったんです。この電話を取るべきだと。無視しちゃいけないと』

つたない表現だが、言いたいことは分かる。摩季は青葉から聞いて俺のことをよく知っていた。銀次郎というこの大仰な名前が印象に残ったのか、それとも青葉が熱心に俺のことを語ったのか。どちらかは分からない。おそらく両方だろう。そして青葉の死後、その当人から電話がかかってきた。これは何らかの啓示だ、ぐらいのことは思って当然かもしれない。

「ご主人は私のことを、どう言っていましたか？」

『殺してやりたい、と言っていました』

摩季は躊躇《ためら》う素振りも見せずに、はっきり俺に告げた。

「そうですか――」

俺には何一つ負い目はないが、だが俺が横やりを入れたせいで青葉の記事がボツになったのだから、逆恨みの言葉の一つも言いたくなるのは分からなくもない。

「そのことを警察に話しましたか？」

はい、と摩季は小さく言った。

青葉のその言葉がどれだけ本気だったかは分からない。だが俺を嫌っていたのは事実だ。殺してやりたい、と口に出して言ったということも。ある日、遂に青葉は俺を殺す計画を立て、実行に移そうとした。しかし失敗し、返り討ちにあった――そんな筋書きは容易に作れる。もちろん俺は殺していないし、警察もそんな推測だけで俺を犯人と決めつけはしないだろう。だが状況証拠も積み重なると決して馬鹿にできない信憑性《しんぴょうせい》が生まれるものだ。どんな小さな疑いでも、払拭《ふっしょく》しておくに越したことはない。

「どんな口調でしたか？　もちろん冗談で言っていたんでしょうけど、本心のように聞こえましたか?」

『分かりません。私には——でも常識的に考えて、口先だけだとは思いました。陰口の類《たぐ》いです。あいつを殺してやりたい、ってうっかり口走ってしまっても、実際に殺してしまうような人はいないでしょうから』

「すいません、失礼なことを伺ってもいいですか? ご主人はライターの仕事がし難い状態にあった。収入はおありだったんですか?」

その俺の質問に摩季は軽く笑った。疲れたような乾いた笑い声だった。デリケートなことだから答えてはくれないかな、と案じたが、摩季は言った。

『正直、生活は厳しかったです。貯金を切り崩しているような状態で——。私もスーパーのレジ打ちのバイトに出ました。出産を控えてそれもできなくなると、両親に頭を下げてお金を借りました』

「ご主人は——」

『あの人は、あちこち駆けずり回っていました。一円のお金にもならなかったけど——でも、最近あの人言っていたんです。特ダネが手に入ったから、これが売れたらお金が入ってくる。それだけじゃなく名前も売れるから次の仕事も舞い込んでくると。結局、そうなる前に死んでしまったから、それも口先だけだったんでしょうけど』

俺は向こうに悟られないように、ごくりと唾を飲み込んでから、言った。

「奥さん。それは口先だけではなかったかもしれませんよ」

『――どういうことですか？』

俺は彼女のアパートに東都新聞の政治部らしき記者が張り込んでいることを伝えた。そっちの実家にも張り込んでいる記者がいるはずだと言ったが、特に驚いた様子は見せなかった。

「東都の記者が張っていることに気付きましたか？」

『ええ――張り込みをしている人たちがそうなのかは分かりませんが、しつこくつきまとって話を聞いてくる人たちの中に東都の記者さんがいましたから』

「佐藤という記者ですか？」

『さあ――そんなような名前だったかもしれませんが、覚えていません』

東都新聞のような大新聞が執拗に取材をしてくることを不信には思わなかったのだろうか。だが次から次に訪れる報道関係者の対応に追われて、そんなことに疑問を感じる余裕はなかったのかもしれない。

「ご主人は生前、政治絡みの取材をしていたかもしれない。その記事の公表を望まない人間にご主人が襲われたという可能性は十分あります」

摩季は暫《しばら》く沈黙して、それから、

『銀次郎さんは自分に疑いがかかるのが煩わしいから、別の可能性を出して疑いをそちらに向ける気なんじゃないですか？』

と言った。

「それは断じてありません、誓います」

『じゃあ、どうして夫が殺された事件に、そんなにまで関心を持っているんです？』

俺は少し躊躇った後に、言った。

「本当のことを言います。週刊標榜という雑誌でご主人の記事を掲載するので、以前かかわりあいがあった私に白羽の矢が立ったんです。つまり仕事です。でも信じてください。確かに最初は仕事であなた方のアパートまで行きました。しかし今はなぜご主人が殺されたのかが知りたい。もちろん私に警察の向こうを張ってご主人を殺した犯人を捕まえる能力があるとは思いません。でも、先ほども悪戯電話の話をされましたが、世間は残酷です。殺された人間にもそれ相応の理由があったと心ない中傷をする者も大勢います。でも取材の結果いかんによってはご主人の名誉を回復する記事を書くことも可能なんです。私はできればそうしたい」

嘘だった。本当は青葉の名誉などどうだってよかった。俺だって青葉同様金を稼がなければならない。しかも青葉は特ダネをつかんでいたという。それを自分のものにできるかどうかは分からないが、追ってみる価値はある。

『じゃあ、事件の内容によっては、夫を悪く書くかもしれないってことですか？』

「あ、いえ。もちろんそれを前提にして記事を書くことはありませんが、嘘は書けないので、場合によってはそうなるかもしれません。でも、私は同じライターとして、ご主人に不名誉な結果にはならないと信じて――」

『いいんです、別に』

俺の言葉を摩季が遮った。

『私のこと、おかしいと思っていませんか？　夫が殺されたのにやけに冷静だなって――』

「いえ、そんなことは」

『いいんですよ。夫がどんな取材をしていたのかは知りませんし、その取材絡みで命を落としたと仰るのならその通りでしょう。でも要するにそれって、ライターという仕事はいろんな人たちに恨まれがちな職業ってことですよね』

自分に置き換えてみて考えた。確かに誰かを意図的に傷つけようとして仕事をしたことはない。それでも取材相手の意に沿った記事を書くことができたか、と自問すると自信はない。もしかしたら今まで取材をしてきた人々の中には、俺のことを快く思っていない人たちもいるかもしれない。仕方がない、ライターとはそういう職業だと割り切っていたつもりだった。

だが、こうして同業者が殺された今となっては話は別だ。

しかし青葉の死の原因が、彼自身の仕事にあると仮定するなら、単純な恨みによる犯行という可能性は薄いと思う。彼がどんな取材をしていたのかは分からないが、それはまだ活字にはなっていないのだから。やはり恨みというより青葉の記事が世に出ることを望まなかった者の犯行と考えざるを得ないだろう。

『夫がライターの仕事ができなくなって、私、正直嬉しかったんです。これで別の仕事に就いてくれると思ったから』

「お子さんが生まれるから、安定した職について欲しかったんですか？」

『それもあります。でも、その——ライターって取材相手の人と親密になったりすることもあるんでしょう？』

「親密？　親友ということですか？　そうですね、人脈が増えるのは間違いありません」

『いえ、そうじゃなく、相手が女性の場合は、その——男と女の関係になるんじゃないかと』

「ああ、そういうことですか」

もちろん、そんなことにはならない、と言い切りたかった。しかし自分自身を省《かえり》みても昨年の取材の際、出会ったある女性と一線を越えそうになったことがあった。寸前のところで思い止まったが、それでも親密になればなるほどそういうリスクは増えるだろう。青葉がどうだったのかは、俺には分からない。

『夫はフリーランスです。仕事と偽って女に会いに行こうと思えばいくらでもできます。ちゃんとした仕事――いえ、これはフリーランスがちゃんとした仕事じゃないって言っているわけじゃないんですよ。それでもどこかの会社の社員になれば、そういう意味での心労は減りますから』

身につまされた。俺は今は独身だから、フリーランスの家族がそんな思いをするなど想像もしていなかった。ましてやライターは頻繁に家を空けるのが当たり前の職業だ。

『でも夫は、仕事ができなくなっても尚、ライターの仕事にしがみつきました。いい加減諦めて他の仕事を見つけて欲しいと頼んだんですが――今追っている仕事が駄目になったら、その時はきっぱりと諦めて就職する。その一点張りで――私、夫を信じたんですよ。でも結局こうなってしまった。あの時、私が無理にでも仕事を辞めさせれば、夫が命を落とすこともなかったかもしれません』

「失礼ですが――これから出産を控えていらっしゃるんですよね？　ご主人を亡くされて出産費用などの当てはおありなんですか？」

『夫には保険金をかけてあったから、暫くはお金の心配はないと思います。死因が殺人なので、ちょっと面倒なことになるかもしれないけど』

「そうですか――」

お金が必要なら相談に乗ります、と言ってやりたかったが、本人がそう言っているのであれば上から目線で金の話を持ち出す必要はないだろう。金に困っているであろうことは、今に始まった話ではないはずだ。半年前から青葉には収入がないのだから。

摩季自身が言うように、彼女は夫が殺されたにしては驚くほど冷静でいるように思えた。収入のない夫から自由になれてホッとした、というふうにすら感じられる。青葉は保険金目的で摩季に殺されたのかもしれない、という無責任な推理が脳裏を過るが、人の感情など他者が推し量れるものではない。

「女性の話をされましたが、お心当たりはおありなんですか？」

もし、青葉が浮気相手と会っていたならば、その女性も重要参考人の一人だろう。東都新聞が動いていることから、単純な別れ話のもつれで起こった殺人とは考え難いが、可能性として頭の片隅に入れておく必要はある。

『はい――私の目の前で取材相手の人からかかってきた電話を取ったことがあって――。本人は否定しましたが、なんだか浮き浮きした様子で、どんな取材なのと訊いたんですが、これが成功したらお金を稼げるとしか答えてはくれませんでした。それで私、気になって、後日あの人が仕事で使っているデジカメの写真をこっそり見てしまったんです。そうしたら、信じられないものが写っていて――』

女と二人でベッドにいる写真、あるいはそれに近いものを俺は想像した。そんなものを閲覧が容易なデジカメに残しておくほど青葉がうっかり者だとは思わないが、摩季の口調からはその手の写真しか想像できなかった。

しかし予想外の答えが返ってきた。

「何が写っていたんですか？」

『コスプレ写真です』

「はい？」

俺は思わず訊き返した。この会話の流れで出てくるのに相応《ふさわ》しい言葉とは思えなかった。

「ご主人がコスプレをしていたんですか？」

『いえ、そうじゃありません。コスプレをした女性の写真が残っていたんです』

「そのコスプレって、ナースだったり、キャビンアテンダントだったり――」

『そういうコスプレじゃなくて、アニメか漫画のキャラみたいです。黒ずくめのボンデージみたいな格好でした。私にはよく分からないけど』

「その人が、ご主人の最後の取材相手ということですか？」

『多分、そうなんでしょう。デジカメに記録されている一番最後の写真が、それだったから』

「コスプレの写真は、その女性のものだけだったんですか？」

『多分、そうだと思います。もちろん写真を全部見たわけじゃないですから、遡《さかのぼ》って調べてみればまだあるかもしれませんが――とにかく一番最新の写真が、それだったんです』

「その写真を、ご主人はどう説明されましたか？」

『帰ってきたら問い質《ただ》そうと思いました――でも主人は二度と帰ってきませんでした』

その最後の言葉は涙交じりだった。やはり気丈に振る舞っていたのだろう。それでも演技かもしれない、という疑いは拭えなかった。殺人事件が起こった際、まず最初に疑われるのは近親者だ。摩季の場合、夫を殺す動機も十分だ。無収入、保険金、浮気。東都新聞のせいで複雑に事態を考えてしまいがちだが、殺害の動機は青葉が追っている取材対象とは無関係だったという可能性も当然あるのだから。

「するとご主人はデジカメを置いて出かけたんですね？」

『はい、そうです』

写真を撮る必要はなかったのか。それとも携帯のカメラで事足りると判断したのか。だが意外な展開だ。もちろん日本のアニメや漫画は国内のみならず海外でも人気だから、そういう記事を読みたがる読者は多い。俺も何度もその手の記事を書いたことがある。しかし大手の東都新聞も追うような大事件の発端が、アニメや漫画の取材とはなかなか想像できなかった。

念のためカメラのメーカーと型番も訊いた。暗視補正機能も備わっているプロ仕様の本格的なものだった。仕事で使うデジカメと考えてまず間違いないだろう。もちろん、だからといって、そのデジカメに残されている写真がすべて仕事のものという保証はないのだが——。

「ひょっとして、そのコスプレをしていた女性は、有名人ではなかったですか？」

『私は全然知りませんでした。もちろんあんな格好をしているから、その方面では有名な人かもしれませんが、写真を見た警察の人も首をかしげていたので、誰もが知っている有名人、ということではないと思います。コスプレのキャラは有名らしいですけど。刑事さんに聞きました。アベなんとかっていうアメリカのコミックに出てくる女スパイみたいです』

日本の漫画ですらなかったというわけか。

「それで奥さんは、ご主人の浮気を疑ったんですか？」

摩季は暫く返事に困るような素振りを見せてから、

『疑ったのは事実です。同時に、信じたくないという気持ちもあったんです。普通の格好をした女の写真ならまだいいんです。でも、あんな変な格好をしているんですよ？　だから浮気じゃないと自分に言い聞かせたんですけど、仕事だと考えるとあんな女性に会うことが本当に特ダネになるんだろうかと、主人が死んでから、ずっと自問自答の繰り返しで――』

おそらくコスプレに深い意味はないのだろう。やはり重要なのは、その女性が誰でどんな情報を握っているのかだ。女性にはコスプレの趣味があり、青葉が会いに行った時、たまたまその格好をしていた。それで青葉は面白がって写真を撮ったのだ。

「すいません。そのデジカメは警察に押収されましたか?」

『携帯と同じようにすぐに返してくれました』

「中の写真は無事ですか?」

『ええ――警察の方がコピーしただけですから』

「大変厚かましいお願いですが――その写真を見せてもらうわけにはいきませんか?」

『はい、分かりました』

あっさりと摩季がそう言ったので、俺は拍子抜けしてしまった。青葉が仕事を失った原因に俺は少なからずかかわっている。そのせいで無茶な取材をして命を落とした可能性もあるのだ。今こうして電話で話をしているのは、俺に対する恨み辛みを吐き出しているようなもので、それ以上の協力はしてくれないだろうと思っていたのだ。

「圧縮などはせず、そのまま私のメールアドレスに添付ファイルで送っていただければ助かります」

　俺は彼女に携帯ではなく、自宅のパソコンのメールアドレスを教えた。携帯メールでは添付ファイルの容量に制限があるので、オリジナルの状態で送ることはできないかもしれない。

「申し訳ありません。大変な時期に、こんなお願いをして」

『とんでもないです。私こそ、あなたが夫の事件にかかわってくれて嬉しいです』

　その一瞬——俺は考えた。彼女は俺が夫の事件に介入するのを望んでいるのではないだろうかと。摩季は俺がこの携帯に連絡することを予想していたのだ。そして俺を巧みに操って自分に都合のいい記事を書かせるつもりではないだろうか。

　第三者のつもりでいても、事件に首を突っ込むことには変わりないのだから、まったくの客観的な立場で記事を書くことはできない。俺が事件に影響されるという意味だけではない。俺が介入することで事件自体の性質も変わってしまうこともあるのだ。昨年、そして半年前の事件で、俺はそのことを嫌というほど思い知らされたのだから。

『あなたを恨んでいないと言ったら嘘になります。あなたのことを記事にしようとしたせいで、夫は仕事を失ったんですから。でも残念だけど、それは、あなたが夫よりも有能なライターである証明ってことでもありますよね？』

「さあ——どうでしょう。私には分かりません」

摩季は俺と夫との戦いで、夫が敗北したとでも思っているのかもしれない。だから仕事を失い、殺されたと。そんな単純な話ではないが、確かに第三者の目には俺と青葉の関係はそういうふうにも映るかもしれない。

『夫は言っていました。あなたを殺してやりたい、だけど悔しいけど有能だって。私、夫以外のライターなんてあなたしか知りません。だから頼めるのはあなたしかいないんです。有能なあなたなら、きっと夫を殺した犯人を見つけてくれるはずです。あなたがそうしてくれれば、私はもうあなたを恨みません』

摩季は件《くだん》のコスプレした女性が夫を殺したと思っているのだろう。彼女が浮気相手とも、また青葉を殺した犯人とも決まったわけではないが、確かに憎悪の対象として彼女は、これ以上ないほどぴったりと嵌《は》まる。

摩季が俺に書かせたがっている記事は、犯人に対する告発だ。犯罪被害者の遺族の中にはそっとしておいて欲しいという人々もいるが、中には可能な限り犯人に対して復讐したいと望む者もいる。摩季は後者なのだろう。ただそれだけなのだと、俺は自分に言い聞かせた。

「ご主人を殺した犯人は警察が捜し出すはずです。私はただその周辺を漁《あさ》って、人々が興味を引くであろう記事を扇情的に書き散らすのが仕事です。ご主人をハイエナだと罵倒した者がいたそうですが、私の方こそハイエナです。ご主人を殺した犯人を見つけるなんて——そんな能力はありません」

『じゃあ、もしあの女が逮捕されたら、そいつの名誉を徹底的に貶《おとし》める記事を書いてください。あの女の恥を暴いて、世間の晒し者にしてください！』

その摩季の声はほとんど叫び声に近かった。初めて彼女が俺に見せた、生々しい感情の発露だった。

俺は――。

「分かりました」

と答えた。

あの写真の女が怪しいのは、デジカメに写真が残されていたということももちろんだが、コスプレしていたからという理由も否定できない。あんな格好をしているから怪しい、という一種の偏見だ。今の段階で摩季の言葉に分かったと答えるのは拙速に過ぎるかもしれない。摩季は、あの女、と明らかに対象を限定していたのだから。

『本当ですか？』

「はい」

それでも彼女の言葉に頷いたのは、俺が摩季に同情しているからにほかならない。仕事を失った夫の代わりに、身重であるにもかかわらず働いて生計を立てていたのだ。そんな折り、夫が殺され、謎の女の存在が浮上した。自分に働かせて夫はいったい何をやっているのか――その女が夫の浮気相手だという飛躍した発想が出てきても仕方がないかもしれない。

『約束してくれますか？』

駄目押しで摩季は言った。俺は摩季に見えるはずもないのに、大きく頷いた。

「約束します」

その俺の言葉を聞いた摩季は、小さく息を吐いた。そして、良かった、と呟いた。


摩季との会話を終えた俺は、再び青葉のアパートに引き返した。東都新聞の佐藤は、相変わらずさっきと同じ場所で青葉の部屋を睨みつけるようにして立っていた。

「佐藤さん」

声をかけると佐藤は、またお前かと言わんばかりに、あからさまに嫌な顔をした。

「さっきコンビニで東都新聞を買って、あなたの記事を読ませてもらいました。佐藤さん、あなたはもしや政治部の記者なんじゃないですか？　それがどうして一ライターが刺殺された事件に駆り出されているんです？」

「あなたにそれを言うと思いますか？　あなただって私と同業者のようなものだ」

「御社のような大新聞の記者と同業とは光栄ですね。でもフリーランスの私にできることなんてたかが知れている。あなたにもそういう気持ちがおありだから、先ほど私に声をかけてきたんでしょう？」

「いや、私は──」

「否定なさることはありませんよ。その通りですから。もちろん私も全力を尽くしますが、あなたを出し抜いて特ダネを入手できるとは思っていませんから」

「そんなことを言ったって、あなたのバックには週刊標榜が控えている。何を書かれるか分かったもんじゃない」

　もちろん俺がいくらゴネようと、佐藤が恐らく東都新聞の独占スクープであろう情報をおいそれと口にするはずがないだろう。それでも彼の方から俺に話しかけてきたのだ。そんなことをしなければ、青葉が殺された事件には裏があるのではと疑うこともなかった。彼からは、つつけばもう少し情報が引き出せるような気がする。

「ひょっとして、あの女の件ですか？」

　かまをかけてみた。青葉のデジカメにコスプレをした女の写真が残っていた事実を、果たして東都新聞がどの程度重要視しているのか知るだけでも、一歩前進だ。

　俺の言葉に、佐藤はぎょっとしたような目で俺を見た。

「女？」

「青葉の最後の取材対象でしょう？　やはり青葉を殺したのは彼女だとお思いですか？」

「それは——もちろんあの現場に一緒にいたらしいから重要参考人には違いないけど、彼女が——」

　そこで佐藤は慌てたふうに口をつぐんだ。口が滑ったと言わんばかりの態度だった。しかし、もちろん仕事上のライバルだが、女の存在をお互い了解していることで、連帯意識のような空気が生まれたと俺は感じた。

「それにしても派手な格好でしたね。まあ人目を引きたくてあんな格好をしているんでしょうけど」

「派手な格好？　そうなの？」

　と佐藤は不思議そうに言った。ああ、コスプレのことは知らないんだな、と俺は思った。東都新聞と青葉に直接の繋がりがあるのか否かは分からないが、もし何の繋がりもないとしたら、東都新聞にわざわざデジカメの写真を見せる義理はないと摩季が思っても不思議ではない。何しろマスコミから逃れて実家に戻ったぐらいなのだから。一方、俺は生前の青葉と一悶着あった。だからこそ摩季は俺に青葉の敵討ちを託したのではないか。

「ご存知ありませんか？」

「派手な格好ってどういうこと？」

まるで餌に食らいつく魚のように、佐藤は言った。

「ちょっとそれは勘弁してください。私にも言えないことはあります。あなたと同じです」

不信感あらわに佐藤は俺を見つめた後、

「あなたが言っている女性とは、中西という短大生のことですか？」

と訊いてきた。初めて聞く名前だったが、俺は、

「ええ、もちろんそうですよ」

と返事をした。俺が東都新聞が追っている女性のことは写真以外に何も知らない、という事実に気付かれるのはよくない。

もしかしたら佐藤が追っている中西という女性と、デジカメに写っているというコスプレ姿の女性はまったくの別人という可能性もある。デジカメの最後の写真だから青葉のメッセージめいたものをこちらが勝手に感じ取ってしまうだけで、事件とはまったくの無関係かもしれないのだ。だがいずれにせよ、東都新聞が中西という女性を重要視していることが分かっただけでも収穫だ。

「あなた、なんでここに戻ってきたんです？」

怪訝《けげん》そうな顔で佐藤が言った。

「佐藤さんが政治部の記者かどうか確かめるためにですよ」

「本当にそれだけですか？　何かあったから戻ってきたんじゃないですか？　先ほど会った時は、あなたは彼女の存在などおくびにも出さなかった。つまりあなたはあの後、この事件に彼女が絡んでいることを知って戻ってきたんだ」

俺は肩をすくめた。

「腹の探り合いはお互い様でしょう？　張り込んでいるってことは、ここに中西さんが来るとお思いなんですか？」

佐藤は薄ら笑いを浮かべた。

「あなたとは少々話し過ぎたようだ。あなたにもインタビューをしたいのは山々ですが、逆にあなたに情報を提供することになりかねませんからね」

どうやら佐藤は完全黙秘を決め込むことにしたようだ。俺は無言で頷き、今度こそ本当にその場を離れた。佐藤の向こうを張って俺も張り込もうかと思ったが、東都新聞には勝てないと分かっているのに佐藤の背中を追い続けるのも面白くない。だが、あの写真を東都新聞が把握していないのであれば、もしかしたら善戦を繰り広げることができるかもしれない。

駅に向かう道すがら携帯が鳴った。中田からだった。

『銀ちゃん。今、方々に電話してやっと分かったが、東都新聞の佐藤泰二という男は、何と政治部だ』

いささか周回遅れの感は否めないが、中田は佐藤のことを調べてくれたようだ。

「ありがとうございます。実は俺もさっきコンビニで東都新聞を買ったら佐藤の書いた天野桐人の特集記事を見つけて、もしやと思ったんですが、やはりそうでしたか」

『天野桐人の記事を書いた記者が、青葉の事件を追っているのか？』

中田はがぜん興味をそそられたようだ。

「おかしなことだらけですよ。青葉の奥さんとも電話で話すことができたんですが、青葉が使っていたデジカメにはコスプレした女性の写真が残っていたそうです。青葉が最後に撮った写真の可能性が高い。そして東都新聞は中西という女性を重要視しているようです。その中西という女性が、コスプレした女性である証拠も、青葉を殺した犯人である証拠もありませんが、重要人物と見て間違いないでしょう」

『青葉が最後に撮った写真？　遺留品の中に犯人を撮ったデジカメが残されていたってことか？』

「いや、そうじゃありません。青葉はそのデジカメを家に置いて出かけたんです。そして殺された。取材用に使っているデジカメの最後の写真だから、青葉はその女性への取材を進めている最中に殺された可能性があります」

『コスプレ——中西——東都——』

まるでその三つの要素の共通点を探るように、中田は呟いた。

『コスプレといっても、四六時中そんな格好をしているわけじゃないんだろう？』

「そうですね。何かイベントのようなものがあったんじゃないでしょうか」

同人誌即売会、いわゆるコミケのようなイベントが脳裏に浮かんだ。

「写真の人物と中西が同一人物だと仮定しての話ですが、青葉はコミケの取材をしていた。そこで中西と出会い、写真を撮った――これで一応の話の筋は通ります。ただ、そのコミケの取材に、どうして東都新聞の政治部が介入してくるのか、それが釈然としませんが」

『コスプレが趣味の議員でもいたら、これは確かに取材の対象になるがな』

そんな議員の存在など、俺は知らなかった。もしいたとしたら、あっという間に世間に広まるだろう。俺の耳に届かないとは思えない。

「保守党の議員の親族にコスプレが趣味の人間がいたんでしょうかね。東都新聞は保守党を目の敵にしているから。張り込みをしてまで追うような問題じゃないと思いますが、可能性としてはそれしか考えられない」

『そうだな。中西、だったっけ？　保守党関係にそういった名前の人間がいないか調べてみるよ。もしいたら、そいつの取材も頼む』

「分かりました」

そして中田は、

『天野桐人がコスプレしていたら、格好のネタになるんだけどな』

と言って電話を切った。

その中田の最後の言葉が、妙に耳に残った。天野桐人は顔立ちがいい。女装したら似合うかもしれない。中西という偽名で、別の人生を楽しんでいたのだとしたら――。

もちろん、何の根拠もない妄想だ。多忙な国会議員、しかも天野桐人ほど顔が知られた有名人が別の人生を送るなどちょっと考えられない。

果たして中西とコスプレをしていた女が同一人物なのか、そしてもし同一人物だとしたら――警察や東都新聞がどこまで彼女を重要人物と見なしているのか分からないが、とにかく俺はできることから始めるしかない。

摩季からデジカメの写真が『約束を忘れないでください』とのメッセージと共に自宅のパソコンに送られてきたのは、その日の夜のことだった。またデジカメの写真をすべてチェックしてみたが、コスプレないし関連すると思われる写真は、それだけだったという。写真は四枚残されていたが、どれも同じ構図、同じ場所、同じ人物を写したもので、摩季が見て一番顔形や衣裳が鮮明に写っているものを送ってくれたらしい。

どうやらそれは室内で撮られた写真のようだった。アメコミのキャラと聞くと原色の派手な衣裳を想像するが、摩季が言っていたように、黒いボンデージ調の格好だった。長袖に長いパンツを穿《は》いているので素肌の露出は少ないが、ぴったりとスタイルの良い身体《からだ》のラインが浮き出ているので、性的アピールは十分だった。

赤に近いショートのウェーブヘアーをしている。多分ウィッグだ。両手に拳銃を構えているから、この衣裳は戦闘服という体《てい》なのだろう。なかなか整った顔立ちだが、そんな格好をしているから、美しいというよりも精悍《せいかん》という表現がぴったりとくる。

この手の格好をするのには、それなりに金も時間もかかるに違いない。それでも一部の人々は、こういう格好をしたがる。確かにコスプレに夢中な人々を取材すれば興味深い記事が書けるだろうし、皆面白がって読むだろう。だが、こんなことの取材が原因で青葉が命を落とし、また東都新聞の政治部も必死になって追うとは、ちょっと想像ができなかった。

流石に政治家ではないだろうが、考えられるのは、政治家の愛人、議員秘書、政党職員などだろうか。そういう人々がコスプレの趣味を持っていることを暴くのは少なくとも週刊誌的なニュースにはなる。しかし青葉は摩季に特ダネを握っていると言ったという。東都新聞も動いているのだから、話を盛ったとは考えられない。こんな格好をしているからコスプレのことを考えてしまうが、それ自体にはあまり大きな意味がないと考えたほうがいいかもしれない。重要なのはこの女がどこの誰かだ。もちろん、事件とはまったく無関係という可能性はゼロではないが、東都新聞に後れを取っている今、情報源の取捨選択をしている余裕はなかった。

近年は一般の人々はもちろん、プロのカメラマンや警察の鑑識までもがデジカメを使うのが主流になっている。フィルムの方が味があると頑《かたく》なにデジカメを拒んでいる職人肌のカメラマンもいるが、デジカメにはフィルムにはない圧倒的な利点がある。それは写真にイグジフ（Exif）と呼ばれる写真を撮った日付、デジカメの機種、撮られた場所等の情報を埋め込めるということだ。オリジナルの写真を送ってもらったのはこのためで、容量の問題から写真を圧縮してしまうと、イグジフが削除されてしまう恐れがあった。

また撮られた場所、つまり位置情報はGPS内蔵の機種限定の機能だが、青葉のデジカメは上位機種だから備わっているはずだと踏んだ。写真に位置情報を埋め込むのは、考えようによってはプライバシーの観点から問題があるということでデジカメ側の設定でGPSがオフにされている場合があるのだが、仕事で使っているのならその心配もないだろう。

俺はパソコンで写真のイグジフを読み出せるビューアを立ち上げた。緯度と経度を参照して撮影場所をGoogleマップ上に表示できるのだ。すると果たして東京都千代田区外神田一丁目にピンが立った。秋葉原駅から隣の神田須田町の方に続く通りだ。写真は明らかに室内で撮られたものだったから、恐らく誤差が出たのだろう。

写真が撮影された日付は四月六日、青葉が殺される二日前だ。秋葉原なら、この手のコスプレの撮影会が開かれていても不思議じゃない。コスプレ衣裳も簡単に手に入りそうだし、こんな格好で街を出歩いてもそれほど違和感はないような気がする。それに関連があるのかは分からないが、現場となった日比谷公園ともそれほど離れていない。

俺はすぐさま高校時代の同級生、阿部に連絡を取った。当時は彼とそれほど積極的に友人関係を築いていたわけではなく、悪く言えば同級生の一人という認識しかなかったが、昨年のある取材の際に世話になったのだ。今回の取材も彼の協力が必要になるかもしれない。彼は秋葉原に住んでいるのだ。

『桑原君、どうしたの？　また誰か殺されたの？』

阿部は人当たりが良さそうな喋り方をするが、その実必要なこと以外は話さないし訊いてこないから、昨年の取材の際はスムーズに話を聞くことができた。俺は、半年前はありがとう、と礼を言ってから、今回の事件を一から説明し、写真の位置情報によって、阿部の住んでいる秋葉原に重要な手がかりがあるらしいことを突き止めたところまでを彼に語った。

『そのコスプレって、アメコミってこと？』

「ああ、摩季さんはアベなんとかだと言ってた。別にアベ繋がりだから相談してるんじゃないぞ。場所が場所だし、それに阿部はそういうのに詳しそうだから」

俺の軽口を受け流し、阿部は、

『アメコミのコスプレイヤーか。ニッチだね』

と言った。

「珍しいのか？」

『たとえばハロウィンとかには、かなりアメコミのコスプレイヤーが出没するね。やっぱり向こうのお祭りだから相性がいいのかな。あと当然、アメコミ映画のプレミアなんかでは、その作品のキャラのコスプレイヤーが現れる。でもそういう特別なことがない限り、アメコミを選ぶコスプレイヤーっていうのは少ないんじゃないかな』

俺にとってはコスプレ自体が十分特別なことなのだが、話の腰を折るのは止めておいた。

「秋葉原にアメコミ専門店はあるのか？」

『あるよ。でもフィギュアとかコミックが中心で、コスプレ衣裳なんか売っていなかったな。それにアメコミのファンって、少し大人な人が多いから』

アメコミファンの傾向はあくまでも阿部の個人的意見だろうが、参考程度に聞いておくことにした。

『アメコミだったら、もしかしたら中野ブロードウェイの方が充実しているんじゃないかな』

と阿部は言った。確かに写真が秋葉原で撮られたものであっても、コスプレの衣裳も秋葉原で購入されたものとは限らない。当然、別の場所で買ったという可能性もあるわけだ。しかし秋葉原でコスプレ写真を撮影するぐらいだから、ある程度その街に馴染んでいるのは確かではないだろうか。中野ブロードウェイに行くんだったら、秋葉原にも行くだろう。とにかく可能性は一つずつ潰す必要がある。

『これはたとえばの話だけど、秋葉原にはイメクラもいくつかあるんだけど、アメコミのコスチュームで客にサービスする店はないと思う。ほとんどが日本のアニメ、漫画、ゲーム、珍しいところでも戦隊物のピンクとか、そんなものだ』

「どうしてだ？」

『だからさっきも言ったけど、アメコミ自体がニッチな文化なんだよ。僕だって日本のアニメや漫画で面白いのが山のようにあるのに、どうしてわざわざ勧善懲悪で単純なアメコミなんか読むんだろうと思うもの。それに絵のタッチが日本と全然違うしね』

「そういえば、コミケってあるだろう？　そこならアメコミのコスプレをした連中が集まるんじゃないか？」

『まあ、そうだね。コミケはありとあらゆるジャンルが集まるから。でも、写真が撮られたのは青葉が殺される二日前だろう？』

「ああ」

『今はコミケはやってない』

「そうなのか？」

『コミケは夏と冬だけ。常識だよ。第一、秋葉原じゃコミケは開催されないし』

漫画やアニメの取材記事を書いたことはあるが、コミケというものに接する機会はほとんどなかった。

「そうかこの時期はコミケはやらないのか。でもまあ、それならそれでいい。何かアイデアがあったら教えてくれないか。この写真が秋葉原で撮られたのは事実なんだ」

『そういうデジカメの位置情報って、意外とあてにならないからね。もしかしたらもっと別のところで撮られたのかもしれない。現場は日比谷公園なんだろう？　それくらいなら誤差の範囲内じゃないかな』

「この写真も日比谷公園で撮られたと？　室内みたいだけど」

『どこか公園近くのホテルの部屋で撮ったかもしれないじゃないか』

「でも秋葉原と日比谷が近いといっても、電車で二駅ほどの距離だ。誤差にしては大きすぎる。青葉のデジカメは壊れてるってことか？」

『そうとも言えないよ。ＧＰＳは周囲に高いものがあると途端に精度が落ちるからね。木が沢山生えている森の中とか、ビルが立ち並んでる都会は苦手なんだ』

　確かにそうかもしれないが、いくら何でもキロ単位の誤差は考えられない。百歩譲って阿部の言う通りだとしても、日比谷、有楽町、銀座界隈はコスプレのイメージからはほど遠い。やはり秋葉原という場所が何らかの形でかかわっているのは確かではないか。

「とにかく位置情報として千代田区外神田とはっきり出ているんだから、まずそこを調べてみたい。別の可能性を当たるのはそれからだ」

『ああ、そう。別に僕があれこれ言う問題じゃないしね。考えられるとしたら、秋葉原でコスプレを扱っている店かな。そういうお店なら当然アメコミのコスチュームも扱っている。在庫がなくても取り寄せてくれるはずだ。ねえ、一度その写真を見せてくれない？　その方が話が早いよ』

　と阿部が言った。一瞬、俺は返答に困った。阿部を信頼していないわけではないのだが、これは青葉の妻から手に入れた貴重な写真だ。東都新聞ですら把握していない可能性があるのだ。どこから情報が漏れるか分かったものではないから、取り扱いは慎重にしなければならない。だが同時に、阿部にこの写真を見せればもっといろいろなことが分かるのではないかという気持ちも少なからずある。

仕方がない。写真をメールで送ることはできないが、会って直接見せるのは問題ないだろう。

「分かった。そっちに行くよ。いつ会える？　都合のいい日を教えてくれ。俺はフリーランスだから、いつでもいい。阿部に合わせる」

『そうだね、写真もそうだけど、言葉で話すよりもこっちに来てもらって店を回ったほうが早いかもしれない。案内するよ』

そんな面倒なことをしなくても写真を送ってもらえればいいよ、と阿部が言い出すのではないかと不安だったが、そうはならなかった。阿部も写真の重要性を理解しているから俺に話を合わせてくれたのか、それとも純粋に俺に秋葉原を案内したかったのか。多分後者だろう、と俺は思った。

しかし秋葉原に行く目的は旧交を温めることでも、ましてや観光でも買い物目的でもない。殺人事件の取材だ。つまり遊びじゃない。阿部と直接会うのは高校生の時以来だ。当時はそれほど仲良くしていた記憶はないが、それでも懐かしくて気持ちが高揚してしまうかもしれない。俺の目的は仕事と、そして青葉の敵を取ることだ。青葉には何の借りもないが、彼の妻にはある。青葉の敵を取ると約束して、俺は彼女からこの謎の女の写真を譲り受けたのだ。もちろん仕事が最優先だ。しかし仁義は通さなければならない。そう俺は思う。

阿部とは、彼に電話をした次の日曜日に会うことになった。平日でも時間を作ることができるが、日曜日の方が賑わっているし一日案内できるからよいと譲らなかったのだ。やはり阿部は殺人事件よりも、俺に秋葉原を案内するほうに重きを置いているらしい。もっともあの写真も日曜日に撮られたものだから、できるだけ同じ環境で取材に臨んだほうが、もしかしたら何か発見があるかもしれない。

2

駅前で阿部と待ち合わせをした。写真の位置情報から秋葉原という可能性にたどり着いたことに、俺はある種の手応えにも似た興奮を覚えていた。自己満足かもしれないが、着実に手がかりを得ているという感動がある。俺はここで次なる手がかりを見つけるのだと決意をし、足早に改札を抜けた。

予想はしていたが大変な人だかりだった。驚いたのは駅前に堂々とアダルトショップがあったことだ。洒落《しゃれ》た佇《たたず》まいで暗い感じは微塵もない。皆、その手の店が存在するのが当たり前のように前を通り過ぎ、店内を出入りする客もどこか堂々としている。じろじろ見ていると興味を持っていると思われそうで、俺は駅前に目をやった。若者の姿が目立つが、外国人も多い。この街そのものが日本の新しい観光スポットなのだろう。

「やあ、桑原君。久しぶりだね。高校卒業以来だよね？」

髪形が今風になり、メガネが黒縁フレームからノンフレームのものに変わってはいたものの、阿部は高校当時と変わっていなかった。服装が意外に垢抜《あか》けているような気がするが、昔からこうだったかもしれない。何しろ、私服姿の彼などほとんど見たことがないのだから。とにかく特に仲が良かったということもなかったので、もしかしたら分からないかもしれないと思ったが杞憂だったようだ。

俺は、証券会社をクビになりフリーライターに転職という異色の経歴を詮索されるのが嫌で、同窓会の類いにはまったく顔を出していなかった。高校時代の友人とこうしてちゃんと顔を合わせるのは、思えば今日が初めてだ。

「悪かったな。今日は呼び出して」

「いいや、こっちこそ日曜日に会いたいなんてわがまま言ってごめんね」

「しょうがないさ。勤め人だろう？」

「勤め人と言えるかな。大学時代の友人と起業したんだ。一応肩書きは輸入雑貨商。別に平日に会ったってよかったんだけど、お互い日曜日の方がのんびりできるだろうな、と思って」

阿部が輸入雑貨の商売をやっているとは驚きだった。雑貨といっても服飾品も扱うだろうから、垢抜けているのは当然かもしれない。ライターは日曜日だからといって気を緩めることはない職業だが、阿部の心配りはありがたく受け入れることにした。

「じゃあ一国一城の主《あるじ》ってことか？ 凄いな。今度仕事を取材させてくれよ」

「いずれね。今はインターネットの時代だから、こういう仕事もやりやすいよ。その写真見せてくれる？」

「ああ」

俺は携帯に件の女のコスプレ写真を表示させて、阿部に見せた。阿部はその写真をまじまじと見つめた後、ふーん、と呟いた。

「この映画、女の子に人気があるからね。いろんな映画のヒーローが大集合するから、みんなそれぞれお気に入りのキャラがいるらしい」

「じゃあ彼女もこのキャラクターが好きだったということか？」

「さあ、それはどうだろう。女の子のお気に入りのキャラっていうのは、格好のよい男のヒーローだから」

「ああ、なるほど」

「男のヒーローのコスチュームを女性用にアレンジした服もあるけど、さすがにそれは珍しいから手に入らなかったのか。あるいは、好きな男のキャラはいるけど、自分は女だからヒロインのコスプレをしたのであって、特に深い意味はないのか――まあ、とにかく調べてみようよ。コスプレを扱っている店だよね」

「ああ、よろしく頼む」

仕事の話をしたのに名刺はくれないんだな、と訝《いぶか》しんだが、相手に名刺をねだるのは下品なので、何も言わなかった。先日の佐藤のような場合は別だが。

名刺を持たない主義の人間は珍しくない。やはり今の時代、個人情報をわざわざカードにして配ることに抵抗を覚える者もいるだろう。俺の方は渡したほうがいいかと思ったが、阿部はどんどん先に行ってしまうので慌てて後を追った。

「昼飯はまだだろう？　奢《おご》るよ。経費で落ちるから、少し豪勢なものでもいいぜ」

「まあ、とりあえず、用件を済まそうよ。昔話はそれからでいい」

それもそうだと俺は阿部についてゆく。日曜日の電気街は歩行者天国が実施されていて、この街の祝祭感に拍車をかけていた。電気街だけあって家電量販店やパソコンショップが目立つが、ゲームセンターやＤＶＤショップ、それに全国展開しているディスカウントストアがこの街でもその巨大な店構えを曝《さら》して鎮座している。またアニメの看板が多いのも特色だった。コスプレをしている者はいないかと辺りを見回すが、なかなか見つけることができなかった。チラシを配っているメイド姿の女の子はあちこちにいるのだが。

しかし執拗に辺りを見回していると、ほどなくして異様な格好をしている人間を何人か見つけることができた。彼らをすぐに、阿部の言うところのコスプレイヤーだと気付かなかったのは、皆、立ち止まらずに歩いているからだ。木は森の中に隠せではないが、ああして普通に歩いていると、一見普通の人に見えてしまう。水色と白を基調としたセーラー服のような衣裳を着ているコスプレイヤーは、どうやら男性のようだった。非現実的な格好を楽しむコスプレに性別は関係ないのだろう。

「あの人たちは、どこに行くんだ？」

と阿部に訊いた。

「さあ、知らない。買い物か、それともただ歩いているだけか」

「目的もないのにあんな格好をしているのか？　俺はイベントだからあんな格好をしていると思っていたよ」

「まあ、ここだったらどんな格好をしても許される雰囲気があるからね。でも、あの人たちだって皆に自分の格好を見せびらかしたい気持ちはやまやまだと思うよ。でも立ち止まったら皆写真を撮るからね。撮影会になっちゃう。届け出のないそういうイベントは禁止だから」

　確かに皆が写真を撮っていれば、すぐにコスプレをしていると気付いただろう。それにしても立ち止まると違反だが、歩き続けていれば許されるというルールもなかなか凄いものがある。

「銀座の歩行者天国は何度か歩いたことがあるけど、秋葉原の歩行者天国って初めてかもしれないな」

「事件が起きたりして取り止めていた時期もあったからね。でも車が一台も走っていないって、ちょっとした非日常的な感じがしていいだろう」

　阿部は交差点で立ち止まり、周囲を見回した。

「さっきのコスプレイヤーは、こうやって立ち止まって辺りを見回すこともできないから大変だな」

　と俺は言ったが、阿部はその言葉には答えずに、

「さて、どこに行く？」

　と訊いてきた。

「アメコミショップは一軒しかないんだな？」

「うん。でも桑原君が来るって言うんでざっと下調べはしたんだけど、もしかしたら看板を掲げてない店なんかがあるかもしれない。もし犯人がそういう店で買っていたとしたらアウ

トだね」

「犯人かどうかはまだ分からないさ。とりあえず阿部が分かっている範囲で教えてくれればいい。もし直接の手がかりにはならなくても、十分参考にはなる」

「ラジャー」

阿部は件のディスカウントストアを迂回《うかい》するように店の裏手に回った。通りを一つ隔てただけで店々は極端に少なくなり、電気街からオフィス街に変貌を遂げたといった様相を呈した。こちらの方が落ち着いた雰囲気だが、本当にこんな大通りから外れた場所にアメコミの専門店があるのだろうか。

阿部は俺の不安をよそにどんどん歩いてゆく。そして一つの小さな雑居ビルの前で立ち止まった。

「ほら、ここだよ。前は日本橋にあったらしいけど、つい最近移転してきたんだそうだ」

俺は三階建ての小さなビルを見上げた。年季が入ったビルだったが、掲げられたいかにもアメコミといった原色のどぎつい看板は真新しかった。

阿部の言うところのニッチなジャンルを扱っている店がこういう雑居ビルで営業しているのなら、確かに看板を出さずに常連相手に商売している店が他にも存在する可能性はある。秋葉原は思った以上に深い街のようだ。

雑居ビルのくたびれたエレベーターで三階まで昇った。ビル自体は古ぼけていても、店内は真新しかった。一歩足を踏み入れた瞬間に気分が高揚するのを感じた。暖色系の内装のせいかもしれないが、それだけではないような気がする。広くない店内は棚で仕切られ、すれ違うのがやっとの状態だ。そして棚にはぎっしりとアメコミのグッズが並べられている。フィギュアや雑貨はもちろん、アメコミは日本で出版されたものだけではなく、原書までそろっている。男の子だから、女の子だから、という単純な区別はナンセンスだが、俺の中の少年の心がくすぐられているのかもしれなかった。

だが少年時代に戻っている場合ではない。重要なのは例の女の所在だ。

レジにはあまり愛想がなさそうな若い男の店員がいた。俺は彼に近づいて、少し唐突に、

「すいません。ちょっとお訊《たず》ねしたいことがあるんですが」

と言った。そして返事を待たずに、携帯の画面を店員に差し出した。店員は写真を見た途端ににこやかな顔つきになった。そして得意げに、これこれの作品に出てくる何々というキャラクターですね、と自分の知識を披露し始めた。

「ええ、そうなんです。この女性に見覚えはありませんか？　秋葉原で撮られた写真であることは確かなんですけど」

「この女性の方がお客さんで来られたことはあるかもしれませんが、分かりませんね。コス

プレをして買い物に来るお客さんはいないこともないけど、少なくとも僕がレジにいる時には、この写真のコスチュームを着たお客さんはいませんでした」

確かにこんな格好をしていると、中の人間よりも着ている洋服の方が印象に残ってしまうのは仕方がないのかもしれない。

「こちらではコスプレ衣裳は扱っていないんですか？」

「扱っていますが、ごらんの通り狭い店舗なので、コスチュームはすべて取り寄せになります。店内で販売しているのは、Tシャツぐらいですね」

「この衣裳を取り寄せたお客さんはいますか？」

「いいえ、いらっしゃいません」

売り上げの記録を調べることもなく、店員は即答した。

「高額商品が売れたら、必ず記憶に残ります。ましてや取り寄せですから」

こういう店で働いている店員も、やはりアメコミ好きが多いのかもしれない。どの商品が売れたのかは、ちゃんと頭に入っているのだろう。

「秋葉原でこちら以外にアメコミを取り扱っているお店はありますか？」

「大きな書店さんはいくつかあるから、そこに行けば買えると思います。でも専門店はうちだけですね。店舗の広さはそういう総合店さんには敵いませんが、その分、アメコミに特化した品ぞろえで勝負させてもらってます」

　話を聞かせてもらったお礼に、写真の女がコスプレしていたキャラクターが出てくる映画のＤＶＤを買って店を出た。一応、領収証も貰った。阿部の姿が見えずに少し探してしまったが、彼は店の外で待っていた。

「ここにいたのか」

「店は狭いし、アメコミにはあんまり興味ないから。それで収穫はあったかい？」

　俺は首を横に振った。

「まったく見たこともないそうだ。もし客として来ていても、普通の格好をしていたら多分、分からないだろう」

　しかし阿部は、

「そうかな。こういう店に来るのは圧倒的に男性が多いはずだから、女性が来たら印象に残るだろう」

　と素っ気なく言った。その阿部の意見に与《くみ》するとしても、結局、収穫はないということだ。

「アメコミはもういい。コスプレの店に案内してくれ」

「分かった」

「どこかで一休みしてコーヒーでも飲むか？」

「まだ始まったばかりじゃないか。先は長いよ」

「本当に悪いな。あちこち案内させて」

「どういたしまして」

阿部は再び電気街の大通りに戻り、上野の方に向かって歩いてゆく。やがて左折し、一階がガチャガチャの機械（百円硬貨を一枚ないし二枚、あるいはそれ以上入れてレバーを回すとカプセルが出てくる、あれだ）で埋め尽くされているビルの前で立ち止まった。雰囲気は先ほどのアメコミ専門店が入っているビルに近い。

「二階と三階は同じお店だけど、コスプレは三階だね。僕はここで待ってるよ。ガチャガチャやるから」

俺は阿部の言葉に頷き、店内に入っていった。アニメグッズやTシャツなどが売っている二階は素通りし、三階に向かった。先ほどのアメコミ専門店も、この店の二階も、所狭しと商品が並び、いかにもある種のジャンルに特化した店という印象を受けたが、三階はぱっと見た感じはアパレルショップのようだった。だがよくよく観察すると、ここもやはりジャンルに特化した空間なのだ。どの服も原色を組み合わせたどぎつい色彩だ。それでもこうしてひとまとめに並べるとある種の調和が保たれているように見えるのは、白地がベースの服が多いからだろうか。

店内の片隅にはまるでクレヨンの色見本のように、各色の色鮮やかなウィッグが並べられている。俺はしばし初めて訪れた空間の雰囲気に呑まれていたが、すぐに気を取り直しレジに向かった。先ほどのアメコミ専門店では、いきなり本題に入ったが、ここではとりあえず扱っている商品の話題から入ることにした。

「この衣裳は扱っていますか？」

件の女性の写真を見せると、店員は怪訝そうに携帯を覗き込み、言った。

「ああ、在庫はないですが、お取り寄せはできますよ」

「やはりアメコミっていうのは、あんまり扱ってないですかね」

「ええ、まあ、ここでは。向こうに行かれてはどうですか？」

そう言って店員は、あのディスカウントストアの名前を出した。

「あそこでもコスプレ衣裳は売ってるんですか？」

「ええ、やっぱり店舗の大きさが違うんで」

店員はそう言ってから慌てたふうに、

「アメコミのコスプレっていうのは、ハロウィンの時にする人が多いから、ああいうお店ではハロウィングッズと一緒に並べているんです。まだ時期じゃないけど、一年中扱っているから」

と言い直した。さすがにライバルの宣伝をしているようで気が引けたのだろう。

「この写真の女性ですが、こちらに来られたことはありませんか？」

「さあ、ちょっと分かりませんね」

コスプレをしている女性自体には何の興味もないように店員は言った。もっとちゃんと見てくれと言いたかったが、ウィッグをつけているから顔の判別は難しいかもしれない。いずれにせよ、彼は女性のことを知らないと俺は踏んだ。衣裳自体を彼が知らないと言っている以上、これ以上突っ込んで訊いても意味はないかもしれない。

とにかくあのディスカウントストアでもコスプレを扱っていると分かったのは収穫だった。アメコミを置いている可能性も高そうだ。

ここで何かを買うには高額過ぎるし、また取材に必要なものはなさそうだったので、礼だけ言って店を後にした。阿部は一階でガチャガチャで手に入れたと思しきフィギュアを玩《もてあそ》んでいた。

「何を買ったんだ？」

「干物のストラップ。アジのひらきが出たよ」

そんなものを携帯にぶらさげるなんてセンスを疑うが、今はそれどころじゃない。

「阿部、向こうのディスカウントストアでもコスプレ衣裳を売っているそうじゃないか。しかもハロウィングッズとして売っているから、アメコミの衣裳もあるらしい」

「ああ、そうらしいね。じゃあ今から行こうか」

と阿部はしれっと言った。知っていたのにあえて言わなかったのは、もともとああいう店に好感を抱いていないからだろうか。マニアになればなるほど、先ほどのアメコミ専門店や、このコスプレショップのような小さい店を愛《め》でるのかもしれない。だがそんな阿部のこだわりなど知ったことではない。知っているのなら教えてくれなきゃ困るじゃないか、と文句の一つも言いたくなったが、阿部はわざわざ時間を作って俺を案内してくれているのだ。仕事の上でも友人としても、彼の機嫌を損ねたくはなかった。

俺は阿部を連れてディスカウントストアまで戻った。来た時は阿部に案内されていたが、今は逆になっている。

「しかし、さすがジャーナリストだね」

「そうか？」

「そうだよ。凄く手際がいい。この分じゃ、青葉を殺した犯人に、警察に先駆けてたどり着くことができるんじゃないの？」

「一ライターにそんなことは不可能だよ。でも万が一特ダネをスクープできたら、その時は阿部のおかげだよ。飯奢るどころの騒ぎじゃない。本気で何かお礼をしないとな」

「じゃあ、朝まで打ち上げしようよ。それが一番のお礼だよ。もちろんお金は君持ちで」

と阿部は冗談めかして言った。

「よし分かった。そんなので済めば安いもんだ」

「期待している」

俺は阿部と共にディスカウントストアの店内に足を踏み入れた。阿部は来たことがないと言っていたから、お互いに初体験ということになる。沢山の商品が溢れて狭苦しい店内には、若者の客が目立った。中年と思しき客もいるが、せいぜい三十代から四十代だろう。この店自体が秋葉原という街の縮図だと俺は思った。

エレベーターを見つけ、コスプレ衣裳が売っている三階まで昇った。流石にフロアすべてがその手の衣裳で埋め尽くされているといったわけではなく、フロアの一画にひっそりと陳列されていた。しかしそれでも、先ほど入ったコスプレ専門店の売り場より広いかもしれない。

コスプレ売り場に店員が常駐しているわけではないようで、俺は暫く辺りを見回して店員を探さなければならなかった。ようやく見つけた店員に、この写真の衣裳を扱っていないか訊ねた。

客だと思ったのだろう。店員は慌てたふうに売り場の商品を確認した後、在庫を確認してきます、と言って奥に引っ込んでいった。

「申し訳ありません。そのコスチュームは当店では扱っておりません」

　戻ってきた店員は俺にそう答えた。俺は落胆の気持ちを隠して店員に訊いた。

「アメコミの衣裳はこちらで扱っていると伺ったんですが」

「ええ。扱ってはいるんですが、どうしても有名なキャラクターになってしまいまして。お取り寄せもできますが、いかがいたします？」

　その店員の言葉を制して、俺は、

「このコスプレをした人を見たことはありませんか？」

　と訊いた。

「秋葉原はコスプレマニアの方が沢山いますから――」

　と店員は申し訳なさそうに答えた。確かに黒のボンデージと赤毛のウィッグは十分目立つが、それは普通の街に限った場合だ。秋葉原ではコスプレをした人間など珍しくも何ともないのだから、もっと目立つコスプレの陰に隠れてしまうだろう。

「秋葉原でこちら以外にアメコミのコスプレ衣裳を扱っているお店はありませんか？」

「申し訳ありません――ちょっと分からないです」

　商売相手のことなど教えたくないというよりも、本当に分からない様子だった。最初に行ったアメコミ専門店や、二番目に行ったコスプレショップは、秋葉原の他の店のこともある程度把握しているふしが見受けられたが、ここは無数に存在する小さな専門店のことなど、どこ吹く風のようだ。

礼を言って、その場を後にした。少し離れた場所で待っていた阿部のところに戻ると、俺は落胆の色を遠慮なく顔に出した。

「駄目だったの？」

「ああ、収穫なしだ。ここ以外にコスプレ衣裳を売っている場所にも心当たりないらしい」

「もう手がかりはないってこと？」

「悔しいけど、そういうことだな。なあ、交番はないのか？」

「交番、郵便局の隣にあったかな。でも、どうして？」

「決まってるだろ。コスプレ衣裳を売っている店がないか訊くんだよ」

阿部は渋い顔をした。

「止めてくれよ、恥ずかしい」

「恥ずかしい？　何言っているんだ。仕事でやってるんだぞ」

そうは言ったものの、確かに交番が秋葉原の観光案内をしてくれる可能性は低いだろう。第一、そんなことを交番で訊いたら、こっちの身分を明かさなければならなくなる。最悪、事情聴取されかねない。もしかしたら青葉のデジカメに残されていた写真は、現時点では警察しか把握していない情報かもしれないのだ。警察の捜査がどこまで進んでいるのかを知るのは重要だが、それは最後の手段かもしれない。

俺は阿部と共に万策尽きた思いでエレベーターに向かった。そしてエレベーター脇に掲げられている各フロアの案内パネルを何気なく見やった。

思わず呟いた。

「アダルトグッズ——」

「え？　何？」

「アダルトグッズも売っているのか？」

「ああ、まあ、そりゃ何でも売ってる店だから」

俺の脳裏に、秋葉原駅前のアダルトグッズ専門店が蘇った。あそこにはコスプレ衣裳は売っていないのだろうか？　コスプレといってもいろいろあるが、SMのボンデージ衣裳は間違いなくアダルトグッズの一種だろう。写真の女性が着ていた衣裳は一見露出が控えめなボンデージと言えなくもない。もちろんあれはアメコミのキャラだが、あれほど大きな店ならアニメや映画のコスプレ衣裳も売っているのではないか
「なあ、駅前にアダルトグッズの専門店があるだろう？　ちょっと行ってみないか？」

「え？　嫌だよ。ああいうお店に入るのは」

「嫌だったら待っていてくれ。今みたいに店員に話を聞いてすぐに出てくるから。どうせ駄目でもともとだ」

渋い顔をする阿部を連れて、俺は店を出て駅前に引き返した。改めてアダルトショップを見やると、先ほどのディスカウントショップほどの規模ではないが、ビルの各フロアが売り場になっていて、品ぞろえは良さそうだ。俺は顔を上げてビルを見上げた。

「ほら！　あそこ！　あれコスプレの衣裳じゃないか？」

ここからでは遠くて詳細は分からないが、窓際にコスプレ衣裳がまるで展示されるように陳列されている。恐らくだが、駅のホームから見えるように並べられているのではないか。この街で手がかりを見つけるのだと息巻いて足早になっていたから見逃してしまったのかもしれない。

「そう――みたいだね」

この手の店でコスプレ衣裳も扱っているのが意外のように阿部は言った。阿部は下調べをしたと言っていたが、この手の店は彼の盲点だったようだ。

俺は阿部をその場に残し、一人で店内に入った。一階のフロアには、店の外から見えるようにメイド服を着たマネキンが飾られていた。どうして駅を出た時に気付かなかったのだろう。こういう店をまじまじと見つめるのは恥ずかしいという気持ちがあったのか、それとも目には入ったのだが、秋葉原でメイド服は当たり前だと、それがすぐにコスプレに結びつかなかったのか——いずれにしても俺は自分の不明を恥じた。同時に、遂にたどり着いたのではないかという直感のようなものがあった。

一階はアダルトＤＶＤ売り場だった。店員にコスプレ売り場は何階ですかと聞くと六階だと教えてくれた。

店員の言う通り、一度店を出て、裏に回ればエレベーターがあるという。

エレベーターは店の反対側の出入り口のすぐ近くにあった。こちら側には件のガチャガチャの販売機が並べられ、一見アダルトショップには見えない。こういう店に入るのが恥ずかしいという客に対する配慮だろう。

エレベーターで六階に向かった。扉が開くと、そこには先ほど行ったコスプレショップやディスカウントストアのコスプレ売り場で見かけたのと同じような光景が広がっていた。知識のない俺にはどこも同じに見えるが、やはり店によって傾向があるのかもしれない。もしここでアメコミの衣裳が売っていたら尚更だ。

髪を茶色く染めたホストのようなレジの店員に写真を見せ、俺は、

「この衣裳が欲しいのですが」

と言った。

店員は大げさに残念そうな顔をした。その顔を見た瞬間、俺は落胆した。やはりここにも手がかりはなかったのだ。

だが、違った。

「すいません。このコスチュームは売れてしまいまして。今、在庫がないんです」

「売れた⁉」

俺は思わず大きな声を出した。その声で、店員は心底びっくりしたようだった。

「この服は以前、こちらで販売されていたんですか？」

「は、はい」

「どんな人が買っていったんですか？」

「すいません。もう一度、見せていただけますか？」

店員は、俺が差し出した携帯を手に取って画面をまじまじと見つめた。

「間違いないです。このお客様です」

「この人が、こちらで衣裳を買っていったんですか？」

「そうです」

当たり前だろう、と言わんばかりに店員は答えた。

「あちらの階段に写真が飾ってありますよ。写真を撮っていただいたお客様は、三十パーセント値引きして販売させてもらってます。このお客さんはつい最近のことだからよく覚えているんです」

「誰と買いに来たんですか？」

「男性と。ボーイフレンドの方なんじゃないでしょうか。楽しそうでしたよ」

遂に見つけた。そう思った。秋葉原の駅を降りて最初に目に入った店に答えがあったとは何とも皮肉だが、終わり良ければすべて良しだ。俺は店内を見回した。あの写真はここで撮られたものではないかと思ったのだ。GPSの位置情報が指し示しているのは、この店の向かいの通りだ。それくらいなら十分誤差の範囲内だろう。だがしかし、この店のどこで写真を撮ったとしても、必ず商品が写り込んでしまうだろう。あの写真の背景はもっとスッキリしていた。

「写真というのは、こちらの店内で撮るんですか？　それともどこか別の場所で？」

「あ、いえ。ここで直接撮ります。スタジオとか、そういうのはこのビルにはないんで」

つまり、あの写真はどこか別の場所で撮られたことになる。恐らく、ここからそう遠くない場所で。

「名前とか分かりませんか？　この人でも、ボーイフレンドの方でも」

と俺が訊くと、店員は不審げな顔になった。

「お知り合いじゃないんですか？」

俺が自分の携帯に彼女の写真を保存していたので、この携帯で彼女を撮ったと思われたのだろう。つまり俺が撮ったのだと。

俺は店員に名刺を差し出した。肩書きは『週刊標榜取材記者』である。やはり週刊標榜との仕事が一番多いので、中田に断って作らせてもらったのだ。こういうライターは結構多い。それ以外の仕事の時は肩書きなしか、単に『Writer』とだけ刷った名刺を使っているが、やはり『週刊標榜取材記者』の名刺が一番スムーズに話が進む。

「取材ですか？」

「秋葉原のコスプレ文化について記事を書いているんですよ。もちろん正式な取材というわけではないのですが、もしかしたらまた正式に伺うかもしれません」

「週刊標榜にこの店が載るんですか？」

週刊標榜は保守的でお堅い雑誌のイメージがあるので、サブカルチャー、しかもアダルトショップなどの記事が載るとは思われていないのだろう。

「まだ決定したわけではありませんが、その写真の方は有名なコスプレマニアで、最近秋葉原でこの衣裳を買ったということが分かったので、伺ったんです。でもすぐに見つかってよかった。それでお尋ねしたいのですが、この方について、何か変わった点はありませんでしたか？」

「変わった点、とは？」

「何でもいいんです。普通のお客と違うな、と思った点とか。たとえばボーイフレンドと二人で買い物に来るのは珍しい、とか」

店員は少し笑った。

「珍しくないですよ。カップルで来て、下で売っているグッズを買っていくお客さんもいるぐらいです。コスプレなんて全然普通ですよ。確かにコスプレには興味があるけど、下のグッズには抵抗があるってお客さんもいると思います。だからエレベーターで直接この売り場に来られるようにしているんです」

「常連さんというわけではなかったんですか」

「ええ、初めてのお客さんでした。下のグッズはどうだか分かりませんが」

俺はどうやら無意識のうちに、コスプレの衣裳を買った店が分かれば、そこから新たな事実が判明すると思っていたらしい。だが、もちろんそんな保証はないのだ。事実はあの女性が、この店で衣裳を買い、写真を撮ったというだけだ。

「この写真の場所についてはお心当たりありませんか？　どこかの部屋のようですが。もしかしたら撮影スタジオかもしれない」

店員はもう一度携帯の画面を覗き込んで、

「まったく分かりません」

と答えた。

その時、店内にいた他の客が、展示されている商品のことで店員に声をかけてきた。もう引き上げる潮時のようだ。

「ありがとうございました。大変助かりました」

とだけ言って、俺は軽く店員と会釈を交わしその場を後にした。だが最後に訊き忘れたことを思い出した。

「そのお客さんは、当然試着したんですよね?」

「ええ」

「その後、また自分の服に着替えて帰ったんですか?」

店員は首を振った。

「いいえ。コスチュームを着たままお帰りになりました」

来た時はエレベーターだったが、階段を降りることにした。もちろん階段に飾ってあるという女性の写真をチェックするためだ。

店員の言った通り、階段の踊り場付近の壁には、コスプレをした人々のポラロイド写真が沢山飾られていた。男性のコスプレイヤーも多いが、比率は圧倒的に女性が多い。顔を手で隠している者もいるが、ほとんどが素顔を曝しているようだ。

こういうアダルトショップに自分の写真を飾られることに抵抗はないのだろうか、と俺などは思ってしまうが、それは三十を過ぎた俺がもう若者の感覚からズレてしまった証拠なのかもしれない。それにコスプレなどするのはある種の自己顕示欲があるからだろうし、それで三割引きになるのなら皆進んで写真を撮るのかもしれない。

目的の写真はすぐに見つかった。白壁をバックにしているが商品が写り込んでいるので、店内で撮られたものとすぐ分かる。青葉のデジカメに残されていた写真よりも、若干はにかんだような顔をしている。着た直後で恥ずかしかったのかもしれない。

写真には『4月6日　誕生日記念!!』とサインペンで書かれていた。青葉が殺された二日前、デジカメの写真の日付と同じだ。引っぺがしてこっそり持っていきたかったが、写真は壁に直接貼られているのではなく、大きな額に数十枚ほどまとめて入れられているので、一枚だけ剝《は》がすのは不可能だった。

俺は周囲に人がいないことを確認し、携帯のカメラで写真を撮影した。彼女はこの街で誕生日を男性と共に祝った。よほど楽しかったのだろう。羽目を外してこの店に入り、そしてコスプレ衣裳を買った。いくら楽しくてもそこまでするだろうかという疑問もあるが、それはとりあえず措《お》いておこう。

彼女と一緒にいた男性は青葉だろうか。もしそうだとしたら、彼にとってこの女性は取材の対象ではなく、恋人に近いものではないか。青葉は既婚者だから愛人か。だとしたらこの女性が特ダネを握っているという線は大分薄くなる。どこのライターが取材相手の女性とこの手の店に入って、仲むつまじく買い物をするのか。しかもコスプレ衣裳などを。

俺は思い立って、再びコスプレ売り場に引き返した。帰ったんじゃなかったのか、という顔をした先ほどの店員に、俺は再び訊いた。

「すいません。先ほどの件ですが、聞き忘れたことがありまして——その男女ですが、買い物のあとに領収証を貰いましたか?」

「いえ、クレジットカードのお支払いで、領収証は書きませんでした」

「男性の方が支払ったんですね」

当たり前だろう、というふうに店員は頷いた。俺も頷いた。

「ありがとうございます。もしかしたら、また何かお尋ねすることがあるかもしれません」

怪訝そうな顔をした店員を残して、俺は店を後にした。クレジットカードの記録を見れば誰がここであのコスプレ衣裳を買ったのかが一目瞭然だが、流石に一ライターの俺にそこまで調べる権限はない。

どんなに仲むつまじそうに見えても、取材の一環としてこの店で買い物をしたのであれば、必ず領収証を貰うはずだ。だが店員は領収証を書かなかったという。だとするとこのコスプレ衣裳はまったくのプライベートの買い物か、もしくは女と一緒にいたのは青葉ではないということだ。

店を出ると阿部が、所在なげに駅前に立っていた。

「どうだった？　何か分かった？」

「ああ、遂に見つけたぞ。店員が憶えていた。やはり彼女はここであの衣裳を買ったんだ」

「本当？」

阿部は驚いたような顔をした。彼は俺を手際が良いと評してくれたが、今それを実感しているのだろうか。だが謎は増えた。

今一度、今回の取材の目的は何かと考えてみる。もちろん摩季への約束を果たすという個人的な目的はあるが、重要なのは青葉が握っていたという特ダネだ。東都新聞が動いていることもあり、その特ダネが実在する信憑性は高い。青葉のデジカメに残されていた写真の女にたどり着けば、その特ダネが何か分かるのかもしれない――もちろんそんな保証はない。だが、そうであればよい、と考えているのは事実だ。やはりこうして足を棒にして謎の女を追っているのだから、それなりの見返りが欲しいと思ってしまうのは人情だ。

もし、女と一緒にいたのが青葉であったとしたら、やはり女は青葉の愛人で、特ダネとは関係ないのかもしれない。東都新聞の佐藤が漏らした中西という女と、写真の女性とは同一人物ではないのだろう。だがもし、この店で女性と一緒に買い物をしたのが青葉ではないとしたら？

別の男だったのかもしれない。そんな疑いが脳裏に広がり始めた。そもそも青葉は金に困っていたはずだ。そんな男が領収証も切らずに高価なコスプレ衣裳を買うはずがない。

「桑原君？」

急に黙りこくった俺を、阿部は不審げに見つめた。俺は阿部を見つめ返して、ズボンのポケットから携帯電話を取り出した。そして摩季にかけた。

『はい？』

暫く呼び出し音が続き、出ないのかと諦めて切ろうとした時、摩季の声が聞こえた。

「たびたび申し訳ありません。今、お時間大丈夫でしょうか？」

『ええ――』

「ご主人の写真がもしありましたら、お借りしたいのですが」

『取材でですか？』

「はい、そうです」

『何か分かったんですか？　いったい、どういう――』

「それは――」

俺は言い淀んだ。今の段階で俺がしようとしていることを摩季に告げていいものか悩んだのだ。

妻の摩季ならば夫が殺されたという特別な事情もあり、クレジットカードの明細をカード会社に問い合わせできるかもしれないが、時間がかかるであろうことは否めない。少なくとも今日中には無理かもしれない。最も簡単で早い方法は、先ほどの店員に青葉の写真を見せてこの店で彼女と一緒に買い物をしたのが青葉かどうか確認することだ。店員は女の顔を憶えていた。あのコスプレ衣裳の印象が強かったせいもあるだろうが、もしかしたら連れの男の顔も憶えているかもしれない。

もちろん俺は、青葉ではないという結論を期待していた。見込み取材と言えなくもないが、どうしても青葉が追っていた特ダネにたどり着きたかったのだ。

あのコスプレ衣裳を買ったのが青葉でなかったとしたら、コスプレをした女性が特ダネに関係しているという可能性は高まる。もし青葉だったらその逆だ。そしてそれは青葉が不倫していたかもしれないという可能性を強固にするものだ。それを身重の摩季に正直に告げていいものか――。

「いずれ、その理由は必ずお伝えします。だから――」

『分かりました』

と摩季は即答した。俺の言い淀んでいる様子から、多かれ少なかれ悟ったのかもしれない。

『どうせ隠すようなものではありませんから。テレビのニュースでも断りもなく顔写真を出すし――』

それは被害者のプライバシーに配慮しない報道機関のあり方を嘆く言葉だったが、俺はテレビのニュースで青葉の顔写真が映ったのなら、それを画像に取り込んでおけばよかった、とまるで摩季の気持ちを慮《おもんぱか》らないことを考えていた。

『どんな写真でもいいんですか？』

「はい。お顔が分かれば何でもいいです」

『また、パソコンの方に？』

「あ、いえ。お手数をおかけしますが、この携帯に送っていただけないでしょうか？ご主人の写真を携帯のカメラで撮ったもので構いません」

俺は口頭でこの携帯のメールアドレスを摩季に伝えた。そして面倒をかけさせる詫びを言ってから、通話を終えた。

「誰に電話をかけたの？」

と阿部が訊いてきた。

「青葉の妻だ。あの写真の女にコスプレ衣裳を買ってやった男がいる。青葉のカメラに女の写真が残っていた以上、その男が青葉である可能性も視野に入れる必要があるから、青葉の顔写真が欲しいんだ」

「――桑原君は、その男が青葉だと思っているの？」

「多分、違うと思う。それにもし青葉が買ってやったのなら、取材のために会っていたという線はかなり薄くなるからな」

その俺の言葉に阿部は何かを言いたそうな素振りを見せたが、何も言わなかった。

「どうした？　何か意見があるのか？」

「いや、桑原君には桑原君の考えがあるんだから、部外者の僕が何か言うことじゃない。ただ情報が少ない今の段階で、そう決めつけるのは早いかなと思って」

その阿部の言葉に、俺はまるで心を見透かされたような気がした。阿部は俺が自分の都合の良い見込み取材をしようとしていることに気付いているのだ。もちろん俺がどんな期待を胸に取材をしようとも結果は変わらないのだが、あまり予断を持ち過ぎると道を誤る危険性がある。阿部の言う通り、ここでコスプレ衣裳を買った男と青葉が同一人物である可能性も、念のため視野に入れておくべきだろう。

万が一あの写真の女性が青葉の愛人だとしたら、デジカメに残されていた写真が撮られた場所は、どこかのホテルの一室ではないか、あの格好のままホテルに行ったのであれば、そこでまた写真を撮るのも自然な成り行きかもしれない。

「なあ、秋葉原でホテルっていったらどこにある？　ラブホテルでもいい」

「ホテル？」

俺は自分の推測を阿部に話した。

「あの写真がホテルで撮られたって言うの？」

「可能性だ。明らかに室内で撮られたようだったし、万が一青葉の愛人だとしたら、ラブホテルに行くのが自然なんじゃないだろうか。彼女が地方出身者で旅行か何かで上京してきたっていうんなら、普通のホテルという可能性もあるが——」

「普通のホテルだ」

阿部は断言した。

「秋葉原にラブホテルはないよ。そういうホテルはカップルが集まる場所に建てるもんだ」

「いろいろ面白いモノがあっても、やはり買い物の街で、デートスポットじゃないのか」

「そういうことだね。湯島の方に行けば沢山あるけど」

「湯島か——」

　ここから距離はあるが、少なくとも日比谷公園よりは近い。

　警察なら近辺のホテルをすべて聞き込みに回るのだろうが、俺一人ではとても無理だ。湯島まで含めるとその数は膨大に上る。

「阿部、今日はありがとうな。とりあえず女の足取りはつかめた。あとはこっちで何とかする」

「本当？　役に立った？」

「ああ。手がかりが見つかったのも阿部のおかげだ。本当に感謝している。そろそろ腹が減っただろう？　昼飯を食おうぜ。奢るよ」

「そうか、ありがとう。なあ外で食べるのもいいけど、家に来ない？」

「阿部の家に？」

「ああ。近くに住んでるのに案内しないっていうのも変だろう。美味《うま》いワインがあるんだよ」

「いや、迷惑かけたのにワインまでご馳走になっちゃ悪い」

「いいんだ。こういうことがない限り開けないから。でもせっかくだから昼飯は奢ってもらうよ。前々から食べたかったウナギ屋があるんだ。出前を取ろう」

「ウナギにワインか。試したことないな」

「結構合うんだよ。白ワインだから白焼きがいいかな」

阿部はマイペースだった。ウナギとワインの組み合わせは確かに美味そうだったが、頭から仕事のことを完全に消し去ることはできそうにない。阿部の部屋で食事をし、軽く旧交を温めた後、そこで阿部と別れ、帰りがてら駅前で軽く聞き込みをしようと思う。写真の女性はあの衣裳を着たまま店を出たという。たとえ秋葉原のコスプレにしては大人しい方だとしても、あんな格好のまま外を歩いていたら必ず誰かの目に留まるはずだ。もちろん摩季から青葉の写真が届いていたら、先ほどの店員に写真を見せて、コスプレ衣裳を買ったのはこの男かどうか訊ねなければならない。その結果いかんで今後の方針が決まるのだから。

「どうしたの？　何か元気ないね。あの女の足取りはつかめたんだろう？」

「ああ。でも、それで終わりじゃないからな。もちろんやれることは全力でやるけど、やはり自己満足で終わりたくない。結果を出さなければ。そのためにはどうすればいいのか――」

俺は自分に言い聞かせるように呟いた。俺の気持ちを慮ったのか、阿部もそれ以上話しかけてこようとはしなかった。

俺たちはまるで恋人同士のように、二人並んで和泉《いずみ》橋を歩いて神田川を渡り、彼が住んでいるマンションに向かった。

阿部のマンションは靖国通り沿いにあった。聞くとまだ新築らしい。最上階の2LDK。秋葉原駅から五分ほどのこの立地では、家賃はそれなりにするのだろう。俺は自分が暮らしている、中野の築27年のアパートを思い出し、軽い劣等感に苛《さいな》まれた。

「一人暮らしなのか？」

「そうだよ。そろそろ親は結婚しろって言うけど、独身みたいに自由にお金が使えなくなるのは目に見えてるから」

そう言って阿部は笑った。文句を言ってくれる親がいるだけマシだぞ、と忠告しようと思ったが、他人に説教する柄ではないので止めておいた。

秋葉原という物欲の街に暮らしているのに、意外と物が少ないシンプルな部屋だった。あちこちに趣味のグッズが溢れていると想像していたのだが。

「新築マンションだって言っていたな。最近越したばかりなのか？」

昨年の事件の際、既に阿部はここで暮らしていたから最近ということはないな、と分かっていたが、一応訊いた。

「新築って言っても、もう築二年になる。建てられてすぐに引っ越してきたから、最近じゃないね。どうして？」

「いや、ライターやっているといろいろ勘ぐるから。気にしないでくれ」

「勘ぐるって、何を？」

そう言って、阿部は笑った。

「適当なところに座っていてくれ。今、コーヒーでも淹《い》れるから。あのウナギ屋はさばくところから始めるから、結構時間がかかるんだ」

「ああそう。でもコーヒーは食後の方がいいんじゃないか？」

「ウナギの後にコーヒーは合わないよ」

ワインを飲みながらウナギを食べようという人間が何を言っているのかと思ったが、ここは彼に任せておくことにした。

「出前は適当に注文しちゃっていいか？」

「ああ、阿部のオススメでいいよ。なあ、さっき買ったＤＶＤ観てもいいか？」

「いいよ。操作は分かる？」

そう言って阿部は、リビングに鎮座しているプラズマテレビを見やった。俺のテレビよりも遥かに画面が大きいのは言うまでもない。

「ああ、ＤＶＤを再生するだけだから大丈夫だ」

「操作を間違えて録画しておいた番組を消さないでくれよ」

そう阿部は笑いながら言って、キッチンの方に姿を消した。俺は先ほどのアメコミショップで買ったＤＶＤをバッグから取り出し、パッケージを開いた。出前が届くまで時間がかかると言っていたし、この部屋に滞在している間に観終わるだろう。件の彼女が何を思ってこの映画のヒロインのコスプレをしたのかは分からないが、俺も同じ映画を観れば何か手がかりがつかめるかもしれない。

プラズマテレビの下のラックに収納されているレコーダーのトレイのオープンボタンを押した。レコーダーの電源が入ると同時に、まるで舌を出すかのようにトレイがこちらに伸びてくる。俺はＤＶＤをトレイに載せ、再びオープンボタンを押した。トレイがＤＶＤを収納すると、レコーダーから微《かす》かにディスクの読み取り音が聞こえてくる。

リモコンでテレビの電源を入れた。地上波の放送が流れてきたので『入力切替』のボタンを押して、レコーダーの映像がテレビの画面に映るように切り替える。

そして俺は何も考えずに再生ボタンを押した。今、レコーダーに入れたＤＶＤの映像が再生されると信じて。

だが画面に映し出されたのはアニメの番組だった。一瞬、あれっ？　と思ったがＤＶＤではなくレコーダーのハードディスクに録画された番組を再生してしまったことにすぐに気付いた。

一見して子供向きだと思われるアニメだった。そしてキャラクターは日本語を喋っていたが、絵のタッチから海外のアニメだと分かる。まったく知らないアニメだったが、なぜこのような番組を阿部はレコーダーに録画しているのだろう。

俺は阿部には悪いと思ったが、メニューボタンを押して画面に現在レコーダーに録画されている番組の一覧を呼び出した。ニュースやバラエティ、日本のアニメもなくはないが、やはり圧倒的に多いのは海外のアニメだった。俺でも知っている有名なアメコミヒーローのアニメまで録画されている。再びメニューボタンを押し、先ほど再生したと思しき番組の情報を表示させる。海外アニメを中心に放送している衛星放送のチャンネルで放送された番組だった。

もちろん阿部がどんな番組を録画しようと阿部の勝手だ。だが俺は若干の違和感を覚えた。先ほど秋葉原を阿部に案内されて感じた彼の印象は、アメコミにはあまり詳しくなさそうというものだった。しかし、こんな子供向けの海外アニメを、衛星放送の契約までして録画しているぐらいだから、ある程度は知識があってもいいのではないか。

「阿部」

と俺はテレビ画面を見つめたまま、キッチンでコーヒーを淹れている阿部に呼びかけた。

「何？」

「海外アニメが好きなのか？」

「――どうして？」

「悪いと思ったけど、レコーダーの中身を見せてもらった。これ衛星放送だろう？　月々料金を払ってまで海外のアニメを観てるのに、阿部はアメコミに詳しくないのか？」

するとキッチンからは、

「アメコミはニッチだと言っただけで、詳しくないなんて言ってないよ」

という答えが返ってきた。

「なら、どうしてアメコミに詳しいことを隠していた？」

「別に隠していたわけじゃないけど――詳しいというほど知っているわけじゃないから。ねえ、ちょっとこっちに来てくれない？　見せたいものがあるんだ」

俺は阿部に対して若干の不信感を抱いたまま立ち上がった。そしてコーヒーのいい匂いが漂い始めたキッチンに向かった。阿部はそこにはいなかった。少なくとも、俺の視界の範囲には。

「阿部、どうした？」

と俺は呼びかけた。そしてキッチンに一歩足を踏み入れた。奇麗なキッチンだった。だが丁寧に掃除しているというよりも、普段あまり使っていないという印象を受けた。やはり外食が多いのだろうか。俺とて人のことを言えた義理ではないが。

俺が再び彼の名を呼んだ時、

「阿部――」

と背後で阿部の声がした。俺は思わず後ろを振り返った。

「桑原君」

阿部がそこに立っていた。秋葉原を案内した時のような人当たりのいい雰囲気など微塵も感じさせない、冷たい顔で。

「どうしたんだ――」

と言った瞬間、阿部がこちらに走り寄ってきた。突進、と言ってもいいくらいの勢いだった。あまりに突然で避けることもできなかった。

阿部に押されて身体がぐらりと揺らいだ。そして阿部は俯《うつむ》いたまま、俺と身体を密着させている。まるで俺を抱きすくめているかのように。

何なんだ？　冗談のつもりなのか？　そう思った次の瞬間。

最初に感じたのは強烈な熱さだった。そして熱さを感じた脇腹の周辺に急速に全身の気力が集まっていくような感覚で足がふらつき、俺は思わず崩れ落ちないように足に力を込めた。

だがその力さえもどんどん脇腹の方に吸い取られてゆく。

すぐ近くに阿部の顔があった。俺は首を動かしてそちらを向こうとするが、そんな僅《わず》かな動作もままならなかった。阿部の少し荒い息と彼の体温を感じる。いったい自分に何が起こったのか、彼が俺に何をしたのか、それを知りたく、俺はまだ脇腹に吸い取られていない力を口元に集め、必死の思いで言葉を発した。

「あ――阿部――」

「あんな店のことに気付かなければよかったんだ」

と阿部は言った。

「あのディスカウントストアで諦めて帰ればよかったんだ。アダルトグッズのことなんか気付かずに。そうすれば君を殺さずに済んだ」

その阿部の言葉が脳裏に木霊《こだま》した。

――君を殺さずに済んだ。

――君を殺さずに済んだ。

――君を殺さずに済んだ。

俺は必死の思いで、阿部に問いかけた。

「お前が――お前が、青葉を殺したのか――？」

「ああ、そうだよ」

と阿部が言った瞬間、俺はキッチンの床に崩れ落ちた。身体が徐々に何かで濡れてゆく。

漏らしてしまったと本気で思った。違った。俺の身体を濡らしているのは、俺自身の身体から溢れる鮮血だった。

　視界にスリッパを履いた阿部の足があった。俺の身体から溢れた血がゆっくりと、まるで川のようにキッチンの床を流れ、そして阿部の足下に到達し、彼が履いているスリッパを汚してゆく。気力が失われるのと反比例して激痛は増してゆく。同時に、秋葉原を案内された今日一日のことが脳裏を過る。

　そうだ——店員に話を聞いている時、阿部はこちらの方に近づこうともせず、店内の商品を見やっていた。コスプレショップとアダルトショップに関しては、店の中に入りすらしなかった。このまま俺が死んで、警察が秋葉原での俺の足取りを追うようなことになっても、俺が今日回った店々の店員たちは警察にこう答えるのではないか——あの人は、たった一人でここを訪れたと。阿部は俺と一緒にいるところを目撃されたくなかったのだ。

　駅前で待ち合わせた時、既に彼は俺を殺す可能性を視野に入れていた。アメコミショップに関しては彼も店内までついてきたが、入るのが恥ずかしい店ではなく、店の外にガチャガチャもなかったからだろう。店に入らない口実を思いつかなかったのだ。阿部はアメコミに関して人一倍詳しいのに、それを隠していた可能性もある。あの店だってきっと足しげく通っていただろう。だが店は小さく、商品が溢れているので棚などの陰に隠れて店員には自分の姿が見えないと踏んだのだ。もし監視カメラで撮影されていたとしても、俺と会話していなければ赤の他人と思われるに違いない。常連なら尚更だ。

阿部と歩いている時、俺は何度か、店に入って昼飯を食おうか、コーヒーでも飲もうか、と持ちかけたが彼はことごとく拒否した。そんなことより先に店を回ろうと。俺の仕事に協力的なのかと少し嬉しかったが、別の理由があったのだ。これから殺すかもしれない男と一緒に飲食店に入って、店員の印象に残るわけにはいかなかった。ただそれだけなのだ。

そう考えると、わざわざ俺と会う日を日曜日に指定したのも、意図的なのかもしれない。阿部は自分で輸入雑貨商をやっている。勤め人ではない。曜日の感覚に関してはフリーランスの俺と同じようなものではないか。でも阿部は日曜日に俺と会いたがった。何故か？　日曜日の秋葉原は人で溢れることが分かっていたからだ。特に店に入らない限りは、人の多さは逆に俺と阿部の姿を隠してくれるから。

あの女性と一緒にアダルトショップを訪れて、コスプレ衣裳を買ったのは阿部だったのか？　しかし、今はそんなことよりも――。

「どうして――どうして――」

何故、阿部が青葉を殺したのかという以上に、なぜ俺が阿部に殺されなければならないのかという疑問の方が強かった。友達なのに、などという甘えた言葉は吐くまい。どうせ高校時代は大して話もしなかったのだから。でも仮に、俺の取材の失敗を阿部が望んでいたとしても、今の段階ではまだ青葉の特ダネが何なのかはまるで分かっていないのだ。口封じのためなら——あまりにも拙速だ。

その俺の言葉に、阿部はゆっくりとその場で跪《ひざまず》いた。そして床に倒れ込み立ち上がれない俺を見下ろし、

「君は、この街で彼女が最後に立ち寄った店を見つけ出した。そこで諦めはしないだろう。必ずカオルにたどり着くはずだ。そして僕が青葉を殺したと知るだろう。だからこうするしかないんだ。騙《だま》して部屋に連れてきて悪かったね。本当はワインなんてないんだよ」

と言った。

カオル——。あの女はカオルというのか。どんな字を書くのだろう。香、馨、薫——。

「俺を殺したって——警察も気付く——もう、気付いているかもしれない——デジカメの写真は警察も手に入れているはず——」

俺は必死に喋ろうとするが、言葉がおぼつかない。力が抜けている上に激痛でろくに喋れないのだ、と気付く余裕も今の俺にはなかった。ただ、

「あの写真は——この部屋で撮ったのか？」

そう阿部に問いかける気力は残っていた。阿部は答えなかったが、答えるまでもない質問

だったのだろうと俺は理解した。日比谷公園はともかく、この部屋はビルが立ち並んでいる都会の中なら、十分GPSの誤差の範囲内だ。

「警察に調べられるのは構わない。それで捕まるのも覚悟している。でも君は駄目だ。君を生かしておいたら、必ず僕とカオルのことを面白おかしく書くだろう。それは駄目だ。たとえ人を二人殺して死刑になっても、あの秘密は守り通さなくちゃならない」

そう阿部は、どこか冷めた顔で言った。

東都新聞までもが追い求めた——秘密。それは——。

「——保守党の秘密か？」

阿部は答えない。

脳裏に、佐藤が書いたあの記事が過る。

「——天野桐人」

それ以上呟くだけの気力はもう俺には残されていなかった。別れた妻の聡美《さとみ》の顔が、義姉の雅代《まさよ》さんの顔が、甥の峻《しゅん》の顔が、父の顔が、そして母の顔が、脳裏に浮かんでは消えていった。俺が死んだら彼らは泣いてくれるだろうか。聡美は俺の葬式に来てくれるだろうか。

ミイラ取りがミイラになる、中田と交わしたそんな言葉が脳裏を過る。フリーライター連続殺人事件などというテレビドラマのような見出しは、こうして現実のものになってしまった。

真犯人は阿部、俺にとってはあまりにも意外な結末。

最後に考えたのは青葉の妻の摩季のことだった。彼女に誓った約束は、どうやら守れそうもない。俺の敵はいったい誰が取ってくれるのだろう。もしそんな奇特な者がいるのであれば、どうか俺と共に青葉の敵も取って欲しい。摩季のために。いや——。

摩季は俺がこうなることを予想していたのかもしれない。俺も青葉と同じ運命をたどれば、夫に対する復讐が成し遂げられると考えたのだ。もしそうだとしたら彼女の計算は見事に成功したことになる。こんなサプライズはない。俺は自嘲しそうになったが、笑う体力はもう残されてはいなかった。

意識が薄れてゆくと同時に、激痛も和らいできた。死の直前には感覚の回路が徐々に遮断されてゆくのだろうか。今までの取材で出会った女性たちの顔が脳裏を過るが、もう何も考えることができない。後悔も憎しみも呑み込んで、俺の意識は果てしない暗黒の空間に沈んでいった。

III

年齢《とし》を経た今になっても、幼かった頃や若かった頃の日々を毎日のように思い出す。私は高校を卒業し、二十歳を迎え、社会人になれば、自動的に大人になるものだとばかり思っていた。でも、そうではなかった。人は時が来て自動的に大人になるのではなく、自分の意思で大人になることを、当時の私は分かっていなかった。だから私は今も後悔を抱えたまま、本当の意味での大人になれない。

あの悲劇をもたらしたのは、自分の無知や、傲慢、そしてすべてを時の流れるままに任せた自分の無責任さだろう。私がもう少しだけ賢明だったら、青葉というライターは殺されずに済んだ。そして彼の死の謎を追ったあのもう一人のライターにも、あんな運命は訪れなかったはずだ。にもかかわらず私はこうして生きている。生き延びることが罪なのかもしれない、などという自分勝手な理屈で自分を納得させることも、ましてや自ら命を絶つこともできず、私は今日もこうして空しい人生をすり減らしている。

どうしてあの事件は起きてしまったのだろう？　もちろん、すべての原因は私の存在だ。私さえいなかったら事件は起こらなかった。しかし後悔はおおむね、あの時こうしていれば、という選択に対するｉｆと同時に発生する。だから私は生まれてきてしまった後悔ではなく、どうすれば自分はあの悲劇を回避できたのだろう、そんなことばかりに想いを馳せるのだ。

まるで過去をどう変えたら自分の望んだ未来になるか、そのシミュレーションをするかのように。そしてどんなにｉｆを繰り返しても、答えはたった一つしか出てこなかった。

あの時、天野兼人と出会わなければ、あんな悲劇は起こらなかったと。

天野兼人の父親は天野猛といい、当時既に一線を退いてはいたが保守党の有名な政治家だ。兼人は長男だから普通は猛の地盤を継いで保守党から出馬してもおかしくはない。だが実際は、兼人の弟の天野桐人が猛の後を継いでいた。

桐人は見た目も清潔感があり、整った顔立ちで、保守党の支持層はもちろん、政治にはあまり関心がない若い女性からも人気があった。私も、テレビなどで桐人の姿を見かけると思わず視線が彼に釘付けになる。何故なのだろう、と自分自身に問いかける。天野桐人に心を奪われる理由に心当たりはない。私も世の若い女性同様、政治にはあまり関心がなかったからだ。

考えた末、桐人は私に似ているのかもしれないと考えた。二重瞼の大きな瞳や、鷲鼻《わしばな》と言ってもいいぐらいの大きくて高い鼻がそっくりだった。細い顎も似てると言えば似ている。天野桐人に対して関心を抱いている理由は、煎じ詰めればそれだけの理由しかなかった。政策とか、思想信条などにはまるで興味がない。天野桐人にせよ、その父親の猛にせよ、テレビでよく顔を見る政治家という認識しかない。つまり芸能人と同じような感覚しか抱いてはいなかったのだ。だから天野桐人の兄、兼人と知り合うだなんて想像もしていなかった。

　母もテレビで天野家の政治家の話題になるたび、冷たい目で画面を見つめていた。当時の私は、社会人の母は彼ら保守党の政治家にいろいろ思うところがあるのだろうと単純に考えて、それ以上詮索することはなかった。ただ女手一つで私を育ててくれた母には、世知辛い世の中に対して言いたいことがいろいろあるのかもしれないと思っていた。

　自分の顔が天野桐人に似ているんじゃないかと訊ねようと思ったこともあるが、やはりそれも思い止まった。自分が有名な政治家に似ているなど、自分から言い出すのは恥ずかしかったのだ。それに顔が似ているのにあなたはぱっとしないねえ、などと嫌みを言われるに決まっているとも思った。

　当時私は自由が丘にある短大に通っており、今はもう、どこでどうしているか分からないが、同じゼミだった利奈《りな》という友人とよく遊んでいた。兼人と出会ったのも利奈がきっかけだった。知り合いの知り合いを紹介される。もちろん利奈ははっきりそう言って私をあの場に連れては行かなかったけど、恐らく彼女にとってはコンパに近い感覚だったのだろう。

　有名人のお兄さんに紹介してあげる、という触れ込みで利奈は私を新橋のオイスターバーに連れて行った。子供の頃は苦手だったが、その頃は生ガキが美味《おい》しいと思うようになったし、また利奈と食事をするのは楽しいだろうなと深く考えることなく、私は彼女の申し出を断らなかった。ただ有名人というのは眉唾ものだとも思った。有名人と言ってもどの程度有名なのか分からないし、そもそも有名人のお兄さんということは、その人は有名人ではないということだ。いずれにせよ芸能関係なんだろうな、と考えたが、政治家とは想像もしなかった。ましてやそれが、あの天野桐人の兄だとは。

目的の店は新橋のガード下にあった。こういうところに出向いたのは、私はほとんど初めてだった。サラリーマンとOLとお酒の匂いと焼き鳥の煙が溢れた新橋は、大人の世界を垣間《かいま》見てるような気がして少しだけ胸が高鳴った。同じ大人の街でも隣の銀座はきらびやかで、何だか別の世界という気がするけれど、新橋はいずれ自分もこの街の住人になるのだという現実と地続きのリアルさがあった。ファッションにも自信がない私には、やはり銀座よりも新橋の方が身近に感じる。肩肘張らずに歩ける街、という感じだ。

利奈は勝手知ったる様子で、すたすたと大人の街を歩いてゆく。まるで、もう既にこの街の住人のようだった。利奈とは短大で同じゼミなのだけれど、彼女に比べれば私は子供なのだと思わずにはいられない。就職も誰よりも早く決めるだろう。実際もう活動を始めていて、さっきまで伯父さんが新聞社勤務だけど私は短大生だから何のコネにもならないわ、と愚痴を聞かされていたところだ。確かに実際に就職となると、短大卒は四年制大学卒より選択肢が大幅に狭められ、もっと勉強して四年制大学に行けばよかったかも、と後悔しなくもない。

店の一番奥まった席には、利奈のバイト先の寺島健吾という社員さんと、彼の友人らしき一人の男がいた。個室というわけではないけれど、他のテーブルから見えない場所にあるので特別な席だと分かる。なるほど、有名人の兄というのは本当のようだ。

テーブルに着くと利奈は、国会議員の天野桐人のお兄さんの兼人さんよ、と言った。私は言葉を失った。そして思わず彼の顔を直視した。息を呑んだ。二重の瞼も、鷲鼻も、少し尖《とが》った顎も、天野桐人とそっくりだった。つまり、私とも似ているということ。

その時、兼人がこちらをじろりと見てきて、私は思わず視線を逸らした。あまりにもじろじろと彼の顔を見ていたから、気分を害したのだろう。しかし、そうでなくともあまり機嫌は良くなさそうだった。有名人の兄ということで、見せ物にされているような気分になっているのかもしれない。だったら、そもそもこんなところに来なければいいのに、と私は思った。

私は何を喋っていいのか分からず、ほとんど押し黙っていた。しかし兼人や、彼の弟の桐人には関心があったので、窺うように彼を観察した。桐人に比べると地味で、どことなくパッとしない印象を受ける。どこがどうというわけではなく、単なる普通の人間なのだ。でもどうしても、あの天野猛の息子で、天野桐人の兄という先入観があるから、無意識のうちに頭の中であの有名な二人と比較してしまうのかもしれない。

天野猛が桐人を後継者に選んだ理由が、何となく分かったような気がする。残酷だけれど世の中は第一印象が物事を大きく左右する。要するに見た目だ。食事の場所を銀座ではなく新橋に選んだのも、私たちの側にいる人間だからこそか。もちろん政治家の息子といえども庶民感覚を忘れてはいないんだぞ、というパフォーマンスのつもりなら別だけれど。

私と利奈は軽く自己紹介をした。私は未成年だったから、飲み物はウーロン茶を頼んだ。意外だったのは、利奈も同じものを頼んだことだ。利奈のように遊び慣れている女の子だったら、こういう時はアルコールを頼むと思ったのだ。どうせ二人ともあと一年で二十歳になるのだ。もしかすると、酔ったら彼らにつけ込まれると思っているのかもしれない。

ソフトドリンクを飲みながら彼らの話を聞いた。寺島と兼人は、小学校からの幼なじみなのだという。

「そんな昔から友情を育んでいるなんて素晴らしいですね」

と私は言った。

「やっぱり幼なじみって特別だよな。こんなドロップアウト組の俺とでも、今でも付き合ってくれるんだから」

「ドロップアウト？」

「なんであの天野猛の息子が、スーパーの野菜売り場の主任なんかと友達なんだと思う？」

「そんな言い方ないですよ。まるで政治家の方がスーパーで働いている普通の人よりも偉いみたい」

　と実際にスーパーで働いている（バイトだけれど）利奈が言った。

「そういうことを言っているんじゃないよ。俺だってスーパーの仕事に誇りを持っている。ただ客観的な事実を言っているんだ。政治家の息子は当然子供の頃からエリートコースを進むだろう。三流の大学卒じゃ体裁が悪いからな。そんな政治家の息子と幼なじみの俺も当然エリートコースを進んでいたということだ」

　私も職業に貴賤はないと思う。しかし、そうは言っても日本は共産主義社会じゃないのだから、収入に格差があるのが当たり前だ。もしかしたら今は景気が悪いから、いい学歴でも仕事を選んでいる場合ではないのかもしれない。だとしたら私のような短大生に働き口はあるのだろうか。私は寺島と兼人の関係に関心のあるふりをしながら、不安だらけの自分の進路に想いを馳せた。

「親の会社が倒産してドロップアウトしたんだよ。通信制の高校に通いながらバイトして家計を助けたんだ。聞くも涙、語るも涙だろう？　ちなみにその時バイトしたスーパーが今の勤め先」

　シリアスな話題だったが、寺島は面白おかしく話すので、気まずい雰囲気にはならなかった。しかし彼と正反対に、兼人は無言でグラスを傾けている。

兼人は良く言えば斜に構えた、悪く言えば暗い雰囲気で、人を寄せつけない印象を受けた。皆で食事をしているのにそんな態度はないだろうと思うが、もしかしたらどこに行っても父や弟の話題を持ち出されるので、性格がひねくれてしまったのかもしれない。

「じゃあ、私も内定が決まったようなもんね」

と実際、当時の寺島のように彼のスーパーでバイトをしている利奈が言った。寺島は、ははは、と軽く笑い、

「そうだな。上に言っておくよ」

と言った。

「俺だってドロップアウト組さ」

その時、突然、兼人が言った。

「親のコネで就職しても、結局、長続きしなかったんだからな」

その厭世観《えんせいかん》に満ちた兼人の言葉が、場の空気を重くさせた。でも一見性格が正反対そうな兼人と寺島が友達なのは、お互いドロップアウトしているからかな、と私は考えた。寺島は高校から、そして兼人は政界から。そして政界の代わりに猛に与えられた場所からも脱落した。

「今は何をされてるんですか？」

と無遠慮に利奈は訊いた。

「求職中だ」

とぶっきらぼうに兼人は答えた。

「君ら、天野桐人の兄貴がどんな奴だか興味があって来たんだろう？　だいたい分かるんだよ。中高年は天野猛のこともよく知っているから、そっちのことについて話しかけてくる連中もいるけど、君らみたいな若いのは十中八九、弟関係だ。女の子は特にそう」

と輪をかけてぶっきらぼうに言った。私は驚いた。皆気を使って少し声を落として話をしているのに、彼が一番大きな声だったからだ。確かに他のテーブルから見えない席だが、声は届くだろう。

「おい——」

さすがに寺島も兼人に咎《とが》めるように言った。

「何だよ。どうせみんな俺のことを見せ物か何かだと思ってるんだろう？」

確かに私は、以前から天野桐人に関心を抱いていた。だから兄の兼人とこうして会うことができて興奮する。それは認める。政治家の息子、しかも彼の場合、政治家の兄でもあるのだから、世間からのプレッシャーは並大抵のものではないことも分かる。しかし文句を言われても困るというのが正直なところだった。別に私から頼み込んで彼に会わせてもらったわけではないのだから。

寺島たちは私たちより先に店に来ていた。もしかしたら兼人は既に飲み始めていて出来上がっているのかもしれない。

「だいたい、そういう連中、いや連中って言うと君たちに失礼か。とにかく興味本位で集まってくる人たちは、俺をまるで桐人に比べて劣った人間みたいに言い立てる。何でだ？　親のあとを継いで政治家にならなかったからだよ。おかしいじゃないか。世襲議員はそれだけでマスコミに叩かれる。だから俺は政治家にならなかった。褒められた行為だろう？　にもかかわらず俺は白い目で見られて、桐人は皆の称賛を受ける。矛盾だ！」

「おい、兼人。ちょっと声がでかいぞ」

他のテーブルのお客さんも、お酒を飲んでそれなりに大きな声で話をしているから、兼人の今の声に気付いた人はいないかもしれない。でも確かに天野桐人の兄が大声で弟を批判していたことが分かったら、面白おかしくネットなどで取り上げられてしまうだろう。今の時代、有名人はマスコミだけに注意していればいいというわけではないのだから。

兼人はすっくと立ち上がった。

「か、兼人？」

「トイレ行ってくる」

そう言って、彼はすたすたとトイレに向かった。後には私たち三人と、どんよりとした気まずい空気が残された。

「ごめんな。今日はなんか機嫌が悪いみたいで」

「確かに私、天野桐人のお兄さんに会うのが楽しみだったけど、そんなに嫌なら最初っから来なければいいのに。別に私たち、世襲議員がどうとか、天野桐人に比べてどうとかなんて思ってないわよ。ねえ？」

と利奈が小さな声で私に同意を求めた。私は返答に困って苦笑するしかなかった。

「兼人さんを友達に紹介したのは今日が初めてなんですか？」

と私は寺島に訊いた。

「いや、そういうわけじゃないんだ。前にもっと大きな集まりに兼人と一緒に行った時は、結構、上機嫌だった。でも、その時はまだ弟が出馬していなかったからな。やっぱり意識しているのかもしれない」

それはそうだろう。自分の弟が突然、日本の与党の将来を担うであろう政治家になってしまったのだ。存在のすべてを弟と比較されたら面白くないのは私にも分かる。もしかしたら会社を辞めてしまったのも、そういうところが原因なのかもしれない。

「兼人さんと一緒にこのお店に来たんですか？」

「いいや、ここで兼人と待ち合わせたんだ。どうして?」

「いえ、もしかしたら酔ってらっしゃるのかと思って。さっきからずっとお酒ばかり飲んでいたし、もしかしたらここに来る前にもどこかでお酒を飲んでいた可能性もあります」

「探偵みたいなことを言うのね」

と少し呆れたように利奈が言った。

「お酒を飲んでいたら何なの?」

「最初っから酔っぱらっていたのかもしれない。顔に出ない人もいるから。普通の状態じゃ、初対面の人間にあんな態度はとらないと思う」

「だから?」

私は肩をすくめた。

「ちょっとくらい失礼なことを言われても、大目に見ようよ、ってこと」

「何で私たちが大目に見なくちゃいけないの?」

確かに利奈の言うことにも一理ある。たとえお酒を飲んでいようがあんな態度はないだろう。ただ私にせよ、そしてもちろん利奈にせよ、天野桐人の兄がどんな人間なんだろうという好奇心がないといったら嘘になる。天野桐人に比べれば、ぱっとしないな、と思ってしまったことも否定できない。もちろん何を思おうと顔や言葉に出さなければ問題ないのだが、もしかしたら兼人は、私たちが心の中で彼を桐人と比べていることに気付いてしまったのかもしれない。それにお酒も加わってのあの態度ならば、彼を責め立てるのは気の毒なような気がするのだ。

「何にせよ、ごめんな。せっかく可愛い女の子を紹介しようと思ったのに。あいつは今日はそんな気分じゃないらしい」

「そんなことバイトで一回も言ってくれたことなかったのに！」

兼人に対する不信感はどこへやら、寺島と利奈はそう言って笑い合った。でも兼人が戻ってきたら、また場の空気が悪くなるのではないかと、私は気が気ではなかった。

しかし兼人は暫く戻ってこず、そうこうしているうちに豪華な生ガキの盛り合わせが運ばれてきたので、私たちは彼のことなど忘れ、進路のことなど寺島に相談をしながら、生ガキをぱくぱくと食べていた。

「兼人さん、トイレが長いですね」

と私は言った。

「もしかしたら帰ったかな」

と寺島は呟いた。

「え！　嘘⁉　信じられない！」

「俺もいくらなんでもそんな奴とは思えないけど、ちょっと長過ぎる」

カキにあたったのかも、というくだらないジョークが口をついて出そうになったけど、生ガキが運ばれてきたのは彼が席を立った後だ。私は店内を見やった。ちょうどその時誰かが私の視界に入った。こちらにはこの席しかないのでやっと兼人が戻ってきた、と一瞬思ったが、そうではなく店員だった。私たちのテーブルに来た彼は、困惑した様子で言った。

「あの――お連れ様が」

「はい？」

「申し訳ないのですが、こちらにいらしてもらえませんか？」

私たち三人はなんのことだか分からずに顔を見合わせたが、やがて寺島が立ち上がって、店員について向こうに行った。

「どうしたんだろうね」

「さあ」

お連れ様というのは、兼人のことを言っているのだろう。帰ったわけではなかったようだ。何か店とトラブルでも起こしたのだろうか。私は利奈と二人して、寺島と兼人が戻ってくるのを待った。しかし彼らはなかなか姿を現さなかった。五分、十分、時間は過ぎてゆく。こういう時にホスト側が突然いなくなると不安になって仕方がない。あの兼人の態度のこともあり、利奈と関係のない話をして時間をつぶすという気持ちにはなれなかった。

　寺島が兼人を支えるようにして姿を現したのは、いい加減待ちくたびれて利奈が寺島の携帯を鳴らそうとした時だった。足下がふらついて今にも倒れそうな兼人を見て、私と利奈は言葉を失った。完全な酔っ払いだ。寺島は席に着こうとはせず、私たちに向かって無言で首を横に振った。

　私は利奈と顔を見合わせた。

「もうお開き？」

「どうやら、そうみたいね」

　利奈はあからさまに大きなため息をついて立ち上がった。兼人さんに聞こえるよ、と注意しようと思ったが、あんな状態では何も聞こえていないだろうと考え直して、結局何も言わなかった。

　私と利奈は帰り支度をして、寺島と兼人の方に向かった。お酒を飲んでお喋りに夢中の他のお客さんたちも、今にも崩れ落ちそうな兼人を見てぎょっとしていた。お酒は人をこんなふうにしてしまうのだと思うと、一年後に二十歳になっても喜び勇んで乾杯しようという気にはなれなかった。

「トイレでぶっ倒れてた。ごめんな。来たばかりなのに。ちょっといったん外に出よう」

「それは別にいいけれど——」

寺島は私に兼人を任せ、自分は会計をしていた。兼人はまるで意識がほとんどないかのように私にもたれかかってきた。彼の体重を全身に感じる。そしてその時初めて、私は兼人の顔を間近に見た。桐人が、そして私が、そこにいると思った。桐人に比べればぱっとしないと思ってしまったが、それはあくまでも比較の問題だ。兄弟だからといって、政治家などという、人々に対するアピール力を最も重視されるような人間と比べるのはあまりにも気の毒だ。彼が荒れるのも仕方がないかもしれない。服や髪形は地味だったけれど、確かに桐人と血の繋がっていることが分かる顔だった。それなのに、どうして私も彼らと似ているのだろう。

彼の二重の瞼がゆっくりと開いて、私と目が合った。私は慌てて視線を逸らした。利奈も手伝ってくれて、私たちは兼人を店の外に運んだ。今にも蹲《うずくま》りそうだが、何とか立っているといった感じだ。

「初対面の女の子と会うのに、何で最初っからこんなに酔っぱらってるんですか？」

さすがに利奈も呆れたようで、兼人に文句を言った。

「——ここに来る前にちょっと飲んでたんだ」

すっかり弱々しくなった声で、言い訳がましく兼人は答えた。

「薫《かおる》の推理が当たったわね」

「どれくらい飲んだんですか？」

　と私も訊いた。

「――ハイボールを、少し」

「それでそんなに酔うんですか？　ストレートでがぶ飲みしたんじゃないの？」

「ストレートでも、飲んだ――」

　利奈は大げさにため息をついた。今度こそ聞こえただろうが、私とて利奈を咎める気にはもうなれなかった。

　もしかしたら、兼人には小心なところがあるのかもしれない。初対面の人間と会うのに緊張してついついお酒を飲み過ぎてしまう。天野猛が地盤を長男ではなく次男に継がせたのもそういう性格が影響しているというのは穿《うが》った見方だろうか。酒で問題を起こすような人間は、政治家に向いているとは言えない。

「おい、兼人。お前、いい加減にしろよ」

　会計を済ませて店を出てきた寺島が言った。

「そんな醜態を曝すなよ。今、皆に見られたぞ。そりゃお前は顔を知られていないから大丈夫かもしれないけど、もし、お前が誰だかバレたらどうなる？　マスコミに面白おかしく書かれるぞ」

「書かれる？　書かれたらどうだって言うんだ！」

突然、兼人が叫んだ。

「どうしてだ⁉　親も弟も関係ないだろ！　どうして俺があいつらの顔色を気にして生きていかなきゃならないんだ⁉」

「顔色を窺うこととは違うぞ。家族が重職に就いているから、足を引っ張るのは止めろと言っているんだ」

「何だ？　俺は無職だから立派なお仕事についている連中の邪魔をするなってことか？」

「いや、そういうことじゃないが――」

すると兼人は大きな声で笑った。その声で歩いていたサラリーマンたちがこちらをちらりと見やる。

「そうだよ！　俺は天野桐人の足を引っ張りたいんだ！　だからこうして醜態を曝してるんだよ！　じゃあ今から国会議事堂に行って直接足を引っ張るか⁉　すぐそこだぜ！」

彼が発した天野桐人という言葉で、よりいっそう周囲の目がこちらに突き刺さる。何事かと立ち止まる人までいる。確かに国会議事堂は近くだが、警視庁の方がもっと近い。警察沙汰にならなければいいのだけれど。たとえ理由が何であれ、天野桐人の兄が警察の厄介になったら必ずマスコミが騒ぎ出す。

寺島は、弟さんは今頃議員宿舎にいるんだろう、国会議事堂に押し掛けても無駄だ、などと子供のように駄々を捏《こ》ねる兼人の言葉に真面目に付き合っている。

「まるで反抗期の子供ね」

彼に聞こえないような小さな声で、利奈は私に囁いた。返答に困ったが、確かに彼の態度は驚きだった。あの天野桐人に、こんな情緒不安定な兄がいるとは。もしかしたら彼の天下はそう長くは続かないかもしれない。こんなことが続けば、兼人は必ず桐人の足を引っ張るだろう。

そもそもどうして寺島は、こんな情緒不安定な人間を私たちに紹介したのだろう。スーパーの野菜売り場の主任という定職に就いている彼は、極めて普通の、常識ある人間に見えるのに。

その答えは先ほど彼自身が言った。前にもっと大きな集まりに連れて行った時は上機嫌だったと。寺島の前で兼人がこんな振る舞いを見せたのは初めてだった。そのきっかけが弟の桐人にあるのはほぼ間違いない。

確かに出来の良い弟にコンプレックスを抱く兄、という図式は実に分かりやすい。だが、しかしそれは一般家庭の場合だ。

私には皆が言うほど世襲議員が一概に悪いとは思えない。子供の頃から、そういう教育を受け、何よりも実際に政界にいる父親を目にすれば、幼い頃から政治とはどういうものかが肌に染みついているだろう。もちろん裸一貫で成り上がって政界に進出するのは夢のある話だ。でも問題は有能かどうかであり、夢のあるなしではないのだ。

実際には政治の道は選ばなかったものの、兼人も桐人と同様に天野猛に育てられたのだから、その素質はあるはずだ。結果的に桐人の方が政治家になったというだけで。しかし、この兼人の醜態はどうだ。政治家の資質どころか、社会人としての資質もないのではないか。

「どこかで休ませたほうがいいんじゃないでしょうか？」

「どこかってどこよ」

と利奈。

「日比谷公園とか」

少なくとも国会議事堂よりも警視庁よりも近い。

「なんで夜に公園なんかに行かなきゃいけないのよ！」

利奈は大きな声で言った。明らかに兼人に対する当てつけだった。

「でも、どこか別のお店に入ったら入ったで、また迷惑かけるかもしれないし」

利奈はため息をついた。そして今度は小声で私に、

「あの二人とは別れて、どこかでハンバーガーでも食べて帰らない？　カキしか食べなかったからお腹は空いてるし」

と言った。

私もムードを壊されたというのは事実だったので、利奈の申し出に頷きかけたが、しかし兼人のことも気になった。寺島がいるから心配ないかもしれない。でもあの酔い方では車に轢《ひ》かれかねない。駅のホームから落ちるかもしれない。

「でも、彼を放っておけない。あんな状態だし」

今日会ったばかりでろくに話もしていない兼人を放っておけないと思うのは、どうして彼がそこまで荒れているのか、自分の弟が政界に進出したことが面白くないのか、それらの諸々《もろもろ》に対する好奇心が影響しているのかもしれない。でも最も気になっているのは、どうして彼と弟が私と似ているかだ。偶然、天野家の人間と出会うきっかけができたのだ。この機会を逃す手はない。

「大丈夫よ。寺島さんがついてるし。私、あんな人と一緒に歩きたくないわ。恥ずかしいし」

と利奈は私に言った。兼人は寺島に何かを叫んでいるが、ろれつが回らなくなり始めているので、何を言っているのかよく分からない。

と突然、寺島が大きな声を上げた。

「もういい！　お前は、俺が有名人の兄貴の友達であることを女の子に自慢しようとしたことが気に入らないんだろう⁉　よく分かった！　じゃあ友達なんか作らずに一人で孤独に生きてろ！　そうすれば自慢されて腹立たしい思いをすることもないからな！」

そう言って腰に手を当て、兼人を睨みつけた。さすがの兼人もこれには堪《こた》えたようで、口をつぐんで気まずそうに寺島から目を逸らした。

「もう知らん！　帰る！」

寺島は兼人にそっぽを向いて、こちらに歩いてきた。

「行こうぜ。三人でどこかで口直しをしよう」

「何か手軽なものがいいわ。こういう小洒落《こじゃれ》た店でご飯食べる気分じゃなくなっちゃった」

その利奈の声は、もう兼人を慮った小声ではなかった。私は兼人を見やった。彼は迷子になった子供のように、その場に立ち尽くしている。あの様子では利奈の声も聞こえていないかもしれない。

「じゃあコーヒーでも飲んで帰ろう。悪かったな。あんなのに紹介して。タイミングが悪かった」

「ああ、分かった！」

「私、ハンバーガーが食べたい」

「ああ、分かった分かった」

「あの！」

と私は二人の会話に割って入った。それで寺島と利奈はこちらを向いた。

「兼人さん、あのまま放っておいて大丈夫でしょうか？」

「俺の知ったことじゃない！」

「でも、いくらなんでもあんなに酔っているのに放っておけません。駅のホームから落ちて電車に轢かれるかも」

「そんなことまで心配するの？　大丈夫よ、子供じゃないんだから」

「でも――」

寺島の言う通りだ。彼は大人だし、しかも今日会ったばかりの、ほとんど赤の他人なのだ。そんな他人が事故にあって怪我をしようが死んでしまおうが、もちろんいくばくかの想いはあるが、基本的には関係ないのだから。

でも私はこのまま彼と別れたくはない。何故、彼と私と天野桐人が似ているのか、彼ともう少し話をすれば、その理由の一端でもつかめるかもしれない。もしここで別れてしまったら、二度目のチャンスはもうないかもしれないのだ。

「兼人さん、どこに住んでらっしゃるんですか？」

「田園調布」

「それってひょっとして、天野猛の家？」

「ああ」

利奈はいっそう軽蔑したような視線で、兼人を見やった。彼はこちらに背を向け、力なく有楽町の方に歩き出していた。有楽町に用があるというよりも、こちらに私たちがいるから反対側に向かって歩いているといった様子だった。

「無職で実家暮らし？　ただのニートじゃない！　それでよくあんなふうに親の悪口を言うわね。親の脛をかじっておいて」

「あいつの家は豪邸で部屋も沢山あるから、何となく家を出るタイミングを逸したんだろう。離れで生活しているって言ってたな。それに先月まで働いていたんだから、単純にニートとは言い切れないだろう」

と兼人の寂しそうな後ろ姿を見て彼に同情したのか、寺島は庇《かば》うようにそう言った。

「ちょっと彼を見てくる。心配だから」

私のその言葉で寺島と利奈は驚いたような顔をした。

「本気？　介抱したって何の得もないわよ。まさかあの人を家に送り届けて謝礼でも貰おうって気？」

　金目当てだと思われて、私は少しムッとした。しかし確かに利奈がそう言うのも分かるのだ。兼人とは今日初めて知り合ったし、失礼なことも言われた。私が彼に同情する理由はない。有名人とのコネクションを貪欲に求める態度だと思われても仕方がないかもしれない。

「君にそんなことさせちゃ悪い」

「いえ、本当に家まで送り届けるとか、そんなつもりじゃないです。せめて駅まで――」

「私、いやよ。あんな酔っ払いと一緒に歩くの」

　と利奈は心底軽蔑したふうに言った。私は利奈と寺島を数秒見つめ、それからもう一度兼人の方を見やった。


　その時、選択肢は確かに二つあった。そして私は間違った道を選んでしまった。鼻や唳の形が似ているから何だというのだろう。そんな人間はごまんといる。ましてや有名な政治家と似ているだなんて、テレビに出るような人間への憧れから出た錯覚だ――そう自分に言い聞かせて、私も利奈や寺島と一緒にどこかで食事をして、素直に家に帰るべきだったのだ。でもそれができなかった。ここで兼人と別れてももう二度と会わなければ、あんな悲劇は起こらなかったのに。

でも、今では分かる。私と兼人は巡り合う運命だったのだと。確かに出会いは偶然かもしれない。でも偶然出会った私たちには、あとはもう必然しか残されていなかった。ならばあの悲劇も必然なのだろう。

あの短大に進学しなければ、進学したとしても利奈と出会わなければ、私は兼人と出会うこともなかった。兼人と出会わない可能性は、あの悲劇を回避するチャンスは無数にあったのだ。にもかかわらず私は兼人と出会ってしまった。もしこの時、私が利奈と寺島の方を選んでいたとしても、きっとまたどこかで巡り合っていただろう。私が天野桐人に関心を抱いている限り、彼の兄の兼人に魅《ひ》かれるのは避けられなかった。だから私がテレビをつけて天野桐人という人間の存在を知ってしまった時点で、ああなることは必然だったのだ。私はそう自分に言い聞かせて、ささくれ立った傷だらけの心を慰める。

「天野さん！」

私は兼人の背中に呼びかけた。しかし兼人は自分が呼ばれているのだとまるで気付かない様子で、千鳥足でふらふらと歩いている。

もう一度呼びかけようと思ったが、有名人の親族である彼の名前を大声で何度も呼ぶことは躊躇われ、私は走って追いかけて彼の肩を叩いた。それでやっと彼は私のことに気付いた。

でも振り返ったその顔は、何でここにいるんだ？　と言わんばかりの、まるで赤の他人に向けるそれだった。実際、赤の他人だから当然かもしれないが。

「――大丈夫ですか？」

「心配してくれるのか？　優しいね」

そう捨て台詞を吐いてから、兼人は再び歩き出した。無視されてたのかと思ったが、心なしか足取りは先ほどよりもしっかりしているように思える。私は何を言っていいのか分からず、黙り込んだまま兼人と並んで歩き出した。用もないのに、私はいったい何をやっているのだろう、と一瞬思った。

「あの女の子と、寺島はどうした？」

と兼人は訊いてきた。私は答えに窮したが、本当のことを言った。

「――もう帰るそうです」

「じゃあ、何で君は帰らないんだ？」

答えられなかった。その時は自分で自分の考えが分かっていなかったからだ。ただ黙りこくっているのも変なので、無理やり言葉をひねり出した。

「そんなふらふらで歩いていたら、危ないですよ」

兼人はその言葉には答えず、歩き続けている。私は思わず、

「もし警察官に職務質問されたら、いろいろ面倒なことになるかもしれません」

と言ってしまった。実際ここら一帯は、警視庁の関連ビルが立ち並んでいるので、百メートルおきぐらいに警察官が立っているのだ。先ほどの寺島と兼人の喧嘩を見咎《みとが》められなかったのは奇跡的だった。

「面倒なこと？　父親と弟が政治家だからか？」

と兼人が間髪容《い》れずに訊き返してきた。まずい、と思った。彼に家族の話はタブーなのだ。直接的なことは言っていないが、それをイメージさせたのは間違いない。

「い、いえ。そ、そういう意味じゃなく――」

しどろもどろになった私を見て、兼人はふっと微笑んだ。ずっと機嫌の悪かった彼が私に見せた最初の微笑みだった。彼は本当は優しいんだ、と感じた。父親が大物政治家であることに慣れないまま大人になってしまっただけなんだ、と思った。

「俺を家まで送っても、何にもならないぜ」

と言いながら兼人は、こちらを向いて私を見つめた。初めて間近で見る兼人の顔に胸が高鳴った。

「――弟さんと似てますね」

「え？」

「その——顔が」

弟の話なんかして怒り出したらどうしよう、と思ったが、そもそも兼人に関心を抱いている原因はそれなのだから、言わないわけにはいかなかった。

兼人は立ち止まり、じっと私の顔を見た。怒ってしまった、と私は慌てて、しどろもどろに言葉を繰り出した。

「そ、その。二重の瞼とか、大きな瞳とか——目元も似ているかも。それに鼻が凄い似ています。そっくりです。あとはそう——細い顎とか」

兼人はふっとため息をついた。

「面白い子だね。君は」

そういう言われ方をするのは初めてで、一瞬、自分のことを言われていると気付かなかった。ただ兼人にとっては、一回り年下の私はまるで子供のように見えるのかもしれない。

「カオルって名前、どういう字を書くの？」

と兼人が訊いてきた。私は少し感動した。さっき私が自己紹介した時、彼は無愛想にお酒を飲んでいたけれど、聞いていなかったわけではなかったのだ。

「八千草《やちぐさ》薫《かおる》のカオルです」

と私は答えた。年上の人に名前の漢字を聞かれた時、私は必ずと言っていいほどそう説明する。比較的、幅広い世代が知っている有名人だからだ。

「美人の名前だな」

と兼人は言った。私は彼がすぐに理解してくれたことに少し嬉しくなって、

「短大じゃ八千草薫のことを知らない人の方が多いので、名前を聞かれる度に、草冠に重たいに下に点が四つあるあの漢字、みたいに非効率的な説明をしなければならないんです」

などと調子に乗って余計なことを言ってしまった。兼人はその私の話に少し笑った。先ほどの不機嫌な彼とはまるで別人だった。しかしほっとしたのもつかの間、すぐに彼は厳しい顔になって、

「で、何か話があるのかい？」

と訊いてきた。彼にこうやって興味本位で話しかけてくる人間はごまんといるのだろう。政治のことや彼の兄と父が有名人であることにはさほど興味はないけれど、あなたたち兄弟と何となく顔が似ているという理由も興味本位には違いない。

私は思いきって言ってみた。

「鼻が——」

「え？」

「鼻が、その似てるなって思って——それで——」

それ以上言葉が続かなくて、私は思わず俯いた。鼻の形が少し似ているから近づいた？　そんな理由が通用するのだろうか。嘘だとしたらあまりにも下手な嘘だし、本当だとしたら別の意味で不気味だ。そして私はもちろん後者なのだ。

「鼻が似てるから？　それが何だ？」

「その——最初は、テレビで観る弟さんと似ているな、と思ったんです。そしたら兼人さんも——あ、兼人さんと呼んでいいですか？」

何を今更と言わんばかりの冷めた顔で、兼人は私の質問に答えることはなかった。

「今日、兼人さんとお会いして思いました。桐人さんも兼人さんのように鼻が大きいって。だから——」

その時、兼人は私の顔をまじまじと見つめた。正確に表現すると、顔の真ん中——鼻を。それで兼人は、私が何を言いたいのか悟ったようだった。

「だから何だ？　君は、俺と桐人の顔が似てるってだけじゃなく、自分とも似てるって言うつもりなのか⁉」

兼人は顔が赤くなっていた。お酒を飲んでも赤くならなかったのに。その時、私は自分がとんでもない間違いをしたことに気付いた。私はあろうことか初対面の人間に対して鼻が大きいですね、などという容貌をあげつらうようなことを言ったのだ。もしかしたら兼人はそれがコンプレックスなのかもしれない。しかも桐人と似ているとまで言ったのだ。弟の方が父の地盤を継いだのは、言うまでもなく兼人のコンプレックスのはずだ。私はどうして自分の顔が天野兄弟に似ているのか、というささやかな謎を解きたいあまりに失礼な言動を重ねてしたことに、ようやく気付いた。

「ご、ごめんなさい。そういうつもりはなかったんです」

私は慌てて頭を下げた。

「いいさ――」

兼人は急に寂しそうな声を出した。

「さっき君らに失礼なことを言った仕返しにそんなことを言うんだろう？」

「違います！　そんな――」

「いいや、違わない。自覚していなくても、心の奥ではそう思っているはずだ。悪かったな。確かに最近むしゃくしゃしてたのは事実だ。そこに来て寺島が俺を女の子に会わせたいなんて言い出した。大方俺を餌にして自分が女を釣ろうって魂胆なんだろう。それを思うと余計に腹立たしくて、酒に任せて君ら相手に憂さ晴らしをした。でもそれでトイレでぶっ倒れたらざまあねえな」

確かに兼人のような立場の人間が、私たちのような短大生に積極的に会いたいなどと思うはずがない。ガールフレンドとの出会いなんて、それこそ山のようにあるだろう。

兼人は私に短く、サヨナラ、と言い残して今度こそ本当にしっかりとした足取りで有楽町の方に歩いていった。怒らせてしまったが、それですっかり酔いが醒めただろう。ホームから転倒する可能性はなさそうだ。私はもう彼の背中を追いかける気にはなれなかった。ただ先ほどの兼人のように、暫くその場に立ち尽くしていた。

私はおもむろに携帯電話を出して、利奈の番号にかけた。彼女はすぐに出た。

『はい？』

「今どこにいるの？　もう駅のホーム？」

『あなたは？』

「さっきと同じ場所。暫く追いかけたけど、結局行っちゃった」

『ふられたわけね』

と軽く笑いながら利奈は言った。

「──そんなんじゃない」

と私は力なく言い返した。鼻の形が似てますね、などと言って怒らせたという話をしたら、利奈はもっと笑うだろう。

『あの人は有楽町の方に行ったの？』

「うん」

『新橋駅の方を見て』

私は利奈の言う通りに振り返った。有名なハンバーガーのチェーン店が見えた。

『そこの二階に寺島さんといるわ。来なさいよ。失恋の傷を慰めてあげる』

私は小さくため息をついて携帯を切った。利奈には私が急に兼人に関心を抱いたように見えたのだろう。からかいたくなるのも分かるが、やはり面白くなかった。

そのまま帰ってしまおうかと思ったが、何となくこの新橋という街が名残惜しく私は利奈が言った店に向かい、彼女と寺島と一緒にハンバーガーのセットを食べて帰宅した。寺島に、何で兼人を追っかけたんだ、と訊かれると思ったが、むしろ彼は友人が私たちにあんな態度をとったことに対して申し訳ないと思っているようで、私と利奈に何度も謝ってきた。私は女の子と付き合いたいから兼人を出汁《だし》にしたというのは本当かな、とどこか冷めた気持ちで寺島の謝罪を受け入れていた。

もし本当だったら、こんなにまで必死になって異性と付き合わなければならない男とは、なんて空しい生き物だろう。その時、私は将来誰と結婚してどんな生活を送るかなんて、想像すらしていなかった。どんなに想像しようとしても、脳裏に浮かんでくるのは兼人を出汁に女の子と付き合おうとした寺島の顔で、倖せな結婚生活なんて陳腐な言葉がまるで空虚に思えてならない。だから私は未だ独身で、誰かと共に人生を送ることができない。兼人や、死んだ青葉のことを思うと、ずっと一人、孤独で生きるのが私の罰だと、そう思うのだ。

母に天野兼人と桐人は私の実の兄だと教えられたのは、それから数日後のことだった。

その日、母はリビングで週刊標榜という週刊誌を読んでいた。読んでいるという表現は適切ではないかもしれない。開いていたページは写真記事で、母はそのページを食い入るように見つめていたからだ。

天野桐人の写真だった。

国会内だろうか、悠然と闊歩している一瞬をとらえた写真だった。実際に悠然と闊歩していたかどうかは分からないけれど、恐らくそうに違いないと思わせるほど、いい写真だった。多分政治家をちゃかすような記事ではないのだろう。もしそうだとしたら、もっと間抜けな表情をとらえた写真を掲載するに決まっている。

冷蔵庫に飲み物を取りにリビングに来た私は、母の前を通りしなに、本当に、何の気なしに言った。

「この間、その人のお兄さんに会ったよ」

それから冷蔵庫を開け、アイスコーヒーのペットボトルを出し、グラスに注ぎながら更に言った。

「酔っぱらって散々だったけど。弟は立派な分、お兄さんはプレッシャーで大変みたい」

そしてペットボトルを冷蔵庫にしまい、グラスを持ったまま半回転して母の方を向いた。

もちろん自分の部屋に戻ろうとしたのだ。

母は目に涙をいっぱい溜めて、私を見つめていた。

何が起こったのか分からなかった。今、自分が母に言った言葉を反芻《はんすう》する。私は母を泣かせるようなことを言ったのだろうか？　しかし考えても考えても、母が泣く理由は見当もつかなかった。

「どうして――？」

母は呻くように私に問いかけた。

「どうして、会ったの――？」

何故、母がそんなふうに私に訊くのか意味が分からず、私は戸惑いながらも、辿々《たどたど》しく説明した。

「短大の友達の――バイト先の社員さんが、天野桐人のお兄さんの兼人さんと友達で――それで――」

確かに天野桐人のような有名人の兄と会ったということは、それなりに驚きの事実だろう。

私も母が驚くと思って、半ば自慢して言ったのだ。しかしどうして泣き出すのだろう。私が兼人と会ったのがそんなに衝撃的な事実なのだろうか。

「どうしたの――？」

私は母に問いかけた。母は目に涙を溜めたまま、週刊標榜を閉じた。

「偶然なのね、あなたが向こうの家族と出会ったのは――」

と母は言った。この期に及んでも尚、私は母の言葉の意味が理解できなかった。向こうの家族？　どうしてそんな言い方をするのだろう。まるでこちらと天野家に接点があるかのような口ぶりではないか。

その時、私ははっと息を呑んだ。あるのだ、接点が。

「天野桐人を、知ってるの？」

「薫、そこに座って」

母は自分の座っている向かいの席を顎でしゃくった。私は言われるがままに、グラスを持ったまま母と向かい合わせに座った。

「母さん、薫に嘘をついていたの」

「嘘――？」

「父さんが私たちを捨てたって話、したでしょう？」

私は母と二人暮らしで、母子家庭だった。物心ついた時からそうだったのだ。他の家族と比べて我が家は特殊だという事実は、自我の芽生えと同時に私に訪れた。父親という存在が欠けている寂しさはあったけれど、私はその寂しさを必死で押し殺した。寂しいのは母も同じだと思ったからだ。

母は幼い私に、あなたのお父さんは私たちを捨てて他の女に走ったのよ、と言った。女に走る、という意味は当時の私にはよく分からなかったが、私と母は、父にとってはいらない家族だと判断されたということはよく分かった。小さくなったクレヨンがいらないように、壊れたおもちゃがいらないように、私もいらない人間なんだ。そう思った。

他人に比べて何かが劣っているの？　と母に訊ねた。すると母は泣きながら私を抱きしめ、あなたは何も劣ってはいない、と言ってくれた。思えばそれが、私の記憶の中にある、最初の母の涙だった。それ以外の母の涙を私は記憶していない。つまり今の母の涙は、私にとって二番目の涙ということになる。

「本当は捨てられてなんかいないのよ。ただあなたに会わせていなかっただけで――」

と母は言った。捨てられたのと、会えないのとでは、いったいどんな違いがあるのだろうか。違いなんかない、同じだ。でもそんなことはどうでもよかった。問題なのは、何故父と母が私に対してそういう選択をしたかだ。

「母さん、役所で事務の仕事をしてるでしょう？　でもパートだからお給料なんて微々たるものよ。それでこんな一軒家に住めて、薫を短大にまで行かせてやれるのも、父さんが援助してくれるからよ。そう、父さんはとてもお金持ちで――」

そこで母は言葉を切って私を見つめた。お金持ちの父親、天野兄弟に対する母の反応、その母の表情はみなまで言わずとも察してよ、というものだった。しかし当時の私は、そんな細かい感情の機微を読み取れるほど成熟してはおらず、

「父さんがお金を援助してくれるなら、役所で仕事なんかしなければいいのに」

とどうでもいいことを言って、話の腰を折ってしまった。

「薫に気付かれたくなかったからよ、お金を援助してくれる人がいることを――だって、仕事をしていなかったら、あなたは絶対にどうしてうちは仕事もしていないのにご飯が食べられるの？　って訊いてくるでしょう？」

母は昔っから、細々《こまごま》した仕事をやっていた。母が雑誌付録の学習教材を居間に並べて仕分けしていた思い出が脳裏に残っている。車にそれを積み込んで契約した読者に直接配るのだ。それは雑誌の出版社が潰れてしまったから長くは続かなかったけれど、母はすぐにまた別の仕事を始めた。だから私は長らく鍵っ子だった。母も父もいない家に帰るのは寂しかったけれど、そもそも父がいないのだから仕方がなかった。でもそんな思いをしなくても生活する

ことは十分できたなんて、裏切られたような気持ちがする。文字通り、私は長いこと騙されていたのだ。

「そんなに——いろんな仕事を見つけられたの？」

「仕事が見つからないことなんてなかったわ。お父さんが手を回してくれたから。みんな楽な仕事だった。たとえば会社社長のお飾りの秘書とか。それがお父さんにとっての罪滅ぼしなのかもしれないわね」

「雑誌を配達してたのも？」

母の目は涙に濡れていたが、私がそう言うと懐かしそうに表情を崩した。

「あれは母さんが自分で探したのよ。今の役所の事務のバイトもね。そういう大変な仕事を進んでするのも、あの人への反抗心があったからかもしれないわね」

「援助は今でも——？」

「もちろんそうよ。あなたの学費を払わなければならないもの。本当はね。あなたが本格的に就職活動を始める頃に言うつもりだったの。お父さんがあなたの就職先を世話してくれるから。あなたもお父さんに対して反抗心があるかもしれないけど、母さんのは所詮パートやアルバイトよ。でも薫は違う。これからあなたの人生は本番なんだから。今は就職したくてもできない学生はざらにいる世の中よ。使えるものは全部使ったほうがいい」

反抗心も何も、今初めてその存在を知った父に対してそんなものが芽生えるはずもない。ただ、将来に対する不安がなくなったとは言わないが、少しは軽減されたらしいことは分かった。

ようやく私は気付いた。母が、テレビの画面に天野家の政治家が映るたびに、冷たい目でその番組を観ていた本当の理由に。政治に関心があったのではない。母は天野猛の愛人だったのだ。

私が兼人と桐人の二人に似ていたのは至極当然のことだった。血が繋がっているのだから。そう言われてみると、確かに私は天野猛とも似ていた。彼も目が大きく、顎が尖っていて、鷲鼻だ。でも、なかなか自分と比べてどうこうという発想にならなかった。シミや皺が目立つし、見た目は絵に描いたような老獪《ろうかい》な政治家で、あまりいい印象は受けなかったから。

不思議なことに私は、血の繋がりがあるから自分と天野桐人と兼人が似た顔だなんて発想は露ほどにも浮かばなかった。文字通り、想像すらしなかったのだ。父親が私を捨てたのならば、どこかに別の子供を作っていてもおかしくはない。なら顔がそっくりで他人とは思えない人間をもし見かけたら、血の繋がりがあると夢想しなかったのだろうか。単なる空想上のゲームみたいなものだ。当時の私は短大生だが未成年で、まだ思春期を引きずっている年ごろだった。自分はもしかしたら本来どこか立派な家にいるべき人間かもしれない、なんて夢物語を頭の中で少しは玩んでもいいのではないか。ましてや私は片親という、空想を押し進める条件を兼ね備えているのだ。

どこかの立派な家ならまだしも、天野猛という具体的な人物の子供たちと顔が似ているからといって、すぐさま彼らと血の繋がりがあるとはなかなか思えなかったのかもしれない。対象が抽象的だからこそ、夢のような空想に浸る余地があるのだろう。

私は恐る恐る訊ねた。

「天野桐人さんと兼人さんが——兄さん？」

母は泣きながら頷いた。

どこで母が天野猛と知り合ったのか、この時、私は訊ねなかった。聞きたくなかったのかもしれない。母も多分、私のその態度を悟ったのだろう。母にせよ、有名な政治家の愛人になった経緯など実の子供に語りたくはなかったに違いない。

母は私に問いかけた。

「兼人さんは——どんな人だった？」

母さんは会ったことないの？　と訊ねかけて思い止まった。愛人が本妻の子供に会うなんてことは、普通はありえない。

私は、正直に言った。

「最低だった」

　すると母は、少しだけ嬉しそうな顔をした。どうしてそんな顔をしたのか理解するには、当時の私はまだ若過ぎた。母は向こうの子供、特に桐人が憎くて憎くて仕方がないのだろう。だがテレビに映る桐人は非の打ちどころのない好青年だ。ならせめて兄の兼人が出来損ないであることが分かれば溜飲を下げられるということなのだろう。

　兼人のあの対応は最低だと思ったけど、私は改めて彼に同情した。彼には必ず弟の桐人が影のようについて回る。必ず比べられ、時には桐人の代わりに憎まれる。そして桐人の兄として、見せ物のように扱われる。私にとって兼人は影ではなく鏡だ。もし私の存在が公になれば、私にも桐人の影がまとわりつくだろう。しかも私は愛人の子供なのだ。兼人よりも、奇異の目で見られる条件を持ち合わせている。

　私も兼人のように、あんなふうに新橋で酔っぱらって管を巻くようになるのだろうか。きっとなるのだろう。兼人は鏡の中の私なのだから。

「お母さんは――どうして欲しいの？」

　と私は訊いた。

「どうして欲しいって？」

　私の質問の意味が分からない様子で、母はそう訊き返してきた。てっきり、天野桐人を兄に持つ身として清く正しく生きなければ駄目だなどと言ってくるのだと思っていた。でもよくよく考えれば、愛人の母が正妻の子供のことをそこまで考える理由は一つもないはずだ。私が兼人の鏡ならば、桐人を失脚させることもできるのだ。何か騒動を起こせばよいのだから。そう考えるとまるで自分がいつでも戦争を始められる大統領のような気持ちになって、子供っぽい興奮に身体が震えた。

「兼人さんにもう会わないほうがいいの？　お兄さんなんでしょう？」

会わせたくないに違いない、憎んでいる正妻の子供となんて。皮肉なことに、こんな話を聞かなければ私も別に兼人と再び会おうだなんて露ほどにも思わなかったろう。顔が似ていることに興味をなくしたわけではないけれど、失礼なことを言って怒らせてしまったのだから。

でも今では。

母は微笑んだ。もう涙は引いたようだった。

「薫、あなたはもう大人よ。あなたが決めること。好きにすればいいわ」

私は翌日、短大の食堂で友人たちと食事を摂っている利奈に話しかけた。私が近づくと、利奈の友人たちは好奇の目で私を見た――ような気がした。母からあんな話を聞かされた直後だから自意識過剰になっていたのかもしれない。

「この間の話なんだけど、その、新橋の」

利奈の友人たちの目が気になって天野兼人という名前は出せなかったが、利奈はそれですべて了解したようだった。

「ちょっと待っててくれない？　すぐ行くわ」

私は頷き、彼女らと少し離れたテーブルに座った。私はもともと暗い性格だったから、どうしてもどこかのグループに入って楽しくお喋りするということができなかった。必然的に友達も少なかったけれど、何故だか利奈は私に頻繁に声をかけてくれた。私の何が気に入ったのだろう、と考えることもあるが、人が人に好意を抱くのに理由などないと思い、あまり深く思い詰めたりはしなかった。

利奈は約束通り、数分で私のテーブルまで来た。

「話の邪魔をして、ごめんね」

「別にいいのよ。それで何？」

私は利奈に、また兼人と会いたいと打ち明けた。彼女は目を丸くした。

「どうして？　あんな目にあったじゃない。ろくなもんじゃないよ、あいつ」

利奈には兼人の印象は最悪のようだった。無理もない。よっぽど利奈に兼人が腹違いの兄であることを打ち明けようと思ったけど、やはり躊躇われた。利奈に奇異の目で見られるのが怖かったのだ。何となく距離を置かれて、そのまま友達関係が解消されてしまうこともないとは限らない。

「別に一緒に来てとは言わないよ。ただ謝りたいだけだから」

「謝りたい？　何を謝るの？」

私は鼻の形が私と似てますね、と言って怒らせてしまったことを利奈に話した。利奈は声を上げて笑った。

「そんなこと言ったの⁉　まあ確かに言われてみれば鷲鼻だから、似ているといえば似ているけど」

利奈にとってはどうでもいい話なのかもしれないが、似ているといえば似ている、どころの話ではない。瓜二つだ。

「なるほど、だからふられたわけね」

まだ言っている、と辟易したが、いちいちムキになって否定する話でもなかった。それよりも、鼻の形が似ているという話をしたら血の繋がりを疑われないだろうかと不安だったが、利奈はそんな可能性など想像すらしていない様子だった。私と同じだ。誰だって自分の友人が、天野猛という大物政治家の隠し子だなんて夢にも思わない。

「でも、そんなことを謝る必要ある？　話を蒸し返すってことでしょう？　馬鹿にしていると思われるかもしれないわよ」

「そうかもしれない。でも変な誤解をされたままじゃ、気持ちが悪いから」

「まさかひょっとして、天野の家とのコネを作って就職に利用しようってわけじゃないでしょうね？」

　そんなこと夢にも思わなかったから、私はびっくりしてしまった。

「コネなんかないし、あったとしても就職が有利になることはないでしょ」

「ううん。分からないわ。正攻法で行ったって、どんどん後ろから追い抜かれるだけだもの。ねえ、正直に言って。本当に就職に利用するってことじゃないの？」

「そんなこと、しないよ」

　と私は一抹の罪悪感と共に答えた。確かに就職を有利に進めるために兼人と知り合いになろうというのではない。ただ、先日の母との会話が脳裏を過る。天野猛が就職先を世話してくれるかもしれないのだ。それを知ったら利奈はどう思うだろう。不公平だと、私を罵るだろうか。

「まあ、いいわよ。詮索しないわ」

　と利奈は言った。新橋で二人きりになったのは事実だから、そこで再会しなければと思うに足る何かがあったのだろうと利奈は考えているようだった。

しかし利奈は、

「でも、私、あの人の連絡先知らないの」

と言葉を続けた。確かに私にとっては兼人との唯一の接点が利奈だから彼女に相談したが、彼女だってあの日が兼人と初対面だった。私に相談されても困ると利奈は思っているのかもしれない。

「寺島さんに、あの人の携帯の番号かメールアドレスを教えてもらうわ。それで私があなたの連絡先を向こうに教える。それでいい？」

「ありがとう。助かる」

利奈は余計に不審な顔をした。

「助かる？　詮索しないって言っちゃったからもう訊かないけど、随分と深刻なのね」

言葉に詰まった。私は顔に出てしまうタイプだ。少なくとも天野桐人のサインが欲しいから、などという通俗的な理由で兼人と会いたいのではない、ということぐらいは利奈は悟っているだろう。

私はもちろん、兼人に自分と彼との関係を打ち明けるつもりだったのだ。何故そんなことをしなければならないのか、自分でも分からない。でもそうする以外ないと思った。母はいずれ、恐らく就職活動が本格的になってからでも、私が天野猛の隠し子であることを打ち明けただろう。ところが私がまったくの偶然で兼人と会ってしまったから、予定を早めざるを得なかったのだ。

本来ならば、そういう場をあらかじめセッティングされなければ会えないはずの実の兄だった。でも、私はまったくの偶然で彼と巡り合った。運命、なんて陳腐な言葉は使いたくない。だけどもしそんなものが現実に存在して、私に味方をしてくれたのならば、それを使わないなんてあまりにも勿体《もったい》ないような気がするのだ。

兼人に自分のことを打ち明けたら、彼はもしかしたら寺島に話すかもしれない。父親が外に子供を作っていたなんて身内のスキャンダルをべらべらと言いふらすとは思えないが、しかし兼人は父親に反抗心を抱いている。だとしたら寺島に言うどころではない。マスコミに天野猛と桐人という二人の政治家のスキャンダルをぶちまける可能性もある。あの新橋での私たちへの絡み方を考えれば、そういう可能性も決してないとは言えないだろう。

寺島に話すにせよ、マスコミにぶちまけるにせよ、私と兼人の関係は遅かれ早かれ利奈の耳にも届く。だから今話しておいて余計な誤解は解いておいたほうがいいのかも、とも思う。しかし自分からそれをべらべら言いふらすのも、やはり違うような気がするのだ。

私は何も言わずに黙り込んだ。そんな私を利奈は少しの間、じっと見つめていたが、

「話したくなかったら別にいいわ。どうせ見当はついているけど」

と真面目な顔で言った。

「見当って？」

すると利奈は急におどけたように、

「本当に彼のことが好きになったんでしょう！」

と大きな声で言った。食堂中の学生が一斉にこちらを向いた。私は恥ずかしくなると共に、心底うんざりした。どうして彼女はそんなに私と兼人が恋人関係になるのを望むのだろうか。そんなことはありえないと思わないのだろうか。

いや、思っているのだろう。だからこそ冷やかして、笑うのだ。それを思うと余計に腹が立つ。でも利奈の冷やかしは確かに真実をついていた。私が兼人を愛してしまったという真実を。しかしその時の私は兼人への愛に気付いていなかった。彼にそんな想いを持ってはいけないと、自分で自分の気持ちに蓋をしていたのだ。利奈はその蓋をこじ開けようとしていた。だから私は身悶《みもだ》えし、痛みを感じたのだ。

私を兼人に紹介したのが利奈なら、彼への抑えていた想いを解放したのもまた利奈だった。だからあの事件の発端と中心は、実は利奈だったのではないか――今ではそんなふうに思うのだ。

しかしそうは言っても、兼人が再び私と会ってくれるかどうか不安だった。もちろんちゃんとした話をつければ、彼とて会うにはやぶさかではないだろう。でも少なくとも彼はまだ私のことを知らないはずなのだ。彼が有名な政治家の兄であることは事実だ。それだけで集まってくる有象無象は大勢いる。新橋の時は、私も紛れもなくその中の一人だった。そんな人間がまた会いたいなどと言って、のこのことやってくるとは思えない。あの時は寺島という彼の友人がいたからこそだし、それですらあんな不機嫌だったのだから。

だから兼人が私の携帯を鳴らした時は、自分から会いたいと利奈にせがんだくせにビックリしてしまった。

『俺に会いたいんだって？　どういう用件？』

私は兼人に会いたかった。いや、その時は彼に会いたいというよりも、自分も猛や桐人も含めた華麗なる天野家の一員なのだという事実に舞い上がり、そちらの世界に行くために兼人にしがみつきたかった、と表現するほうが正確だろう。

だが私は彼が自分の兄であることを、兼人に言えなかった。言ったら電話を切られると思ったのだ。彼に近づいてくる有象無象、その中には血縁関係を主張する者もきっといるだろう。母が嘘をついているとは考えたくないが、もし母が私が天野猛の子供だと主張している理由が、過去に天野猛と身体の関係があったということだけならば、単なる勘違いという可能性もある。今までずっと母が私にその事実を隠していたのは、母自身確信が持てなかったからではないだろうか。もし天野猛が私を認知していたならば、いくらなんでも一度ぐらいは顔を出してもいいのではないか？　しかし私には、少なくとも物心ついてから父の記憶は一切ないのだ。

確かに私の養育費や教育費は天野猛が出していたのだろう。しかしそれと認知問題は別の話だ。彼にとってはただ愛人を囲っている感覚だったのかもしれない。

だから思い詰めて打ち明けても、兼人にとってはまたそういう奴が現れたのか、程度の感覚に過ぎないのかもしれない。DNA鑑定すればまた別だけれど、今の段階ではおいそれと兼人に伝えられなかった。下手をするともう会ってくれなくなるかもしれない。

じゃあいつ打ち明けるのか、ともう一人の自分が問いかける。少なくとも電話ではなく、面と向かって話がしたい。そう私はもう一人の自分に答えた。

でも、それならそれで問題がある。兼人に会いたい本来の理由を隠すのであれば、別の理由をでっちあげなければならないのだ。

失礼なことを言ってしまったので謝りたい——理由としては筋が通っているが、電話で謝ってもらえれば十分だよ、と言われるかもしれない。

カキを食べ損ねてしまったので、ご馳走したい――悪くはないが、二人っきりで会う理由にはならない。

『もしもし？』

「あ、あ、ごめんなさい！」

黙りこくって考えていたのはせいぜい数秒間だったが、電話ではそれくらいの沈黙でも、相手が聞いているのか不安になるものだ。

『俺の父親か、弟についての話があるのか？』

と兼人は言った。こちらに探りを入れるためにそう訊いたのだろうが、どうやって本題に入ればいいのか分からない私にとっては、彼が助け船を出してくれたに等しかった。

「は、はい」

『どんな話？』

「電話ではちょっと――お会いして直接お話ししたいんです」

会って話したところで、彼が席を立ってしまえばそれまでだ。しかし電話を切られるよりマシだ。

『どうして俺に？　俺に言ったところで、どうにもならないぞ。父親とも弟とも、ほとんど口を利いていないし、仮に君があの二人と話があるからって俺には何にも関係ないからな。

俺はあいつらの窓口にはならない』

「違います！　そんな――」

『じゃあ、何なんだ？』

「もちろん猛さんと桐人さんにも関係がある話です。でも政治の話じゃないんです」

『うちの家族の話ってことか？』

「は、はい。そうです」

兼人は暫く黙った。それは数秒よりも遥かに長い時間だった。にもかかわらず私は、彼が話を聞いていないのではないかとは露ほどにも思わなかった。彼は自分が出すべきカードを慎重に選んでいるのだ。

やがて、兼人は言った。

『君のような人間は今まで沢山いたよ』

しまった、と思ったがもう遅かった。

『有名な政治家なら愛人の一人や二人いてもおかしくないと思ってるのか？　いるかもしれないし、いないかもしれない。でもだからといって十人も二十人も隠し子を作れるほど、俺の父親は元気じゃないぜ』

「違います！　そんなつもりじゃ――」

『じゃあ、どんなつもりだ？』

絶句した。確かに私は真剣な気持ちで彼に連絡を取ろうとした。金目当てとか、そういうつもりでは決してない。じゃあどういうつもりだったのだろう？　自分に問いかけても、決して答えは出てこなかった。強《し》いて言えば、自分の存在を知ってもらいたかった。そんな漠然とした動機しか出てこない。

『証拠はあるのか？』

「ＤＮＡ鑑定してもらえば、きっと――」

『はっ！　何で俺がそんな面倒なことにかかわらなきゃいけない？　それは最終手段だろう？　実の子供だと名乗り出てくる連中にいちいちこっちのＤＮＡを提供していたらキリがない！』

「だって、母が――」

目に涙が溜まり始めた。私は涙声にならないようにするのに必死だった。兼人の言っていることは理屈では分かる。でも母を信じたいという気持ちは抑えきれなかった。母が嘘を言っているなんて、母が間違っているだなんて、何より私が母にあの話を打ち明けられた時に感じた衝撃が、何の意味もなかっただなんて信じたくなかった。

「顔が、似ています。あなたと――」

『そんなものはなんの証明にもならない。鼻が高い人間はみんな血が繋がってるって言うのか？　そりゃどんどん遡ればどこかで繋がってるかもしれない。でもそんな遠い親戚には遺産相続の権利はないぞ』

まるで兼人の頭の中には財産のことしかないかのようだった。それは兼人の勝手だ。しかし我慢ならないことは、自分に近づいてくる他人が皆、天野家の財産目当てだと思っていることだった。私はただ――自分が本当は誰なのか知りたいだけなのに。

ずっと思っていた。ここにいる私は本当の自分ではないのだと。本当の自分なんてどこにもいない、という人もいる。だけど、世界に対する強烈な違和感だけは拭い切れなかった。そんな折り、私は兼人と出会い、母にあの話を聞かされた。本当の自分はやはりいたのだ。それを証明したかった。ただそれだけなのだ。

『とにかく、俺はそんな話にかかわりたくはない。もし君が本当にあの父親の子供だったとしても、俺には関係ない。知ったことじゃないからだ。そういう話は天野猛か天野桐人にしろ』

と兼人は自分の父と弟の名前をフルネームで言った。彼らが公人であることを強調しているのだろう。

『もし本当に自分が天野家の一員だと思っているのなら、どうしてあの二人に話を持っていかない？　あの二人と面会するよりも、俺に話すほうがハードルが低いと思ったんだろう？　その通りだよ！』

そして兼人は一方的に電話を切った。暴力的に、無慈悲に、情け容赦なく。

携帯電話を握りしめたまま、私は、泣いた。

その日の夕食の席で、私は母に訊ねた。

「天野猛がお父さんって、本当？」

何を言い出すのだろう、と言わんばかりの顔で、母は私を見た。

「お父さんだって、証拠はあるの？」

「――薫」

「あの時は雰囲気に呑まれて信じちゃったけど、よくよく考えてみればそんな証拠は一つもない。もし自分の父親があんな有名な政治家だって友達に言ったとしても、笑われるだけだよ」

実際そうなった。兼人は友達というわけではないし、笑われるどころではなかったけど。

「認知はしてるの？」

母は脅えたような表情をした。私が認知という言葉を口にしたことに驚いているふうでもあった。そういうことに考えが至らない子供だと、母は私を馬鹿にしていたのだ。

「──していないわ」

と母は答えた。私はその時、今考えると不思議だったのだが、心の底からほっとした。若い頃の私にとっては、自分の父親が天野猛のような大物政治家などという事実は重荷以外の何物でもなかったらしい。就職を世話してくれるという話がどうなるのか、もっと不安に思ってもよかったのに。それほど私にとっては、新橋で酔って管を巻く兼人の姿がショッキングだったのだろう。天野猛が私の父親でなければ、私はあんなふうになることはないのだ。自分の父親が天野猛であるというプレッシャーを感じなくて済むのだから。当時の私はそう考えたのかもしれない。

だが同時に、認知もされていないのに、天野猛が自分の子供の父親だと決めつける母に、不信感を抱いた。恐れ、と表現したほうが適切かもしれない。過去に有名人と関係を持って子供を産んだという誇大妄想。私も子供の頃は、自分が高貴な家の子供だったら、などと妄想した。だけどそれを信じたり、ましてや人に言ったりなどしない。

「私はね、薫。天野猛の秘書をしていたのよ。それであの人と──関係を持った」

母は心底苦しそうに言った。自分が関係を持った男の話を子供にするのは、耐え難かっただろう。私とてそんな話は聞きたくない。でも聞かなければ仕方がない。

天野猛はその時既に家庭を持っていたのに秘書に手を出したのだ。とんでもない人間だ、そう思わずにはいられない。

「母さんはそれで——身籠もった」

母は頷いた。

「何の証拠もないわ。でも信じてもらうしかない。私は猛に打ち明けたわ。迷惑はかけないから産みたいって——猛はそれを許してくれた。そしてこの暮らしを与えてくれた——。あなたと二人で生活する暮らしを——」

「でも認知はしなかった？」

「薫、あなたにも分かるでしょう？　今は桐人さんに地盤を譲っているけど、日本の政治を背負って立つ人であることには変わりはない。そういうスキャンダルはマスコミが一番喜ぶわ。下手に認知なんかしたら、証拠が残ってしまう。どこからマスコミが嗅ぎつけるか分かったものじゃない」

このことは黙っていようと思ったが、私は言った。

「兼人さんに連絡した——自分が天野猛の隠し子であると打ち明けた。そうしたらどうなったと思う？　信じてもらえなかった！　そんなふうに名乗り出る連中は山ほどいるって！」

思えばそんな人たちが現れるのは、それだけ天野猛が次から次に女性に手を付けているからではないか。兼人の言う有象無象のほぼ全員が、天野猛の隠し子である可能性は十分あるわけだ。一人認知してしまったら、別の子供も認知しなければならなくなる。天野猛の好色さが明るみに出るのは必至だ。

私だけは特別だと思っていた。でも何のことはない。もしそうだとしたら、私とて文字通り、有象無象の中の一人なのだ。私は特別じゃない。だって認知してもらえないのだから。

「認知してもらうために、裁判を起こそうとは考えないの？」

「必ず向こうから横やりが入るわ。それに私だって、事を大きくしたくない。いい？　物事にはタイミングがある。認知には年齢は関係ない。あなたが社会人になってからでも、三十歳、四十歳になってからでもできるのよ。双方にとって一番いい時期に認知をすると猛は言ってくれた。だからお願い、それまで待って」

「そんなに、あの政治家の機嫌を損ねるのが怖い？」

「薫──あなたが人並み以上の暮らしができるのも、短大に通えるのも、みんなあの人のおかげなのよ。お願い、分かって──」

金をやるから、認知を求めて行動に移すな、ということだろう。要するに口封じだ。確かに、父のいない私が庭のある一軒家に住めて、短大に通えるのも、天野猛の財力があればこそだろう。しかし、それは兼人を納得させる証拠にはならない。

——納得させる必要があるのだろうか。

酒を飲んで酔っぱらって初対面の人間に無礼な振る舞いをする。そんな人間に認めてもらう必要があるのだろうかと考える。私にとっての向こうの家族の窓口は兼人だけだ。だから私は兼人に認めてもらおうと必死になったのだ。でもよくよく考えてみれば理由はそれだけなのだ。

母が誇大妄想に取り憑《つ》かれているなんて考えたくない。この家と短大生という私の身分が、母の話が正しいという証拠だ。兼人が私を認めなくとも、少なくとも天野猛は母を認めている。それでよいのではないか？

「天野猛と今でも会っているの？」

母はゆっくりと首を横に振った。

「最後に会ったのは何年前かしら。今は直接会うことはないわね。寂しいけど——仕方がないわ。立派に成長したあなたと会わせたいと思うけど、あの人はきっと——」

それから先の言葉を母は言わなかった。もし面会が叶っても、天野猛は私に冷たい態度をとるのだろう。仕方がない。彼はこの国を背負っているのだ。隠し子になんか構っている暇はない。

だったら最初っから、そんなもの作らなければよかったのに。

私は急速に兼人に対する関心を失った。失ったというよりも、諦めたと表現したほうが正しいかもしれない。兼人は私と会うことを拒否した。私とて自分が天野猛の子供だという決定的な証拠もない。何よりも、これは母の問題であり、私が認知を求めて奔走する必要があるだろうかという考えが終始頭を離れなかった。

どうせＤＮＡ鑑定をすれば明らかになるのだ。もし向こうの人間が鑑定を拒否しても、裁判所の命令が出れば逆らえないはず。母は認知はいつでもできると言ったが、まったくその通りだった。万が一、私が天野猛の子供でなかったとしても、天野猛がこんなふうに私たち母子に援助してくれるのは、何かやましいことがある証拠だ。無理やり、それこそレイプまがいのように母と関係を持ったのかもしれない。だとしたら、それを公にされるのは何としてでも避けたいだろう。いわばこの生活は私たちに対する天野猛の口封じだ。だとしたら、私は母の言う通り、時期が訪れるまでこの生活を続けるべきなのだろう――そう思っていた。思っていたのに。

私の関心を再び兼人の方に向けたのは、あの殺された青葉というフリーライターだった。彼が止まっていた時間を再び動かさなければ、彼とて死なずに済んだ。だから彼が殺されたのは自業自得なのかもしれない。そう言い聞かせて心の平穏を得ることができればどんなに楽だろう。でも、私にはまるで青葉が現れるべくして現れ、そして死ぬべくして死んだとしか思えないのだ。

　私と兼人の禁じられた恋の責任を、彼が背負って。


　その日、最後の講義を終えた私は、帰宅しようとキャンパスを歩いていた。突然鳴り出した携帯電話に立ち止まって画面を見ると、利奈からだった。

　兼人と連絡を取り合おうとしたけど上手くいかなかったということは、既に利奈に話してあった。利奈も私が簡単に諦めたから、もともと大した用件ではなかったのだと思ったようで、私にいろいろ訊ねてはこなかった。それ以来、私たちの間で天野兼人という名前が出ることはなかった。だから私は、どこか遊びに誘ってくれるのかもしれないという、ぼんやりとした期待を胸に電話に出た。

　でも、そんなお気楽な用件ではなかった。

『まだ学校にいる？』

「いるよ。今帰るとこ」

『ねえ、ちょっと助けてくれない？』

「助ける？」

利奈は声を潜めて、

『週刊誌のライターに捕まっちゃったのよ』

と言った。一瞬私は、利奈の言っている意味が分からなかった。それほど、ライターという職業は、私にとって未知なものだった。

「どういうこと？」

『何だかよく分からないけど、あの人のことを取材しているみたいなの、天野兼人の。彼の人となりをしつこく訊かれてる。そんなこと訊かれても、私だってあの時初めて会ったんだから答えようがないわ』

「お父さんや弟さんじゃなく、兼人さんの取材？　でもあの人一般人でしょう？」

『さあ、私には分からないわ。もしかしたら、天野桐人にはこんないい加減な兄がいるっていう記事を書くつもりなのかもしれない』

確かにそれはありうるが、私の知っている兼人のスキャンダルなんて新橋で酒を飲んで酔っぱらった程度のものだ。随分とスケールの小さなスキャンダルだが、父親と弟が有名人だからどんなものでも記事のネタになるのかもしれない。

しかし、そんなことでわざわざライターが私と利奈に会いに来るのか、とも思う。兼人のことというのは口実で、実は私の隠し子疑惑についての取材なのではないだろうか。

「どうしてそのライターはここを突き止めたの？」

『寺島さんに訊いたのよ。あんまりにしつこいから、ここの短大と私たちの名字だけ教えたって。バイトの時にその話されて、携帯の番号を教えなかっただけマシだろうって言われたけど、結局こうやって居場所を突き止められたんだから意味ない！』

個人情報保護も何もあったものではないが、寺島にせよ短大名と名字というざっくりした情報だけで、本当に利奈と私を見つけ出すとは思わなかったのではないか。学生課に問い合わせたって、週刊誌のライターなどに学生の情報は教えないだろう。

逆に言うと、それほどそのライターが追っているスキャンダル——それがどんなものかはまだ分からないが——は金になる重大なものなのだ。

もし、そのライターが隠し子問題で今日ここに来たのなら、素直にすべて打ち明けてしまうというのも一つの手かもしれない。母はタイミングを見計らうと言っていた。私も一度はその説明に納得したが、何もしないで待っていたら、そんなタイミングなど一生訪れないかもしれないのだ。

今がそのタイミングだ。私はそう思った。

「今どこにいるの？」

『学食よ、逃げられそうもないわ。うわっ、ずっとこっち見てる！』

「待ってて、今そっちに行く」

利奈の返事を待たずに電話を切った。私はUターンして学食に急ぎながら、今日の出来事をどう母に説明すればいいのか考えた。黙っているのが一番無難なような気がする。しかし僅かな手がかりで私の短大まで押しかけるような人間だ。天野猛と直接繋がりがある母のところにも行くかもしれない。そうなってしまったら、私がどうしようともう関係なくなる。

午後の学食は人が極端に少なかったので、利奈と週刊誌のライターの姿を、私はすぐに見つけることができた。それが青葉幸太郎との出会いだった。年齢は二十代後半か、それとも三十代前半か。とにかく利奈のバイト先の寺島と同年代だろうと当たりをつけた。青葉は私のことにすぐに気付いたようで、じっとこちらを見つめてきた。利奈は青葉とは逆の、まるで助けを請うような目で私を見つめた。利奈にそんなふうな目で見られるのは初めてだった。彼女に頼られているという思い込みが、何とかしなければならないと私の背中を押した。

「何ですか？」

と私は青葉に訊いた。

彼は立ち上がって、こういう者です、と名刺を手渡してきた。短大ではビジネスマナーの講義もあるので、青葉に対する不信感はあったが、ちゃんと両手で受け取った。

『週刊クレール取材記者　青葉幸太郎』

と名刺にはあった。週刊クレールは当時の私のような十代が読む雑誌ではないが、名前くらいは知っていた。有名な雑誌だ。

「今、こちらの方にも伺ったんですが、先日あなたは天野兼人さんとお会いになったそうですね。それで親密になったと」

私は利奈を見た。

「あなたが兼人さんと連絡を取りたがっていたって、この人に言っちゃったの。その――しつこくて」

あからさまに利奈が青葉に対して文句を言っても、彼はどこふく風だった。ライターという仕事は取材相手に何を言われても平気でなければ務まらないのかもしれない。

青葉と会った途端に、先ほどの隠し子の件を打ち明けるという決意が揺らぎ始めた。こんな人間に家族の話をしたら、つきまとわれて大変なことになってしまうのは間違いないような気がした。

「親密になったなんてそんな――電話をして話しただけです」

「兼人さんから連絡が来たの？」

意外と言わんばかりの利奈の問いに、私は頷いた。

「あなたは新橋でお酒を飲んだ帰りに、酔った天野兼人を追いかけたんですね？」

「お酒なんて飲んでません。ウーロン茶を一杯飲んで、少しカキを食べただけです」

「まあ、そういうことにしておきましょう」

私は利奈を見た。利奈は取りつく島もないというふうに肩をすくめた。多分、彼女とも同じやり取りがあったのだろう。

「とにかくあなたは店を出て、天野兼人の後を追った。こちらの彼女と寺島さんという彼女のバイト先の上司を放っておいて。何故です？　天野兼人とは初対面だったんでしょう？」

「あんなに酔っぱらって――危ないと思ったから」

「本当にそんなことで？　寺島さんは、放っておけばいいと言ったんでしょう？」

「前々から興味があったんです――彼の弟さんに。それで――」

「天野桐人に興味があるのは分かります。今、若い女性に一番人気の保守政治家ですからね。でも、カキを食べさせるお店で、天野兼人はあなた方に醜態を曝したあげくに暴言を吐いたんでしょう？　近づきたくないと普通は思うんじゃないですか？」

執拗な追及に、余計に私は彼には隠し子のことを言えないと思った。もし話したら最後、骨の髄までしゃぶられてしまう。

「普通ってあなたの基準でしょう？」

言葉を濁している私に、利奈が助け船を出してくれた。

「週刊クレールって知ってるわ。左翼の雑誌でしょう？」

「左翼って表現はあまり好きではないですね。せめてリベラルと言ってください」

「何だっていいわ。左翼のあなたは保守政治家、つまり右翼の天野桐人を失脚させたいと思っている。でも天野桐人はスキがなく、なかなか弱点を見せない。だから彼に比べればスキがある兼人さんをターゲットにしたんでしょう？　違う？　家族のスキャンダルでも、十分政治家本人のダメージになるから」

「後半は合っていますが、前半は違いますね。僕は保守でもリベラルでもない。記事は掲載する雑誌のカラーに合わせて書くものです。自分の書きたい記事を書きたいままに書けると思ったら大間違いだ。あなたもこれから社会に出るんだったら、それくらい分かっていたほうがいい」

　利奈はあからさまに憮然とした表情をして何かを言いかけたが、結局黙った。反論できなかったのか、それとも水掛け論になるだけだと思ったのか。

　私はとりあえず真実を話すことにした。この間はそんな恥ずかしいことを利奈には言えないと思ったが、背に腹は代えられない。この、目の色を変えてスキャンダルを探している週刊誌の記者に隠し子の件を打ち明けるよりマシだ。

「確かに以前から、天野桐人さんに興味がありました。でもそれはあなたの言う、若い女性が彼に関心を抱いている、というのとは少し違うんです」

「といいますと？」

私は自分の鼻を撫でながら、思いきって言った。

「この鼻、天野桐人と似ていませんか？」

百戦錬磨であろう青葉は、私の言った言葉が彼の予想しているそれとあまりにもかけ離れていたようで、きょとんとした顔をしていた。

「高いというか、少し鷲鼻ですよね？　天野桐人もそうじゃありませんか？」

青葉は、だんだん表情が険しくなっていった。必死でここまでたどり着いたのに、そんなくだらないことが理由か、と言わんばかりの顔だった。でも私は訊かれたことに答えただけだ。嘘はついていないのだし、責められるいわれはない。

「だから天野桐人の兄の兼人さんに出会って、びっくりしたんです。兼人さんも同じような鼻をしていたから。何というか――未練があったんです。兼人さんが天野桐人のお兄さんだから興味があったというのは事実です。鼻が似ているから天野桐人に関心を抱いたというのは単なるきっかけです。もう少し兼人さんから天野桐人の話や、兼人さんのご本人の話を聞きたかっただけなんです。一緒に駅まで行けば、道すがら話ができると思って――。でも駄目でした。鼻のことを持ち出したら、怒ってしまって。もしかしたら兼人さんにはコンプレックスだったのかもしれません」

「そうね。向こうにしてみれば鼻が似てるってだけで、あれやこれや訊かれても困るかもね。血の繋がりがあるから似てるっていうのなら別だけど、そんなわけないしね」

と利奈が言った。一瞬ぎょっとしたけど、顔には出さずに何とか我慢した。青葉も不満そうに私の顔を見つめているが、今の利奈の発言に注目した様子はなかった。

「鼻の話を持ち出されて、兼人さんは機嫌を損ねたんですね？」

「はい」

「で、あなたはその場で兼人さんと別れて、こちらの彼女と寺島さんと一緒に、新橋駅前でハンバーガーを食べて帰宅した」

「そうです」

「分かりました。それはいいでしょう。でも、何でまた兼人さんと連絡を取り合いたいと思ったんですか？　一度機嫌を損ねた相手でしょう？　たまたま会ったから、たわいもない話がしたかったというのは百歩譲って認めてもいい。でも、わざわざ連絡先を訊いて再び接触しようとするなんて、余程のことですよ。ライターの僕ならともかく、どうして一短大生のあなたがそんなことを？」

「それは、その――就職のことを相談しようとして」

「就職の相談？　彼は親のコネで保守党の関連企業に就職した人間ですよ？　しかも天野桐人の政界進出と時を同じくして退職している。そして現在無職だ。とてもあなたの就職の相談に乗れる立場とは思えませんが」

「だから、あの――」

　万事休すだ。向こうは他人の秘密の暴露を仕事にしているプロだ。ありとあらゆる手練手管で私に迫ってくるだろう。もう黙っていられるとは思えない。

「ねえ、あなた。いくらなんでも、ちょっと強引じゃありません？」

　とその時、利奈が助け船を出してくれた。

「何がですか？」

「何がですかじゃないわよ！　確かに私たちは兼人さんと会ったわ。それが何なの!?　それ以上のことなんて、あなたに説明する義務なんてないわ。そもそも、あなた何でそんなに兼人さんのことを訊いてくるの？」

「それは先ほどあなたが指摘したじゃないですか。天野桐人にはスキがないから、せめて家族のスキャンダルを暴き立てようって。そう思っていただいて結構ですよ」

「スキャンダル？　天野桐人のお兄さんが、短大生の前でお酒を飲んで酔っぱらうのが、そんなに重大な事件なの？　そんなのが記事になるなんて、週刊クレールってずいぶんみみっちい雑誌ね」

　それもそうだ。第一、もし天野猛の隠し子疑惑をこの記者が把握していて、それを暴きにここに来たのであれば、真っ先にそのことを私に告げるはずではないか？　だが青葉はそんな素振りは微塵も見せない。

　つまり、私のことで今日ここに来たのではないのだ。

　あくまでも青葉の目的は兼人だ。利奈の言う通り、弟の桐人に比べれば出来の悪い兄をあげつらうような記事を書くつもりではないのだろう。青葉はもっと重大なスクープを狙うつもりなのだ。

「あなたはそんなことで、わざわざ兼人さんに連絡を取るのか、って薫に質問したわね？　それをそっくりそのままあなたに返すわ。あなたはそんな小さな記事のために、わざわざ貴重な時間を割いてここまで来たの？」

　青葉はその利奈の質問に答えなかった。それが私の推測を裏付ける何よりの証拠だ。青葉は重要なスクープの情報をつかんでいる。だから答えないのだ。迂闊《うかつ》に特ダネを私たちに話してしまったら、もしかしたら他社に情報が流れてしまうかもしれない。その特ダネが天野猛のものなのか桐人のものなのかは分からないが、鍵を握っているのが兼人なのだろう。だから兼人と接触した私たちに執拗に迫るのだ。

「あなたは何の取材のためにここに来たの？　まずそれを教えて。そうでないと話さない。もともとあなたの取材に協力する義務はないんだから」

「残念だが、それを君らに話すことはできない。分かるだろう？　クライアントや、他に取材をした人たちに迷惑がかかる。守秘義務を守らない人間は、この仕事をする資格はないんだよ」

「それはあなたの都合でしょう？　私たちには知ったことじゃないわ。いくらなんでも、何の取材をしているかぐらい教えてくれてもいいじゃない」

青葉は勿体をつけるように、こほんと咳払いをした。そして言った。

「じゃあ、それを話したら、君が何故、天野兼人に個人的に連絡を取ったのか、その理由を教えてくれるか？」

利奈は私を見た。彼女は無言だったが、頷くのよ！　とその目が言っていた。私は数秒迷った末に、

「分かりました」

と答えた。もちろん本当のことをそっくりそのまま話すつもりはなかった。考えあってのことだ。

青葉は頷いて、こう言った。

「言っておくが、だからといってすべてを話すことはできない」

　利奈は目を剝いて青葉に抗議した。

「インチキじゃない！　そんなの！」

「最後まで聞いてくれ。どうしても話せないことがある。個人のプライバシーに関することだから。それ以外なら何でも話すって言っているんだよ。君がさっき言った通り、週刊クレールはリベラルな雑誌だ。どうしても保守党のスキャンダルを書けば喜んで記事にしてくれる。君らも知っての通り保守党の天野桐人は今一番知名度のある政治家だ。天野桐人のスキャンダルが載った雑誌なら完売は間違いなしだ。でも彼はクリーンを売りにしているだけあって、なかなか尻尾をつかませない――あとは言わなくても分かるだろう。おおむね、さっき君が言った通りだよ」

「それだけじゃないんでしょう？」

　そうだ。それだけでわざわざ私たちにまで会いには来ない。

　青葉は軽くため息をついてから、覚悟を決めたように話し出した。

「天野桐人の兄、兼人のスキャンダルは、天野桐人どころか保守党政権を根底から覆しかねない。だからこうやって、その疑惑の裏を取っているんだ。ここまでで勘弁してくれ。これ以上は話せない」

私は利奈と顔を見合わせた。青葉の話は、私たちの想定内で何ら意外なことではなかった。ただ、兼人のスキャンダルは新橋で酒を飲んで酔っぱらうこと以上に深刻なものであることは分かった。

「――兼人さん、何かの犯罪にかかわっているんですか？」

と私は訊いた。保守党政権にまでかかわる兼人のスキャンダルなんて、それくらいしか思い浮かばなかった。

でも青葉は私の質問には答えなかった。

「人でも殺したの？」

と利奈も訊いた。しかしやはり答えない。その代わりに、彼は言った。

「デリケートなことだから、迂闊には話せない。君らに誤解されて伝わってしまうかもしれないからな。それにネットにでも広められたら、せっかくの特ダネが水の泡だ。とにかく、約束は果たしたぞ。次は君の番だ」

そう言って青葉は私の方に身を乗り出した。利奈も心配そうに私を見やった。どうしよう、とは思わなかった。話すことはもう決まっていたからだ。

「自分が天野猛の隠し子だと思ったんです。それで兼人さんに個人的に連絡したんです」

「隠し子ぉ――？」

私のその言葉が予想外だったようで、青葉は半ばぽかんとしながら呟いた。

「それって、ひょっとして鼻の形が似てるから？」

利奈の質問に、私は頷いた。

「テレビで天野桐人を観るたび思っていたんです。鼻が似ているから、鼻だけじゃなく、顎や二重瞼もそうなんですけど、もしかしたら血が繋がっているかもしれないって。そんな時に、兼人さんと会う機会があって――確かに兼人さんも天野桐人と同じ顔の特徴を兼ね備えていました。だから兼人さんに個人的に連絡を取ったんです」

青葉はどう答えていいのか分からないかのように、ただ私の顔を見つめていた。

正確には、私の鼻を。

「そういえばあなた――お父さんいなかったわね」

私は頷いた。

「シングルマザーってこと？」

その青葉の質問にも、頷く。

「誰だって子供の頃一度ぐらい、自分は本当はいい家の生まれかもしれない、って思うことがあるでしょう？　家庭環境のせいで、余計にそういう妄想を抱いてしまったのかもしれません」

「じゃあ新橋で兼人さんを追いかけたのも、それを確かめるため?」

頷いた。実際にはその時点ではまだ母から天野猛が父親だという話は聞かされていないのだが。

「その時、兼人さんはあなたになんて答えたの?」

「その時は、兼人さん酔っていたから、話が通じなかった。だから酔ってない時に話がしたいと思って、それで電話を——」

「電話で兼人はなんて答えたんだ?」

と青葉が訊いた。私はあの時の会話を思い出しながら言った。

「君みたいな人間は、山のように現れるって言われました。多分、遺産相続目当てだと思われたんです。傷つきましたけど、兼人さんがそう思うのも無理ないです」

「そりゃ、鼻が似てるってだけで遺産相続の権利があるって言われちゃあな——」

青葉はどこか脱力したように言った。私はあの時遺産の話なんて持ち出してはいなかったから、その青葉の言い方には心外だったけど、どうやら青葉はその私の説明を信じてるようだったので、余計なことは言わないでおいた。私が今した説明には、母の話がまるごと抜け落ちているのだが、青葉だって肝心の兼人の秘密は明かさなかったのだから、おあいこだ。

「天野猛の隠し子ね。まあ、鉄板のネタではあるが――」

　と青葉は一人呟いた。その言葉で、彼が追っている兼人の秘密とは、隠し子疑惑などよりももっとニュース性が高いものであると窺い知れた。

　たとえば、実は兼人は天野猛の実の子供ではなかったとしたらどうだろう。これは十分特ダネかもしれない。何であれ、隠し子疑惑も含めてその手の政治家の家族のゴシップを週刊誌は喜んで書くだろう。しかしそれが保守党の根幹を揺るがすほどの大事だとはどうしても思えない。天野猛は権力者だから、彼のゴシップは保守党の評判にも繋がるという意味なのだろうか。しかし――。

「何か兼人の人となりについて分かったことはなかった？」

　とまるで食い下がるように青葉は訊いてきた。

「彼の人となりが、保守党とどう関係しているんですか？」

「大ありなんだよ。それが」

「じゃあ、それが何なのか話してよ」

　と利奈。

「それはできないってさっき言っただろう」

「それはあなたの都合でしょう？　どうして私たちがあなたみたいに自分の本音を隠してい

る人に対して、何もかも話さなければいけないの？　警察でもないのに！　ねえ？」

利奈は私に同意を求めてきた。私は青葉をじっと見つめてから、利奈に対して頷いた。もちろん私も隠していることがある。隠し子の件は単なる私の思い込み、という体で話をしたが、本当はもう少し信憑性が高いということだ。そもそも、利奈の言う通り、何の権限もない青葉にすべてを話さなければいけない義務はない。

青葉も自分の強引さに気付いたのか、それとも私たちからはもう何の情報も得られないことに気付いたのか、当初のギラギラとした態度は影を潜めていた。何だか意気消沈しているように見える。私は、そんな青葉をちょっとからかってやりたい気持ちに駆られて、

「あなたに協力したら、週刊クレールの編集部に就職させてくれますか？　兼人さんをスパイすることぐらいできますけど」

と言ってやった。

「それいいわね！　内定もらえるんだったら何だって話すわ！」

と利奈も喜び勇んで言った。

だが青葉は私をじろりと睨んで、

「君は二回兼人と接触した。だが大した情報は得られなかったんだろう？　スパイの素質はない。それに就職の斡旋《あっせん》はしない。僕にはそんな権限はない」

そう言って立ち上がった。

「いきなり押しかけて悪かったな。じゃあ」

本当はそのまま無言で立ち去りたかったが、最低限社会人としてのルールはわきまえておこうと言わんばかりの、素っ気ない挨拶をして、青葉はすたすたと学食から出ていった。私と利奈を残して。いったいこの時間は何だったのだろう、と思わずにはいられない。

「何よ、あいつ――」

利奈は呟いた。

「何だか、必死そう」

私も呟いた。特ダネが欲しくてがむしゃらになっているといった感じだった。もしかしたら兼人の秘密が保守党を揺るがすほどの大事件などというのは、特ダネが欲しくてたまらない青葉の焦燥感が生み出した妄想かもしれないとまで思った。

「あなたも名刺貰ったわよね」

「うん――」

利奈は青葉の名刺に目を落としていた。

「週刊クレール取材記者――つまりどういうこと？　社員じゃないの？」

「契約社員みたいなものかもしれないね」

「この番号に電話したら、どこに繋がるの？」

「週刊クレールの編集部——じゃなさそう」

記載されている固定電話は青葉のもの、つまり自宅の電話番号だ。住所も恐らく自宅のものだろう。携帯番号も記載されているが、それ以外の情報は皆無だ。出版社がこんな名刺を作るはずがない。恐らく青葉が自分で業者に頼んで作らせたものだろう。

「週刊クレールの電話番号分かる？」

「分かるわけない」

「そうよね。ちょっと待って——」

利奈はその場で携帯からネットで検索していた。週刊クレールの電話番号を調べるつもりなのだ。そんなに簡単に分かるものかな、と思ったが、利奈は三十秒もかからずに調べ上げた。

「『週刊クレール』と『電話番号』で出たわ。ちょろいもんよ」

そして利奈はそのまま、週刊クレールの編集部に電話をした。こういうフットワークの軽さは私も見習わなければならない。

「そちらに青葉幸太郎という記者さん、いらっしゃいますか？」

今さっきまでここにいたのだ。当然不在だろう。利奈は、青葉が本当に『週刊クレール取材記者』であるかどうか確認するつもりなのだ。多分、彼の身分に偽りはないと思う。もし身分を偽るのなら、もっとちゃんとした名刺を作るはずだ。『週刊クレール取材記者』なんて回りくどい肩書きは使わないだろう。

だが、しかし、

「え？　そうなんですか？　はい――ええ――」

利奈の相づちが驚きのそれから、徐々に緊迫感を持ったものに変わっていった。会話の内容は分からないけれど、やはり青葉は名刺の肩書きをそのまま受け取ってはいけない男だったのかもしれない。

「私たちの短大まで押しかけてきたんです――天野桐人の兄の兼人さんが、保守党を揺るがすほどの秘密を持っているって――だから、兼人さんと一回会ったことがある私たちに取材を――」

利奈の顔は徐々に困惑に満ちたものに変わっていった。いったい何を話しているのだろう。

「いえ、そんな――本当に大したことではないので。こちらこそ、お忙しいところ申し訳ありませんでした。失礼します」

そう言って、利奈は電話を切った。そしてゆっくりと私の方を見た。

「やっぱり、あの名刺はデタラメだったの？」

「あの名刺は本物だった。というより、もう使われていなかったの」

「え？　何？　どういうこと？」

「確かに青葉幸太郎は週刊クレールで記事を書いていた。フリーランスのライターで、その時その時に応じて契約しているそうよ。青葉は週刊クレールで記事を書くことが一番多かったから、こういう名刺を作っていたみたい。それに取材の仕事では、有名な雑誌の名前を出したほうが話がスムーズに進むんだって」

　確かに私とて名刺を渡されて、真っ先にその肩書きに注目した。利奈にせよ、スーパーの寺島にせよ、肩書きのない名前だけの名刺を出されたら、ろくに話も聞かないで追い返してしまうかもしれない。

「でも今は青葉幸太郎は週刊クレールとは仕事をしていないって」

「どうして？　わざわざ名刺を作るほど親密な関係だったんでしょう？」

「分からないわ。とにかく、もう青葉幸太郎とは関係ないの一点張りで。多分この名刺を出したのは、週刊クレールのネームバリューを利用するためね」

「もしそうだとしたら、取材してどうするつもりだったの？　だって週刊クレールは記事を買ってくれないんでしょう？」

「さあ——週刊クレールのような有名どころじゃない、小さな出版社と仕事をしているのか

――」

私は利奈と顔を見合わせた。実は青葉はボツになった記事を自分のブログに上げて問題になり、ライター業界を干されていたような形になっていた。だから誰もが欲しがる特ダネをつかんで、起死回生のチャンスを狙っていたのだ。それはもちろん、青葉が殺された後に様々なところから風の噂で聞いて知ったことであって、この時点では知るよしもない。

「ねえ、どう思う？　名刺自体は昔使っていたもので偽物じゃないと思うから、携帯に電話して問い詰める？　それとも警察に相談する？」

確かに、有名な週刊誌の仕事と偽って短大に潜入したのだ。不審者扱いされても仕方がない。警察に行くという選択肢は、当然ありうる。

しかし私は、利奈に言った。

「また現れたら相談しようよ。なんかあの人思い詰めていたみたいだから、今の段階であんまり追及すると、自棄《やけ》になって何をしでかすか分からないし」

「怖いこと言わないでよ！」

もしかしたら、兼人が握っている保守党政権を揺るがしかねない秘密というのも、特ダネが欲しい青葉の思い込みが生み出した妄想なのかもしれない、とその時の私は思った。妄想というのは大げさだが、ガセネタレベルの怪しげな噂を信じ込んでしまっている可能性は十分あるだろう。

そうであって欲しいという気持ちと、やはり兼人は重要人物であって欲しいという気持ちが綯《な》い交《ま》ぜになっていた。とにかく確かなことは、その日、青葉が短大を訪れたことで、また兼人に電話する口実ができたということだ。だからこそ、今の段階で警察に相談して事態を大事にはしたくなかった。

後になって後悔と共にあの日々を振り返ると、どうして私は兼人と繋がろうとしたのかと考える。その度、どんな細い糸でも天野家という一族の末裔《まつえい》であるかもしれないという可能性にすがっていたかったからだ、と自分に言い聞かせて心の平穏を何とか取り戻そうとする。私はアヒルじゃない、白鳥なんだ。シングルマザーということで周囲の心ない大人から白い目で見られることも少なくなかったからこそ、私は父親の血に固執したのだろう。兼人を接点に、私も天野家の一員になりたいという思いが、心のどこかにあったのかもしれないだろうと考えて。

でも、そうではないと今ははっきりと言える。天野家なんか、私の血なんか、関係なかった。兼人は接点ではなく中心だったのだ。私は兼人にただ純粋に会いたかったのだ。当時の私はそのことに気付いていなかった。いや、気付いていたのに心に押し込めていたのだ。天野兼人を愛してしまったという事実を認めるのが怖くて。

IV

兼人にまた連絡しようと思ったのは、簡単に連絡を取る方法があったからだ。前回の通話の着信履歴だ。

思えば不思議だ。彼自身は公人ではないが、父と弟は政治家だ。青葉は兼人本人の記事を書くと息巻いていたが、今までも彼らのスキャンダル目当てに近づいてきた人間は少なからずいただろう。スキャンダル目当てでなくとも、面白半分であったり、あるいはコネを作るためだったり、そして私や利奈も間違いなくその中の一人なのだ。そんな人間に電話をする場合、当然、非通知でかけてくると思ったのだ。でも、そうではなかった。

兼人は、私を興味本位や金目当てで近づいてくる連中の一人ではなく、もっと大事な人間として認識している——と妄想するほど私は思い上がってはいない。単にうっかりして非通知に設定するのを忘れただけだろう。ただ兼人からの通話履歴が文字通り私と兼人とを繋ぐ細い糸のように思えてならなかった。この通話履歴があるのだから私は兼人に電話しなければならない。本末転倒の理屈だと自分でも思う。だが偶然という運命が私と兼人を結びつけてくれたのであれば、せめて糸が切れるまでそのチャンスを使い倒したいと思ったのだ。

とはいうものの、兼人と連絡を取るのは簡単ではなかった。電話番号が分かっていたって、向こうが出なければそれまでだからだ。夜の時間帯を狙って毎日電話をしたが、一向に兼人が電話に出る様子はなかった。

兼人と再び話をすることに成功したのは、結局電話をかけ始めてちょうど一週間後のことだった。

『はい――？』

眠そうな声の兼人が電話に出た時、今日もどうせ空振りだろうと半ば諦めていたから、電話をかけたこちらの方が驚いてしまった。

「あ、天野兼人さんでいらっしゃいますか？」

思わず声が上ずってしまう。

『誰――？』

その言葉は少なからずショックだった。私の番号を登録していないのだ。でも仕方がない、電話に出てくれただけでありがたいと思わなければ。

「先日新橋でお会いした――」

みなまで言わなくとも、新橋という地名で兼人はすべてを思い出したようだった。

『君か――』

「は、はい。そうです」

『いったい何の用だ？　また親父の話じゃないだろうな』

「今回はそうじゃないんです。ちょっと問題があって――天野さんにお伝えしたほうがいいと思って――」

『問題って何だ？』

私は一週間前、短大に青葉という怪しげなライターがやってきて、あなたのことを執拗に訊いてきたと兼人に告げた。電話に出た当初はいかにも面倒くさそうだったが、話を続けていくうちにだんだん兼人が私の言葉に真剣に耳を傾け始めるのが分かった。

『どこのライターだって？』

「週刊クレールです。でも編集部に問い合わせたら、今はもう仕事をしていないそうです。多分、こっちを信用させるために昔の名刺を使ったんだと思います」

そうして私は言葉を切った。兼人が、青葉が追っているという彼の秘密を話してくれることを信じて。しかし彼は何も言わなかった。よくよく考えれば、本当に兼人が日本の保守党政権を覆すほどの秘密を握っているのなら、それを私などに告げるはずがないではないか。

「天野さんのところには――青葉は来なかったんですか？」

『さあな、憶えちゃいない』

愚問だった。今までの人生で、彼の元には遺産目当てに兄弟姉妹だと名乗り出る者だけではなく、スキャンダル目当てのマスコミも大勢訪れただろう。仮に青葉が兼人に接触したとしても、日常茶飯事だとしてろくに相手にしなかったのではないか。

「もし、また青葉が来たらどうすればいいのか——それをご相談するために、電話したんです」

『放っておきゃいいさ』

と兼人はあっさりと言った。

「それは分かります。でも、あの人しつこくて——目が血走っていて必死そうでした。強引なやり方で取材をして、あなたに危害を及ぼすかもしれません」

目が血走っていて、とは誇張もいいところだが、できるだけ切迫感をアピールしたほうが、兼人が私の話に関心を抱いてくれると思った。

『——そいつ、なんて言ってた？』

「え？」

『だから、その俺の秘密のことだよ』

「分かりません。それは最後まで教えてくれなかったから」

兼人の秘密は保守党政権に決定的なダメージを与えかねないほど重大なものだ——青葉の

言葉をそのまま信じるのであれば。だがそれをそのまま兼人に言うのは躊躇われた。それを言ってしまったら、私も兼人の秘密を知りたがっているように思われかねない。もちろんその秘密がどんなものなのか、興味がないと言ったら嘘になる。でも、秘密に対する興味と、兼人自身に対する興味は、まったく別のものだ。青葉に兼人に秘密があることを教えられるずっと以前から、私は天野桐人に、そして今は兼人に、関心を抱いているのだから。

何故、こんなにも私の心は兼人に夢中なのだろう——もし桐人と出会っていたら、私は桐人に夢中になっていた。だが実際は兼人と出会ったから彼に心を奪われた——そういうことなのだろうか？

とにかく、私にとって兼人の秘密はあまり重要な問題ではなかった。何しろ彼は政治家一家の長男だ。父や弟の政策に関する情報を握っていてもおかしくはない。青葉が兼人を狙うのは、単に一般人の兼人の方が近づきやすいからではないか。当時の私は政治にはあまり興味がなかったので、保守党政権が覆ると言われても、それがどういう意味を持つのか、あまりピンときていなかったのかもしれない。

『そんなに、その秘密とやらを暴きたいようだったのか、そいつは』

「ええ。秘密なんか知らないと言ってもなかなか引き下がらなくて」

『秘密か——』

ため息交じりに、兼人は呟いた。

『青葉はどこでその秘密を知ったって言っていた？』

「さあ、分かりません。それは聞いてないです」

兼人は唐突に、

『なあ、頼まれてくれないか？』

と言った。一瞬、自分が何を言われているのか分からなかった。彼に頼りにされている。これは驚くべきことだった。そして私は何故、自分がこんなにも兼人に魅かれているのかを今一度考えてみた。答えはすぐに出た。しかし気のせいだと一蹴した。その時は――。

「は、はい。何でしょう？」

とにかく私は上ずった声で答えた。私の葛藤をよそに、兼人は話を続けた。

『青葉の名刺は一応本物なんだな？ 悪いけど、彼に連絡して、どこで俺の秘密を知ったのか訊いてくれないか』

兼人は分かっているのだ、多少無理な頼みごとをしても私がそれを決して断らないと。青葉に訊いたところで、兼人の秘密を決して話さないと主張して憚《はばか》らないのだから、情報の入手先も教えてくれない可能性は高い。ましてや自分の身分を偽って私と利奈に接触してきた男だ。何らかの危害を加えられる危険性がないとは決して言い切れないだろう。

青葉となど会いたくないというのが本音だ。だがそれで兼人との細い糸のような繫がりを維持できるのであれば、やるしかない。

「分かりました。答えてくれるか分からないけど、一応訊いてみます」

するとと兼人は言った。

『君は、いい子だね』

感動した。

兼人はずっと私を疎ましく思っているようだった。私のことを、おこぼれ欲しさにつきまとってくる有象無象の一人としか思っていなかったのだろう。だが今の口調は、兼人が出会って初めて私に見せた優しさだった。それだけではなく、兼人にモノを頼まれる、頼りにされているという事実が、私を舞い上がらせた。

『悪いな。そういう奴とは直接会いたくないんだ。人の家庭のことを書き立てるろくでもない記者も、一対一で会ってしまえば大概の奴が性格的にはいい人間だ。丸め込まれて、ついつい口が滑るかもしれない。それが怖いんだ』

私は一人で頷き、

「賢明なご判断だと思います」

などと大人ぶった台詞を吐いた。新橋であんなに酔っぱらって私たちに暴言を吐いたのも、迂闊に友達になって天野家の内情をうっかり話してしまうかもしれない、という恐れがさせた言動だったのかもしれない。

彼は孤独なんだな、と思った。

「でも良かったです。天野さんにご連絡できて。もし前回、非通知だったら、青葉のことをお伝えできないところでした」

『非通知だったらって？』

兼人は私の言っている意味が分からない様子だった。

「その――前回電話をくれた時に非通知じゃなかったから、今回ご連絡できたという意味です」

『ああ、そういうことか。いちいち非通知なんかにしないな。俺、携帯二台持ってるから』

携帯電話を二台持っている人がいるなんて、当時の私は夢にも思わなかった。同時に、兼人からの連絡が非通知ではなかったことを、まるで彼に選ばれた者のように勝手に思い込んで舞い上がっていた自分が馬鹿のように思えてならなかった。大方彼の周りにはいろんな人間が集まってくるから、どうでも良い相手専用の携帯なんだろう。一週間、なかなか連絡が取れなかったのも、普段あまり使わない携帯だから机の引き出しの中にでもうっちゃっていたのかもしれない。

意気消沈した気持ちを表に出さないように、必ず青葉に連絡すると言って、私は携帯を切った。いい結果を出して気に入られれば、私も彼の普段使いの携帯に昇進できるかもしれない。そんな淡い期待を胸に、私はすぐに青葉の携帯に連絡を入れた。もちろん非通知で。

フリーランスが自分にかかってきた電話を無視するはずがないと考えた。仕事の依頼かもしれないからだ。予想通り青葉はすぐに電話に出た。

『君か。どうした？』

「あれから天野さんと電話で話しました」

『天野兼人と？』

「そうです。それで、ちょっとお話ししたいことがあるんです」

青葉は身を乗り出さんばかりに食いついてきた。

『やっと、話す気になってくれた？　そうそう、この間は、いきなり押しかけて、しかも報酬の話もしないですまなかったね。もし君の話を僕の記事に使わせてもらったら、それなりの謝礼はするつもりだ』

雑誌の記者が取材対象者に謝礼を渡したりするのだろうか。何となく買収の匂いがする。もちろんいくらお金を積まれても、兼人の秘密が何であれ、彼に不都合な証言をするつもりはなかった。

「どこで秘密を知ったんですか？　まずそれが知りたいと天野さんは言っていました」

単刀直入に言った。青葉は暫く、うーん、などと唸《うな》り、考え込むような素振りを見せてから、

『それを教えたら、すべてを教えてくれるかい？』

「それは分かりませんよ。天野さんに直接訊いてください」

『直接訊いても素直に答えやしない。だから僕は兼人の知人から攻めようと思ったんだ。君がそうだと思ったが、どうやら見込み違いだった』

兼人の秘密を知っている知人がいて、その人物をこちら側に引き入れれば、兼人を自白させやすい――要するに外堀を埋めていこうという作戦だろうか。

『悪いが、誰とははっきり言うことはできない。取材源の秘匿は最低限のマナーだからね』

「情報を提供してきた人物がいたんですか」

『そうだ』

「どうして天野さんが保守党政権を揺るがしかねない情報を持っていることを、その人物が知っているんですか？」

『いや、天野兼人が情報を持っているというか、問題なのは彼の人となりだ。彼という人間の存在自体が、明らかに保守党とは相いれないものだ。当然、彼と親密な人間の中には、そ

のことに気付いている者もいるだろう。猛と桐人が気付いているのかは分からないが――』

　兼人の秘密を青葉が知っている時点で、既に他の多くの人間も知っていると考えるべきだ。だがそうなっていないということは、兼人の秘密はかなりデリケートなものではないのか。たとえば犯罪絡みだとしたら、とうに時効か、あるいは立証が難しいから警察も動いていないようなもの。あるいは出生時に何かあったのではないか。誘拐、取り違え、幼児売買、いずれにせよ兼人は天野猛の血を引いた子供ではない。それが彼が地盤を継げなかった本当の理由だとしたら？

　いや、今の段階でそれはまだ考え過ぎだろう。何の証拠もない。兼人自身も何らかの心当たりがあるようだったから、青葉が追っているのがまったくのガセネタというわけでもないのだろう。だが、それが何であろうと、私には関係ないことだ。

『取材源を明かしたら、すべてを告白してくれると思うか？』

　先ほどまでは情報源の秘匿は最低限のマナーだと言っていたくせに。やはりこの青葉という男は信用できないと私は思った。

「そんな保証はできませんけど、印象は良くなると思います」

　私がそう言うと、青葉はゆっくりと時間をかけて、まるで溜め込んでいた息を吐き出すように、答えた。恐らく、本当は言いたくないんだけど仕方がない、というパフォーマンスのつもりだろう。

『天野兼人の知人に聞いた。それ以上は話せない。彼は権力者の息子だ。情報提供者の名を明かしたら、その人物に危害が加えられるかもしれない』

どうやら青葉は、政治家は殺し屋を差し向けて邪魔者をたやすく削除できると思っているようだった。もし仮にそれが事実だったら、真っ先に削除されるのは彼自身に違いないのだが、青葉はその矛盾には気付いていないらしい。

だが今になって思い返すと、確かに青葉は保守党が差し向けた殺し屋によって殺されたのだ。犯人自身はそんなつもりはなかっただろうし、また別の動機があったのだが、青葉が死んで、結果、兼人のスキャンダルは闇に葬り去られたのだから、同じことだ。

むしろ私が殺されず今日まで生きてきたことが奇跡のように思える。兼人自身はおいそれと殺せないだろう。だが私には何の地位もない、ただ兼人のような有名人に群がる有象無象の一人。私が殺されたって代わりがいる。この社会にも、そして兼人にとっても。なのに私は今もこうして、生きている。

私は、また兼人に訊いてみます、と青葉に言って電話を切った。そして再び兼人に電話を入れる。直接青葉と交渉したくない兼人にいいように使われていると思ったが、彼の秘書になったようで悪い気分ではなかった。何よりも、できるだけ兼人と繋がっていたいという希望は、これで果たせる。

『俺の知人に訊いたって？』

「はい。お心当たりはありませんか？」

『情報を流した奴がいるのか——それで青葉は裏を取ろうと必死なんだな』

そう兼人は一人呟くように言った。それから、

『分かった。ありがとう』

と言ってくれた。私は胸が高鳴るのを感じた。兼人が私に対して感謝の言葉を述べるなんて、想像もしていなかったからだ。同時に不安を覚えた。私は当然、兼人が次にどんな頼みごとをするのか期待していた。でも、もうこれで私の役目は終わったという可能性も当然あるわけだ。青葉は兼人の知人から情報を得たと言っていた。それ以上のことはどんなに食い下がっても教えてくれないだろう。

兼人の知人といってもピンからキリまでいる。交際している女性であっても（そんな女性がもしいたとして）、一度出会っただけの私であっても、知人には違いない。兼人はきっと交際範囲が広いだろう。どれだけ知人がいることか——青葉に訊いても何も分からなかった

のと同じことだ。だからもう私のすることなどないのではないか？　そういう意味での「ありがとう」ではないのか？

　そうではなかった。

『なあ、また頼みごとをするかもしれないけど、いいかな？』

　私の心は歓喜に包まれた。まだ兼人に頼りにされている。彼と繫がっていられる。

『今すぐに、どうこうってわけじゃないんだけど——青葉は知人と言ったようだけど、一応心当たりを探ってみる。それでもし、俺を青葉に売った奴が見つかったら——頼まれて欲しいんだ』

「は、はい。何をですか？」

　兼人は悪戯っ子のように笑いながら、こう言った。

『デートして欲しいんだ』

　一瞬、何を言われているのか分からなかった。ただ映画をリピート再生しているみたいに、今の兼人の言葉が頭の中で繰り返し鳴り響いた。音楽のように。リフレインのように。

　デートして欲しい——デートして欲しい——デートして欲しい。

　同時に、新橋で利奈に言われたあの言葉も思い出された。兼人を怒らせてしまい、意気消沈しながら利奈に電話をかけて、彼女に言われたあの言葉だ。

――ふられた？

『あ、デートっていうのは、ちょっとつき合って欲しいってことだよ』

慌てたように兼人は言った。

分かっている。利奈も、そして兼人も、冗談で言っていることは。笑いながら言ったのがその証拠だ。私が兼人と恋人として付き合えるわけがないのだから、ふられることもないわけだ。

私は兼人と恋人として付き合いたいのだろうか？

そう自分自身に問いかけて、そして愕然とした。兼人に心魅かれるその理由だ。私はどうして自分がこんなにも兼人に気に入られようとしているのか、その理由を自分でも分かっていなかった。もちろん自分が天野猛の子供だと信じたくて、兄の可能性がある兼人につきまとっているのだと頭では理解していたつもりだった。しかし、それは所詮物事の本質ではなかった。もっと根本的な理由があったのだ。

私が兼人を好きだから。

そう考えれば、私のこの心理状態は明確に説明がつく。だが認めたくなかった。年上で、しかも自分の兄の可能性もある兼人は十分憧れの対象だ。それでいいではないか。その憧れが恋愛感情から発露したものだなんて、そんな理屈をでっちあげる必要はどこにもない。

そんなことをつらつらと考え、気付くと電話は切れていた。何か兼人と別れの挨拶をしたような気がするが、よく憶えていない。何より頭が熱を帯びたようにぼぉっとしている。それが私が兼人に恋している証拠にほかならないような気がして、私は初めて兼人に恐れを抱いたのだ。

だから私は、兼人からの電話がもう二度とかかってこないことを望んだ。利奈とも、意識的に距離を置くようになった。そのことで利奈が気分を悪くしたら心苦しいが、仕方がなかった。彼女は私を兼人に引き合わせた張本人なのだし、彼女と会って話すことといえば青葉や兼人の話題に決まっている。

毎朝目覚め、電車に乗って、短大に通い、講義を受けても、心の中では私はベッドに寝転がったままで、毛布を被ってじっとしているのだ。何も聞きたくないし、何も見たくないし、何も考えたくない。その当時の成績があまり良くなかったのも多分そのせいだろう。

だがどんなに兼人のことを考えるのを拒んでも、一度動き始めたものを止めることは不可能だった。そもそも私がつきまとって兼人の関心が私の方に向くように仕向けたのだ。私が彼を拒否する権利はなかった。

更に一週間後、私は再び兼人と話す機会に恵まれた。兼人の方から私に電話をかけてきたのだった。もちろん拒否することはできた。でも、私は再び兼人と会話をすることを望んだ。

理性ではもう話さないほうがよいと分かっていても、本心を止めることはできなかった。

望んでいるから、理性で拒むのだ。だから拒めば拒むほど、自分の兼人に対する想いの強さに気付いて愕然とする。

『頼みごとをするかもしれないって、あの時、言ったよな？』

「——はい」

私は固唾《かたず》を呑み、

「デート、ですか？」

と訊いた。私が冗談で言っていると思ったのか、兼人は、ははは、と笑った。そんな冗談を言ったのは、彼の方からなのに。

『まあ、そんなようなものだ。友達のふりをして、ある男と秋葉原で会って欲しいんだ』

「ある男？」

『そう、会うだけだ。それ以外、何もない。飯を食って、少し話をして——だからデートって表現したんだよ。ただ頼みたいのは、君と俺が昔からの友達ってふりをして欲しいんだ。別にそいつと何も喋らなくてもいい。ただ、俺がそいつと話しているのを、黙って聞いていてくれればいいんだ』

明らかに怪しかった。何らかの犯罪行為に私を巻き込むつもりなのかもしれない。やはり、兼人の犯罪行為が保守党を覆しかねない秘密なのかもしれないと何回も自問自答した疑惑が、またもや私を苦しめる。

「どうして秋葉原なんですか？」

と私は訊いた。

『そいつが秋葉原に住んでるんだ。繁華街には違いないからメシを食う店もそれなりにあるからな』

「どんな人なんですか？　その人——」

『俺の大学時代の友達だ。実はあれから心当たりに片っ端から連絡して、ようやく見つけたよ——青葉に俺を売った奴を。そいつに俺は話をつけに行くんだ』

「そこに同席するだけでいいんですか？」

『ああ、それだけでいいんだ』

考える時間をください、と言おうとした。でも言えなかった。兼人の口調は、まるで私が自分の申し出を断るはずがない、と言わんばかりの断定的なものだったからだ。考える必要なんてない。そうだろう？　新橋で俺と会っただろう？　今度は秋葉原で会うだけだ。何も問題はない——そう兼人が言外に言っているような気がした。

「どうしてその人と会うのか——それは訊いてはいけないんですね？」

『ああ――そうしてもらえると助かる』

兼人は言葉を濁した。兼人が自分の秘密を私なんかに言うはずがないのは分かっているのだ。秋葉原でいったい何があるのかは分からないが、都合良く私を利用しようとしているだけなのだから。

「いいんです。同席させてもらいます。それで天野さんのお役に立つのなら――」

兼人はほっと息をついて、

『ありがとう』

と言ってくれた。嬉しかった。

彼にはもうかかわり合いになりたくないという気持ちはもちろんあった。兼人に魅かれてしまう自分が怖かったから。だが同時に、いったい兼人は秋葉原で誰と会って、どうして私がそこに立ち会わなければならないのだろう、という疑問が拭えなかった。思えば兼人のその秘密に、私も利奈も振り回されているのだ。その秘密がどんな些細《ささい》なことであっても、知りたいと思って当然だ。もちろん兼人は自分から積極的に秘密を打ち明けることはしないだろうが、その現場に居合わせれば、秘密の一端でもつかめるかもしれない。

次の日曜日の十二時ちょうどに『カフェドリーム』というお店に一人で来てくれと私に告げて、兼人は電話を切った。つまり利奈は連れて来るなということだ。

この兼人とのやり取りは彼女に教えないほうがいいだろう。兼人のことで最近距離を置いているから気まずいということもあるが、利奈は自分だけが仲間はずれにされたと思い機嫌を損ねるかもしれない。無理やり利奈がついてきてしまう可能性もある。それは避けたい事態だった。兼人が私に一人で来てくれと言っているのだから、それには何らかの意味があるはずなのだ。

兼人と会うのが怖いという気持ちと、私は秋葉原でどんな役割を果たすのだろう、という好奇心が綯い交ぜになって、日曜日まで私はほとんど何も手がつかなかった。

日曜日。

秋葉原駅のホームに降り立った私は、奇妙なものを見つけた。ビルの窓ガラス一面にずらりと色鮮やかな衣裳が並べられているのだ。一目でアニメや漫画のコスプレ衣裳だと分かる。ああいう服はどういう時に着るのだろう。何かのイベントの時だろうか。それとも秋葉原は、そういう衣裳を日常的に着ていてもおかしくない街なのだろうか。

思う。いつもと違う服を着て、いつもと違う自分になれたら、もしかしたら兼人にも受け入れてもらえるかもしれないと。

改札を出て、私は秋葉原の街に降り立った。高校時代何度か友人たちと訪れたことがあるが、一人で来たのは思えば初めてかもしれない。

私は駅のホームから見かけたコスプレ衣裳がディスプレイされていたビルを探した。すぐに見つかった。ちょっとひやかして行こうかと思ったのだが、躊躇せざるを得なかった。それはいわゆるアダルトグッズを売っているビルだったのだ。高校時代にもこんな店があったのか記憶をたどったが、よく憶えていなかった。

暫く様子を窺うと、お客は皆平然と店の中に入ってゆく。道行く人々も、そういうお店に入るお客に何の注意も払わない。他人の目など気にしないし、他人のやっていることも気にしないといった様子だ。だから私も堂々とお店に入ればよかったのだが、そんな勇気はなかった。それに未成年がこういうお店に入ったら咎められると思い、私はすごすごとその場を退散した。

余裕を持って来たが、それでも観光気分で秋葉原を歩いていると約束の時間に遅れてしまうと思い、とりあえず教えられた店に向かうことにした。日曜日の秋葉原は歩行者天国で人が多い。こういう場所を歩いていると何となく私も、これから兼人と会うという不安を忘れて浮かれた気分になってしまう。

兼人は、待ち合わせの喫茶店は電気街の大通りを上野の方に向かって歩いてゆけば右手に見えると言っていたから、事前に場所を調べるようなことはしなかった。一本道で、しかもこんなに大きな通りなのだ。しかし、歩いても歩いても見えてこない。終いには電気街を抜け、見えるのは普通のビルばかりの光景になってしまった。このままでは本当に上野まで行ってしまう。気分が浮かれていたから、もしかしたら見逃してしまったのかもしれない。

兼人に電話をかけて道を訊くのは躊躇われた。喫茶店も探せないのか、と呆れられると思ったのだ。だから私は通りを行ったり来たりして自力で店を探した。ようやく私が目的の喫茶店にたどり着いたのは、約束の時間を五分ほど過ぎた頃だった。秋葉原の喫茶店なんて、きっと派手な看板を掲げているのだろうと思ったが、全然そんなことはなかった。地下に続く狭い階段の脇に、ブラックボードに店名と本日のメニューが書かれただけの、言われなければ喫茶店と気付かないほどの素っ気ない佇まいだった。

しかもブラックボードに書かれた店の表記は『かふぇどり〜む』だった。カタカナの『カフェドリーム』を探していた私は余計に見逃してしまったのかもしれない。

緊張しながら私は地下に続く階段を降りていった。店内は薄暗かったが、それほど広くなかったので、兼人の姿はすぐに見つけることができた。知らない男性と向かい合わせに座っている。

店内にはメイド姿のウェイトレスがいた。何か特別な接客をするのかと思ったが、待ち合わせですと言うと、あちらですと極めて普通の対応をされた。大きなスクリーンにアニメが映し出され、色とりどりの髪の色をした女子高生たち（女子高生、なのだろう。多分）が狂騒的な会話を繰り広げている。

　私は恐る恐る兼人の方に近づいた。最初に私に気付いたのはメガネをかけた兼人の連れだった。何だお前は、という目をして私を見た。この男が兼人の秘密を青葉に売ったのだろうか。

　男の視線に気付いて、兼人も私の方を見た。何だ君か、という目をして兼人は私を見た。彼が頼むから来てあげたのに、どうしてそんな目で見られなければならないのだろう、と思うと哀しくなった。

「遅れてごめんなさい」

　と私は言った。座って、と短く、まるで命令するかのように、兼人は言った。言われるがままに席に着いて、ウェイトレスにコーラをオーダーした。

　兼人と男は向かい合わせに座っている。私はまるで何かの対決のジャッジを務めているような気になった。

　対決——正にそうだ。

「この子？」

　といきなり男が言ったので、私はびっくりしてしまった。

「そうだ」

と兼人。男は私の顔をたっぷり十数秒間、穴の開くほど見つめた。私は耐えられず視線を逸らす。なんて嫌な男だろう。兼人の秘密を売るような男だから、いい人間ではないことは分かっているが。

「こいつは阿部といって、俺の大学時代の友達だ。輸入雑貨商をやっている」

と兼人は私に教えてくれた。普通の友達ではないんだな、とは想像がつく。兼人の秘密を青葉に売り、それを兼人に突き止められても、悪びれた様子一つ見せないのだから。悪友、ライバル──そんな言葉が脳裏を過る。

「さっさとどっかの出版社に売れればいいものを、律義に裏を取るなんて意外だな」

と阿部は兼人に言った。青葉のことを言っているのだろうか。

「信用がないから、裏づけがない記事じゃ買ってくれないんだろう。お前も今度情報を売る時は、もっとよく相手を選んだほうがいいぞ」

「よく選んださ。僕の友達に桑原銀次郎ってライターがいてね。最初は彼に情報を売ろうと思ったんだ。でも桑原君が主に書いている週刊標榜は保守系の雑誌だから、しょっちゅう天野猛や桐人をおだて上げる記事を載せる。そういうところに持っていったら特ダネを握りつぶされると思ったんだ」

私は母が居間で週刊標榜を読んでいたことを思い出した。母が読んでいたページには、颯《さっ》爽《そう》とした天野桐人のグラビア写真が載っていた。確かに天野桐人のイメージアップには一役買っているようだ。

阿部の話を聞いて、兼人は、ふん、と笑った。

「考え過ぎだ。そりゃ雑誌にはそれぞれ傾向があるが、部数が数千や一、二万部程度の小さな雑誌ならともかく、週刊標榜や週刊クレールは何十万部も世に出ている。イデオロギーに固執している雑誌が、そこまで売れると思うか？」

会話に口を挟みたい気持ちはあったが、黙っていればいいという約束だったので、私は何も言わなかった。場違いな発言をして、場の空気を悪くしたくなかった。

「もちろんそうだろう。でも僕は自分の友達をこんなことに巻き込みたくなかったんだ」

「友達のため？　違うだろう？　自分のためじゃないのか？　お前は、裏づけを取るなんて意外だ、なんて言ったけどポーズじゃないのか？　裏取り取材をされたら、自分の秘密も明らかにされてしまうかもしれない。赤の他人の青葉にならまだいい。でも友達に明かされるのは耐えられなかった——」

兼人は阿部をじっと見つめた。阿部は兼人を見つめ返したが、何も言わなかった。私がここに来る前から、彼らは話をしていたのだろう。私はどうしてこんなところにいるのだろう。

場違いとは正にこのことだ。気まずさが抑えられない。

「まあ、それはどうでもいい。それでお前はどうして、その桑原って奴の代わりに、青葉を選んだ?」

「青葉は桑原君ともめててね——青葉は桑原君の家族が巻き込まれた事件を記事にしようとしたんだ。それで桑原君は週刊クレールに手を回して、その記事をボツにした」

「その桑原って奴には、そんな力があるのか?」

「週刊標榜と週刊クレールは編集長同士が知り合いらしい。だから桑原君が週刊標榜の編集長に頼み込んで手打ちにしてもらったんだ。青葉は自分の記事をボツにされてプライドをいたく傷つけられた。それで自分のブログに記事を上げたんだ。後でアドレスを教えてあげるから君も読んでみるといい。嘘じゃないことが分かるから。今はネットがあるから、一時の感情で自分の意見を世界中に表明できる。それが命取りになるとも知らずに。君みたいな有名人は言われなくても分かっていると思うけど」

「勝手に写真を撮られてネットに上げられることを言ってるのか? 有名人は俺じゃない。父親と弟だ」

「でも意識しているのは事実だ。でないと、こんな穴場のカフェを指定したりはしないだろうから。人目を気にしたんだろう」

「指定？　冗談じゃない。ここはお前が教えてくれた店だぞ。他意はない。それでどうしてお前は、よりにもよってそんな青葉なんかに俺のことを話したんだ？」

「桑原君に話せないんだったら、青葉に話すしかないだろう。その時は青葉とは初対面だったけど、他にライターなんか知らなかったし。それにちゃんとした出版社に持ち込んでも、何か証拠がなければ相手にされないと思って」

今の青葉が正にそうだ。だから彼は必死になって、兼人の秘密の裏取りをしているのだ。

だが、兼人は今の阿部の説明ではまったく納得していない様子だった。

「答えになってない。誰に話そうと同じだ。どうして、お前は、俺のことを、雑誌のライターなんかに売ったんだ？」

途端に阿部は黙り込んだ。だが兼人は阿部を睨みつけたまま、一時たりとも視線を逸らさない。重苦しい時間だった。まるでこの時間が永遠にループするかのようだった。スクリーンに映し出されたアニメは、ショートアニメなのか、それとも長くて三十分ほどのテレビアニメなのかは分からない。だがどうやら同じアニメを何回も繰り返して映しているらしい。ここに来た時に耳にしたのとまったく同じ会話を、カラフルな髪のキャラクターたちがけたたましく交わし合っている。この店の中だけは、きっと外界とは時の流れが違うのだろう。何度も何度も同じことを繰り返し、次のステップに進まずとも済む場所。

こうして私は、自分が何故ここにいるのかも分からず、無益に二人の男の話に耳を傾けている。二人にとって了解済みの事実――兼人の秘密――を私一人が知らないから、余計に置いてきぼりにされた感がある。

「君は、自分の父親と弟のいる政党をどう思う？」

おもむろに、阿部はそう切り出した。家族の話題を持ち出されると、兼人はすねたように阿部から視線を逸らし、

「知らんよ。そんなもん」

と呟いた。

「嘘だ。あんな政治家一家に生まれて、政治について何の関心もないなんて。君は君なりにちゃんと考えを持っているんだろう？　だから出馬しなかった。父親の地盤を継いで保守党で出馬しなければならないから。世間じゃ、君が弟に比べて出来が悪いから政界に躍り出ないと酷いことを言う連中も多いが、僕はそうじゃないってちゃんと分かっている。保守党以外の野党から出馬するチャンスがあれば、君はそのチャンスを生かしただろう？」

私は思わず周囲を見渡した。だが、少ない客も、メイド姿の店員も、こちらにまるで関心を示さない。ひっきりなしに流れているアニメの音声にかき消されていることもあるだろうが、確かにここはデリケートな話をするのに向いているのかもしれない。

「だがあの天野猛の息子が野党から出馬するなんてありえないことだ。だから君は荒れた。会社を辞め、酒に走った。皮肉だね。君は僕らの中で世界を変えられる一番近い場所にいるのに、その場所に足を取られてしまった」

「政治家になりたかったんですか？」

私は思わず二人の会話に口を出してしまった。兼人がそんなふうに自分のことを考えていただなんて意外だった。もちろん本当は父親の地盤を継ぎたかったのだけど弟に横取りされてすねている、というふうに単純に考えていた。でもそれが天野猛や保守党の政策に反対しているから、父親の地盤を継いで出馬することを拒んだなんて、どうして想像できるだろう。

二人は同時に私の顔を見た。まるで初めて私がここにいることに気付いたかのようだった。

「あ――ごめんなさい。余計なことを言ってしまって」

いいんだ、と兼人は素っ気なく言った。

「正直、野党から打診を受けたことがなくはない。だが、もし俺が野党の公認を受けてどこかの選挙区から出馬したら、親父は確実に票がとれる議員を国替えさせて、徹底的に俺を潰すだろう。負け戦になるのが分かっていて、それでも戦うのか？」

確かに、そんなことにでもなったら大注目を浴びるだろう。世襲議員が批判されがちなのは親の地盤をそのまま引き継ぐからだ。まったくの新人議員に比べて圧倒的に有利なのは間違いない。だがそれも親の選挙区から出馬した場合だ。まったく縁もゆかりもない選挙区から出馬したところで世襲のメリットは生かせない。しかも保守党と対立する政党から出馬するなんて。

兼人の言う通りだ。天野猛はメンツを潰されたという恨みもあり、兼人をどんなことをしてでも倒そうとするだろう。場合によっては桐人を国替えさせて兄弟で戦わせることも考えられる。きっと兼人はそれが怖いのだ。まず兼人に勝ち目はないだろう。兄の自分は政治家の素質がないことが、誰の目にも明らかになってしまう。

新橋での彼の醜態を思い出す。あんなふうに酒に飲まれてしまったのは、自分ではどうしようもない現実に対して、忸怩《じくじ》たる思いがあったのだろう。だから面白半分に会いに来た私と利奈に当たったのだ。

そうか、それが秘密なんだな、と私は思った。確かに天野猛の長男が、父親や弟のいる保守党と対立する野党から出馬する証拠をつかんだら、これは話題になる。

兼人は以前、野党からの打診に乗り、出馬を決意した。それを親しい友人の阿部に相談した。だが阿部はその情報を青葉に売り、兼人は止むなく出馬を断念した——そんなところではないだろうか。

その時、兼人が私に言った。

「悪い、少しだけ席を外してくれないか？」

「え――？」

言っている意味が分からなかった。今来たばかりなのに。

「阿部と大事な話があるんだ。ほら向こうの席が空いている」

そう言って、兼人は店の一番奥の席を指差した。

「そんな――一人だけ席を移るなんて」

しかし兼人は平気な顔で手を挙げて店員を呼び、席を移っていいかと交渉を始めた。飲食店に入って、そんな好き勝手なことをしたことは今まで一度もなかった。相手が兼人だからか、お客が少ないからか、それとも秋葉原の喫茶店は融通が利くのか、それは分からないが、店員はあっさりと私だけ別のテーブルに移ることを認めてくれた。

兼人には逆らえないから渋々立ち上がったが、納得はいかなかった。友達のふりをして会ってくれと頼まれたから秋葉原までやってきたのに、来たら来たで邪魔だからあっちに行ってくれと言う。まるで玩ばれているような気分だ。

テーブルを離れる時、兼人が、

「悪いな。後で付き合うから」

と言ってくれたが、彼に対する不信感の方が勝って、まるで嬉しくなかった。同時に、兼人は何がしたいのだろうという疑惑が、不信感交じりの好奇心となって私の頭の中をいっぱいに満たした。

まさか野党から打診されているというあの話を私に聞かせるために私をここに呼んだのだろうか。私に、兼人の秘密は野党からの出馬絡みなのだと思わせるために。つまり二人は共謀して私を騙そうとしている——。

そんなことはありえない、とすぐに理性が否定する。何故なら私はそんなふうに騙すに値する人間ではないからだ。これがたとえば青葉のようなライター、ジャーナリストなら分かる。騙して嘘の記事を書かせるつもりだったなど、いかようにでも可能性は考えられる。でも、ただの短大生を騙したって彼らにとってメリットは一つもない。

唯一私の特別なところは、隠し子騒動が持ち上がっていることぐらいだが、それにしたって私個人には何の力もない。だとしたら兼人の目的は、阿部に私を紹介すること以外に考えられない。いや、紹介ですらない。見せただけだ。兼人は私のような人間がいることを阿部に告げた。だが阿部は信じない。そこで、ほら本当にいるだろう、と阿部に説明するためだけに、私をここに呼び寄せたのだ。それが一番説得力のある推測だと思う。

でもいったい何故？　自分の父親に隠し子がいることを、どうしてわざわざ阿部に説明しなければならない？　彼自身、私が父親の隠し子であることを信じていないのに？

私は疑問で頭がいっぱいになりながら、兼人と阿部の方を見やった。何か真剣に話し合っている。決して遠くない距離だが、アニメの音声が邪魔をしてよく聞こえない。

二人の関係も分からない。大学の同級生と言っていたが、それなりに親しいに違いない。親しいから兼人は阿部に自分の秘密を話したのだろうし、今の様子を見てもそれは窺える。では、どうして阿部は青葉に、兼人の秘密を売ってしまったのだろう？

阿部の口ぶりからは、彼は保守党のことを、あまりよくは思っていなかったようだ。だから保守党にダメージを与えるために、あえて友情を犠牲にしてまでも兼人の秘密を売ったのかもしれない。しかしダメージを与えるには、兼人が野党から出馬を打診されているという程度の情報では弱い。いったい二人の間には何があるのだろう。そして私が兼人に呼び出されて、今ここにいる意味は何なのだろう？

幾度となく繰り返されるアニメのエピソードのように、私の頭の中で推理が堂々巡りをする。まるで無限に続くループのようだ。店内は薄暗く、店員は皆メイド服を着ていることも、私の非現実感をいっそう強めた。私は永遠にこの店から外に出られないのではないだろうか？

もちろんそんなことはなかった。スクリーンのキャラクターが何度目かの同じ台詞を吐いた後、阿部がゆっくりと立ち上がった。そして兼人を残したまま、店の出口に向かって歩いてゆく。話が終わったのだ。私はそんな阿部をぼんやりと見つめていた。目が合った。

慌てて目を逸らしたが、遅かった。阿部はゆっくりとこちらに近づいてきた。恐る恐る顔を上げた。冷たい目をした阿部がそこにいた。

「あいつには気をつけたほうがいいよ」

と阿部は言った。

「父親や弟を批判するようなことを言っておきながら、あいつは彼らの知名度を最大限利用している。僕も被害にあった。それだけじゃなく、あいつに泣かされた女の子だっている。悪いことは言わない。あいつからは手を引いたほうがいい。いつか必ず後悔する時が来る」

どうしてそんなことを言うのか分からず、私は理不尽な気持ちと共に、阿部に言った。

「呼ばれたから来たんです。ただそれだけなんです」

「ただそれだけ、か――」

阿部はまるで自嘲するかのように呟いてから、そのまま私に背中を向けて、今度こそ本当に店を後にした。いったい何があったのだろう。泣かされた女の子がいると言っていたから、女の子の取り合いでもしたのだろうか。それで話し合っていた。でもどうしてその場に私が居合わせなければならないのだろう、と疑問はまたループする。

兼人の方を見やった。彼はじっとテーブルに座って微動だにしなかった。友情が失われてしまったことを噛みしめているのだろうか。

私はおもむろに立ち上がって、そちらのテーブルに向かった。そして先ほど阿部がいた席に座った。兼人は視線を上げて私を見た。何の用だ、と言わんばかりの冷たい顔だった。

「さっき、あの人に言われました。あなたに泣かされた女の子もいるって――」

「そりゃ三十年も生きていれば、泣かした女の子の一人や二人はいる」

と兼人は嘯いた。本当にその程度なのだろうか？　彼は天野猛の息子なのだ。女性関係が派手でも不思議ではない。保守党に反発を抱いているから野党から出馬したい、などと聞くとそれなりに格好がいいが、その裏では沢山の女の子たちを泣かしていたと思うと、あまりいい気持ちはしない。しかも出馬の可能性を匂わせたって、実際は何もしないのだ。負け戦はしないと、さっき話していたではないか。

私は彼をどう思っているのだろう？　と自問自答する。最初は顔が似ているという好奇心、次に原因不明の憧れだ。その憧れの理由が、もしかしたら恋かもしれないと気付いた時、彼に対する感情は畏れに変わった。そして今は、ほんの少し軽蔑している。これはまるで――恋が終わるプロセスそのものだ。

そんな馬鹿な話はない。そう私は強く自分に言い聞かせる。彼とは何もない。始まってすらいない。第一、私が彼を好きになるなんてありえない。すべてが馬鹿馬鹿しい。

「これで今日の用事は、すべてお終いなんですか？」

ああ、と兼人は呟いた。

「阿部に君を紹介した。それだけだ」

「どんなふうに紹介したんですか？」

と私は訊いた。だがその質問に兼人は答えなかった。私をここに呼び出したくせに、彼は私と積極的に話をしようとする素振りを見せなかった。仕方がないから、私が話題を振った。

「それにしても簡単に見つかったんですね。あなたを青葉に売った人が——」

青葉は情報提供者の秘密は守ると啖呵《たんか》を切っていたが、兼人が心当たりに連絡をしてすぐに見つかるような人物なのだ。青葉の言うことはいちいち大げさで、やはり兼人の秘密は本当に保守党政権を揺るがすほどのものなのかと疑わざるを得ない。もし野党から兼人が出馬する可能性のことを言っているのだったら、確かに大きなニュースになるだろうが——。

「あいつは俺に復讐しようとしているんだ。だから青葉にあのことを売った」

「野党から出馬するってことですか？」

兼人は小さく笑い、否定も肯定もしなかった。ただその笑いは、私の誤解をあざ笑っているように聞こえた。

つまり――兼人の秘密は、野党絡みのものでは全然ないのだ。先ほど私の前で話していた野党から出馬を打診云々は、本質的なものではない。私を隅に追いやって、二人っきりで話していたことが本題なのだ。

「とにかく、悪かったな。今日はどうでもいいことに付き合わせて。なんか欲しいものがあるのなら買ってあげるよ。今日のお礼だ」

「お礼なんていりません」

「遠慮するなよ。ここは秋葉原だぜ。欲しいものは何にもないのか？」

「いえ、結構です。そんなに親しくない人に、物を買ってもらういわれはありませんから」

物を買い与えて恩を着せて、口止めしようというのだろう。今日の兼人と阿部の会談がどんな意味を持つのか私にはさっぱり分からないが、やはり大っぴらに吹聴《ふいちょう》されては嬉しくない類いのものなのだろう。

「親しくない、か――」

兼人はどこか寂しそうに呟いた。そして、

「だって俺は、君の兄貴かもしれないんだろう？」

そう言葉を続けた。

意外だった。

兼人は自分が私の兄かもしれない可能性なんて、何も気にしていないようだった。現に以前電話でも、君みたいな人間は珍しくないと言っていたではないか。

恐らくそれは事実なのだろう。にもかかわらず、今は理解を示すような言葉を吐いている。私に兼人にとってどんな利用価値があるのか分からないが、少なくともそれは私に隠し子疑惑があるからではないのだろう。ただ彼が誰かを必要とした時に、都合良く近くにいたから利用しただけなのだ。そうとしか思えない。

「じゃあ、メシでも奢る。それくらいはさせてくれ」

私は頷いた。私を呼んだ目的は阿部に一目——本当に一目だ——会わせることだけだった。だからもう私の役目は終わったのだ。だがさすがにそれだけで帰れというのはこちらの不信感を増すだけだから、兼人の言うところの『デート』をして誤魔化すつもりなのだろう。

私は兼人と共に店を出た。何だか解放されたような気分になって、ほっと息をついた。少しだけ気分が軽くなった私は、

「メイド喫茶といっても、普通のお店と変わらないんですね。てっきり、どこのお店も、お帰りなさいませご主人様、ってお客を迎えるかと思ってました。でもここはそうじゃなかった」

と率直な感想を述べた。こういう店に入ったのは初めてだったから。

「阿部が選んだ店だからな。そういう月並みなことをする店は好きじゃないんだろう」

と兼人は答えた。

彼に対する憧れは完全に消えたわけではないが、憧れては駄目だと理性が押し殺していた。そして、先ほどの阿部との怪しげな密談だ。彼らの間に何があったのか分からないが、犯罪とは言わないまでも、あまり大きな声では言えないことなのだろう。女の子を泣かせているという阿部の言葉。父親を後ろ盾にして、今まで相当遊んできたのかもしれない。この一件は、私の彼に対する憧れを目減りさせるのには十分だった。

だけどゼロになったわけではない。

彼の横顔をちらちらと窺う。憧れてはいけないと分かっていても、人が人を愛するには、なんの理由も、理性も、関係なかった。

兼人も、私が彼に憧れていることに気付いてはいないだろう。それでいい。私もこんな自分に戸惑いを抱いている。一線を越えることに好奇心がないと言ったら嘘になる。でもそれ以前に、彼は私を受け入れてはくれないはずだ。傷ついて別れる前に、彼の胡散《うさん》臭さに気付けてよかった。心からそう思う。ましてや彼が本当に私の腹違いの兄ならば、これからも何らかの形で付き合いが続くかもしれないのだ。とても告白なんかできやしない。

「秋葉原にはそんなに来ないの？」

と兼人が訊いた。

「高校生の頃、友達と一、二度来ました」

その私の答えが素っ気なかったみたいで、兼人は、

「趣味はないの？」

と更に訊いてきた。

「ここなら何でもそろうぜ。少なくともインドアの趣味なら。アウトドアなら神保町の方かな。行くか？　ここから近いから」

私はその兼人の誘いを丁寧に断った。秋葉原には馴染みはないけど、私もどちらかというとインドアのタイプだ。

「趣味といっても、映画を観るとか、それくらいです」

「どんな映画が好きなの？」

「『アベンジャーズ』とか」

アメコミのヒーローが勢ぞろいする映画だ。ＤＶＤを借りて一人で観ることが多いけど『アベンジャーズ』は話題作だったから利奈と二人で映画館に観に行った。映画が終わった後はハンバーガーを食べながら、どのヒーローが好きかで話が盛り上がった。

利奈はブラックウィドウに憧れると言っていた。ロシアの女スパイという設定だ。行動的

な利奈は、自分もあんなふうに華麗に男どもをなぎ倒したいと思うのだろう。

私はキャプテン・アメリカが好きだった。他のヒーローに比べてちょっと強いだけの普通の人間という気がして、親近感が湧くのだ。演じているクリス・エヴァンスの作品もほとんど観た。同じアメコミの『ファンタスティック・フォー』はちょっと荒唐無稽過ぎたけど『セルラー』というサスペンスはとても面白かった。

「『アベンジャーズ』か」

と兼人が呟いた。

「そういえば『アベンジャーズ』のコスプレ衣裳が売ってたな」

「そんなものが売っているんですか？」

私は驚いて訊いた。秋葉原はやはり電気街のイメージがある。最近はアニメのイメージが強いからその手のコスチュームなら珍しくないのかもしれないが、映画のコスチュームとなったらまた別だろう。

「観に行くか？　買ってやってもいいぜ」

「え――？」

「なあに、遠慮するなよ。見るだけでもいいから」

正直、『アベンジャーズ』は好きでも、コスプレをするほど好きかと問われると困る。ただ興味がないわけではなかったので、とりあえず売っている店に連れて行ってもらうことにした。兼人は勝手知ったる様子で秋葉原の街を歩いてゆく。どうやら駅に向かってゆくようだ。電車に乗るつもりなのだろうか。

違った。兼人は駅前で足を止めたのだ。

「ここだ。ここに売ってるんだ」

それはあの、駅のホームからアニメや漫画のコスプレ衣裳が見えた、アダルトグッズの店だった。兼人は平然と店の中に入ろうとしている。しかし私は躊躇せざるを得なかった。後に続いてこない私を、兼人は不審な顔で振り返った。

「本気、ですか？」

と私は兼人に訊いた。

「本気って、どういう意味だ？」

兼人は私の質問の意味がまるで分からない様子だった。この街ではこういうお店に何の躊躇いもなく入ることが当たり前なのだろうか。

「入るのが恥ずかしいって言うのか？」

そう兼人は、軽く嘲るように言った。もちろんそれは事実だ。しかしこういう店に平気で入るような兼人の性格が、女の子を泣かしているという阿部の話を裏付けているような気がして、何となく面白い気分ではなかった。

「じゃあ、あっちから入ればいいだろう？」

そう言って兼人は店の裏手に回った。あまり気乗りしなかったが、私も彼の後についてゆく。そこにも入り口があって、ガラス張りの外壁から中を覗くとカプセルトイの自販機が所狭しと並んでいる。自販機の隙間からエレベーターの扉が見えた。ただのカプセルトイ売り場ではなく、ここからでも店の中に入れるのだろう。正面の入り口から入るのが恥ずかしい客に対する配慮というわけだ。

確かに入るのが恥ずかしいという問題はクリアできたが、兼人がこんな店に詳しいことが生理的に嫌なのには変わりはない。しかしそれは『アベンジャーズ』のコスチュームに対する興味と相殺《そうさい》できたので、せっかく秋葉原まで来たのだからと、私は兼人の後に続いてエレベーターに乗る。売り場は六階のようだ。あのメイド服が並んでいた場所に今から行くのだと考えると、何か背徳感と隣り合わせの軽い興奮を覚える。いけないことをしているのだという気持ちだ。

六階に到着し、エレベーターのドアが開くと、色とりどりの洋服がぱっと目に飛び込んできた。私は思わず、わあっ、と声を上げてしまった。

よく地味とからかわれることがあるが、私はそれほどファッションには興味はない。洋服だって、服そのものが好きなのではなく、さすがに小汚い格好はできないし、いつも同じ格好だと恥ずかしいので、必要に迫られて買っているというのが正確だろう。でもこの決して広いとは言えないアダルトショップの最上階は、私の心をときめかせた。正直、アニメにはそれほど興味がないから、何のキャラクターのコスチュームなのか分からないものがほとんどだったけど、それでも心魅かれた。こういう日常生活に馴染まない服を着れば、非日常の世界で違う自分になれるような気がした。

「確かこっちにあったな」

兼人はまるで店員のように私を案内した。どこにどの服が置いてあるのか知っているというのは、かなりの常連ということなのだろうか。

「ほら、『アベンジャーズ』ってこれだろう？」

やはりアニメのコスチュームが主力商品なのか、映画のコスチュームは店の奥に、他の衣装に隠れるようにしてひっそりと陳列されていた。普段、洋服なんて安い店でしか買わない私には、驚くほど高額だった。ただもちろんブランドの服よりは全然安いし、この手のコスチュームでは一般的な値段なのかもしれない。

女スパイのブラックウィドウとキャプテン・アメリカの衣裳しかなかった。他のヒーローは鎧《よろい》を着た神様やロボットのスーツを着たのや、パンツ一枚の怪物のようなキャラクターだから、コスプレするには若干難があるのかもしれない。

「ホークアイはないんですね」

と私は言った。弓矢を持っているだけのヒーローだから、コスプレしやすいのにと思ったが、他のキャラに比べればあまり出番は多くないので、知名度的に無視されたのかもしれない。哀しいことだ。

「そんな奴いたっけ？」

「映画は観なかったんですか？」

「阿部と一緒に日比谷で観たかな。でも細かいところは忘れちまった」

兼人はあまり映画には興味がないらしい。それなのに、よくこんなお店に『アベンジャーズ』のコスチュームが売っていることを知っていたな、と思った。そのことを彼に言うと、

「阿部がこういうの凄い好きでさ。『ヒックとドラゴン』って映画知ってる？　子供が観るようなアニメなんだけど」

「タイトルは聞いたことあります」

「そのアニメのテレビシリーズがあるんだけどＤＶＤも出てないから、日本じゃ海外アニメ専門の衛星放送でしか観られない。だからわざわざそのアニメ一本観るだけに衛星放送を契約するような奴だ」

「だから、あの阿部さんとお二人でこういうお店に買い物に来られるんですか？」

「流石にコスチュームまでは買わなかったけどな。まあ冷やかしに」

私は売っているコスチュームを手に取ってまじまじと見つめた。普通だったらキャプテン・アメリカに心魅かれるはずだけど、あまりピンとこなかった。私はもしかしたらキャプテン・アメリカというヒーローではなく、演じているクリス・エヴァンスが好きなのかもしれない。

それよりも私はブラックウィドウのコスチュームの方に目を奪われた。キャプテン・アメリカに比べればこちらのキャラの方が、まだ現実的な服装ということもあるけど、利奈がこのキャラに憧れているというのが頭にあったのかもしれない。

私は利奈に憧れていた。奇麗で、明るくて、活発だ。だから私は彼女が私と仲良くしてくれるのを、とても誇らしく思っていた。今は少し距離を置いているけど、それは兼人とのことに触れられるのが嫌だったからだ。このまま何事もなく兼人と別れられれば、また利奈とも付き合えるようになるだろう。それは兼人を克服したということだから。

ブラックウィドウのコスチュームを着ている自分を想像した。とても滑稽に思えた。でも着てみたいという気持ちは抑えられなかった。利奈が憧れているキャラクターの服を着れば、私も利奈のようになれると思った。

「その服が気に入った？」

　はっとした。あまりにじっと見つめていたので、関心を持っていることに気付かれたのだ。私は、ううん、と首を横に振って慌てて否定した。

「いいじゃん。買ってやるから着てみろよ。きっと似合うぜ」

　にやついた顔で兼人が言った。恥ずかしがっている私をからかって喜んでいるのだ、と思った。このコスチュームを私は高額だと感じたが、兼人にとっては大した金額ではないのだろう。本当に買いかねない勢いだ。

「冗談言わないでください」

　と精一杯の抵抗をする。

「こんな服を着て外を歩いたらいい笑いものです」

「そんなことはない。秋葉原じゃ珍しくないから」

　兼人は冗談のつもりだろうが、私は真剣だった。私はこのコスチュームに本当に魅かれていた。でもこんな服を着たら、一線を越えてしまうような気がする。兼人に対する気持ちと同じだ。私は兼人に魅かれていた。だからこそ、彼を拒絶しなければと思った。こうして一緒に街を歩いているだけで本当は倖せなのに、私はそれを認めたくない。

　その時、

た。


「それに」

と兼人が言った。それで私は兼人の方を見つめた。

「君は顔立ちが奇麗だから、こういう服を着てもきっと似合う」

そして兼人の指先が、私の頰をそっと撫でた。弱い電流のような刺激が撫でられた頰から心臓までを貫いた。そして今の兼人の言葉が、頭の中でぐるぐると渦を巻いて止まらなかった。

君は顔立ちが奇麗だから――。
君は奇麗だから――。
奇麗だから――。
兼人は私をじっと見つめていたが、やがて我に返ったように目を逸らした。それは数秒ほどだったが、どんなに拒絶してもやはり自分が兼人を愛しているのだと気付くのには十分過ぎる時間だった。もしかしたら兼人も私に対して同じ想いを持っているのかもしれないということも。
そんなはずはないと理性が忠告する。だが、そう考えると私がここにいることにも説明がつくような気がするのだ。兼人の周りにはいろんな有象無象が集まってくる。それは事実だろう。そして私も、その有象無象の一人のはずなのだ。確かに名目上は、兼人の秘密の情報源を青葉に問い質すことだった。でもよくよく考えれば、何もただの短大生の私にそんなことを頼むよりも、もっと他にそういうことに適した人間がいるのではないか？　彼は天野家の長男だ。マスコミ対応の人間の一人や二人、心当たりがあるはずなのに。

関心があるから、私にその仕事を任せたのだ。そうとしか思えない。慌てたふうに私から逸らした瞳がすべてを物語っている。自意識過剰なんかではない。そういう気持ちがない人間が、どうして頬に触れたりするだろう。

今日、秋葉原まで私を呼び出した理由は、純粋に私と会いたかったからではないか。でもそれを正直に言うのは照れ臭いので、阿部と会わせるという口実を思いついたのではないか。

「その服は、また次の機会に買ってください」

と私は言った。兼人は、そうか、とだけ呟き沈黙した。その沈黙に、私は兼人の本気を感じた。兼人の印象は、ふてぶてしくて、調子が良くて、図々しいといった、とても好印象に繋がるようなものではなかった。しかしそんな兼人に私は魅かれたのだ。そして兼人も私を憎くは思っていないことにも気付いた。もしかしたら新橋で会ったあの日に、私はそのことを本能的に悟ったのかもしれない。もしそうだとしたら順序が逆だ。兼人が私を気に入ったから、私も兼人を好きになったのだ。彼ならば私を受け入れてくれるかもしれない。そんな淡い期待と共に。

とにかく、私と彼が短い間だったけど結ばれた理由は永遠の謎だ。でも彼と過ごした日々は、私の淡い人生の記憶の中に、色鮮やかに息づいている。あらゆる障害が立ちふさがっているからこそ、私は兼人を好きになったのだ。それでいいと、今では思う。

「じゃあ、君の誕生日にでも買うよ」

その時、兼人はそう言った。私は、そうですか、などと適当に答えた。どうせ誕生日の頃にはこんな約束忘れているだろう、と思った。それまで彼とこういう付き合いが続いているという保証もない。

だが、兼人は私の予想もしないことを言った。

「その時、これを着た君の写真を、青葉に撮ってもらおう。記事に使われるかもしれないが、顔は写さないでくれと頼むから」

普通、そんなことを言われたら真っ先に、こんな服を着た姿を青葉に見せるだけでもぞっとするだとか、写真を撮らせるなんて考えたくもないだとか、そんなことを思うだろう。でもその時、不思議と私はそうは思わなかった。

「青葉に？　いいんですか？」

青葉は兼人の秘密を追っている。だから漠然と私は、青葉は兼人の敵だと考えていた。兼人の方から青葉に接触するなど想像すらしていなかったのだ。もしかしたら兼人は青葉に自分の秘密を打ち明けるつもりなのかもしれない。保守党を快く思っていない兼人の、それが父と弟に対する、精一杯の攻撃なのだ。そして私の写真をライターに撮らせることが保守党の攻撃になると兼人が思っているのであれば、彼の秘密とは、やはり――。

私は兼人の手を取った。彼は拒否しなかった。多分、こんな店に入ったことが気分を高ぶらせていたのだろう。一線を越えることはやはり怖かった。でもその畏れはたとえようもなく蠱惑《こわく》的だった。

湯島に行かないか、と兼人は私の耳元で言った。湯島天神でデート――そう、もう正真正銘のデートだ――でもするのかと思い、私は頷いた。帰りはエレベーターではなく、階段を下っていった。階段にはコスプレをした人々の写真が貼られたパネルが飾ってあった。ここでブラックウィドウのコスチュームを買ったら、私の写真もここに飾られるのだろうか。それはちょっと嫌だな、と思った。兼人のために青葉に写真を撮られるのは意味がある。でも、ここに自分の写真を飾ることに、どういう意味があるのかまるで分からない。私は――自己顕示欲のために、あのコスチュームを欲しいと思ったわけじゃない。

最上階から下まで階段で降りるのは、まるで地獄巡りのようだと思った。ありとあらゆる淫靡《いんび》な商品が私たちを待ち受けていたからだ。女性の等身大の人形、手錠やロープ、それに鞭。たまらなかったのは巨大な男性器の形をしたディルドーがずらりと並んでいるのを目にした時だ。私は思わず顔を背けた。だがその拒絶が興味の裏返しであることに、私は既に気付いていた。あんな卑猥《ひわい》なものに関心を抱いてしまう自分自身に嫌悪感を抱いた。でも仕方がない。私はそういう人間だから。

生まれた時からそうなのだろうか。それとも兼人と出会ってそうなったのだろうか。

店を出て兼人はタクシーを停めた。私は何の抵抗もせず、兼人と一緒に車に乗り込んだ。電気街のけばけばしい街並みが瞬く間に私の目の前から消えてゆく。湯島ってここからどれくらいの距離だろう。当時の私はそんなことも分かっていなかった。だからワンメーターほどで湯島に着いた時は少し拍子抜けしてしまった。

兼人とタクシーに乗りながら、どこか遠くにさらわれたいと思ったのかもしれない。湯島天神に行くのかと思ったが、そうではなかった。兼人の目的はすぐ近くにあるラブホテル街だったのだ。逃げることはできたはずだった。兼人は私に乱暴なことは何一つしなかったのだから。でも私はまるで灯に引き寄せられる蛾のように、兼人と共にある一軒のホテルの中に吸い込まれていった。

今では思う。私を選んだ理由は、多分、私が暗くて大人しそうだったからだろう。アダルトショップに入るのは冗談で済まされても、ラブホテルとなると話は別だ。土壇場で逃げられる可能性がある。だから、もし逃げられたとしても、それをあちこちで吹聴しないであろう人間を選んだのだ。友人の少ない私は、正に最適だ。つまり兼人は欲望をぶちまけられる人間なら誰でもよかったのだ。

　でも私は違う。兼人は特別な人だった。彼は兄なのかもしれない。でもそんなことはどうでもいい。私は兼人に誘われるままにホテルに入り、そして彼に抱かれた。まったく初めての体験だった。知識としては知っていたが、こんなことを自分がするなんて想像もしていなかった。汚らわしいと思った。恥ずべきものだと思った。だからこそ、快感は止まるところを知らなかった。自分が今まで拒絶してきたもの、忌避してきたものがすべて現実となって私に押し寄せてきて、その日から私は、兼人の恋人になった。

　でも本当は分かっていた。私は兼人の恋人などではなく、ただの慰み者だと。それでも兼人に抱かれるだけで倖せだった。少なくとも行為の間だけは、兼人は私を一生懸命愛してくれた。それだけで、倖せだったのだ。

　兼人と付き合っていた期間は、せいぜい数ヶ月ほどだっただろうか。私の人生の中で特別な期間があるとしたら、それは間違いなく兼人と過ごした、人目を忍んで会い、ホテルや公園や車の中や兼人が暮らす実家の離れで淫らな行為にふけった日々に違いない。その濃密な期間が、たった数ヶ月だなんて、どうしても信じられないのだ。それは裏を返せば、今の私がその期間ほど真剣に生きていない証《あかし》なのかもしれない。

兼人に会いたくてたまらない。あんなに酷いことをされたのに。殺してやりたいとも思ったのに。でも時間はそんな苦い思い出もすべて甘酸っぱいものに変えてしまう。兼人が私のことをどう思っているのかは分からない。沢山いる愛人の中の一人としか思っていないのかもしれない。でも、私は信じたい。兼人にとって私は、確かに特別な人間だったと。阿部が青葉を殺したあの事件に、間違いなく私たちはかかわっているのだから。

私たち一人一人があの事件の歯車だった。歯車が一つ欠けても事件は起こらなかった。私だけのせいじゃない。でも確実に私たちのせいなのだ。

私、兼人、阿部、そして利奈――。

数ヶ月という期間が、短かったのか、それとも長かったのか、それは分からない。結ばれることが許されない二人にとっては、多分、長かったのだろう。ましてや兼人にとって私は遊びだったのだ。それだけの期間夢を見させてくれただけで、私は兼人に感謝しなければならない。

でも、やはり私は兼人が与えてくれる快楽に夢中になり過ぎたのだと思う。もちろん、すべての主導権は兼人が握っていた。しかし私が勇気を出して拒否すれば、もしかしたら青葉は殺されなかったかもしれない。たとえその快楽が、すべてをなげうっても構わないと思えるほど甘美なものだったとしても。

破局の始まりは、日ノ出町の映画館だった。そんな街には今まで一度も足を踏み入れたことがなかったが、有名なスポットがあるので行ってみようと、兼人が執拗に誘ったのだ。

何度兼人に抱かれても、彼との連絡は二台目のどうでもいい相手専用の携帯でだった。相変わらず繋がらないことが多いから、彼から電話がかかってきた時は、まるで目の前に天から蜘蛛《くも》の糸が伸びてきたかのように携帯に飛びついた。

一台目の携帯電話に登録されたいと思わない日はない。でも仕方がないと思う。彼のような人間が私に手を差し伸べてくれただけで、幸運と思わなければならないのだ。私にできることはその幸運をできるだけ目減りさせないように日々を過ごすだけ。決してそれ以上のものを望んではいけない。

兼人と話すたび、身体がうずいてたまらない。今日はいったい、どんな淫らな行為を強要されるのだろう。どんな恥ずかしい思いをするのだろう。兼人への想いは、あのアダルトショップに足を踏み入れた時と同じだ。人は危険と分かっているものに近づきたがる。高い場所に上ったり、動物園の猛獣に近づいたり、それはいわば死の予行演習だ。兼人の誘いがアイデンティティ崩壊に繋がるものだと分かっているのに、私はそれを拒否できない。むしろ望んでいるのだ。死にたいと思っているから、自分を壊したいと思っているから、私はいともたやすく兼人を受け入れてしまう。

同じ横浜でも、桜木町や関内《かんない》などは雰囲気があっておしゃれな港町というイメージを受けたが、日ノ出町は庶民的な下町の印象だった。小さな飲食店が軒を連ねている。やはりと言うか、飲み屋が多い。新橋は銀座や有楽町が近いから、まだきらびやかな賑わいがあるが、こちらはそういう意味での賑わいはない。兼人のような人間には似合わない街だと思った。たとえるならば、天野桐人が一般庶民の実態を知ろうと視察に訪れてニュースになるような街だ。

もちろん兼人は桐人とは違う。それでもやはり、大物政治家の息子に似合う街ではないと私は考えた。

兼人が向かったのは映画館だった。思わず身体が硬直した。それはいわゆる成人向けの映画を上映している劇場だったのだ。新宿にも昔こういう映画館があって、しかも駅前の大通りにあるものだから、当時買い物をするために新宿を訪れた中学生の私は、できるだけ視界に入らないように、目を伏せて前を通り過ぎたことを覚えている。

秋葉原の駅前のアダルトショップと同じように、誰もが簡単に入れる雰囲気ではなかった。

壁に貼られた映画のポスターは、裸の男女とけばけばしい活字が適度に配置された猥雑《わいざつ》なものだった。こんな映画館に足を踏み入れることなど、一生ないと思っていたのに。

「本気？」

と私は訊いた。兼人は答えずに、堂々と映画館の扉を潜《くぐ》っていった。私の意見など関係ないのだ。ついてくるか、ここでUターンして一人で帰るか、二つに一つ。私は——。

兼人の後を追うという選択肢を選んだ。兼人はついてきた私を見ると満足そうに頷き、券売機で大人のチケットを二枚買った。受け付けにいる中年の男性にチケットをもぎってもらい、私たちは映画館のロビーに足を踏み入れた。兼人は勝手知ったる様子ですたすたと歩いてゆく。私は、待って、と呟きながら兼人の服の裾をつかんだ。こういう場所においては、私は子供そのものだった。こういう世界を兼人に教育されて、私は兼人がいなければ生きていけない身体にされてしまうのだ。

ロビーには煙草の匂いがした。向こうの喫煙所から煙草の煙が漏れているのだろう。ちらほらといる他の客は、ほとんどが中年の男性だった。私と兼人が歩いてゆくと、ねちっこい視線をこちらに向けてくる。その視線の大部分が私の方に向けられていると感じるのは気のせいだろうか。

兼人は劇場の扉を開けた。私には異世界の入り口のように感じられた。まるで怪物が口を開けているような。その体内に一歩足を踏み入れてしまったら、もう二度と元には戻れない。でも強烈な恐怖は激しい好奇心の裏返しだった。この向こうの世界を知ってみたい。私はどれだけ変わってしまうのだろう。あの新橋で兼人と初めて出会った夜が、今は何十光年も彼方のように思えてならない。こんな映画館に足を踏み入れるほど、私は淫らな人間になってしまったのだ。

でも、きっと、それだけじゃ済まない。

百席ほどの小さな劇場には、ちらほらと客がいた。映画はもう始まっていて、ポスターがあんなにもいやらしい映画はいったいどんな内容なのだろう、とあれこれ想像したが、普通の日本映画とさして変わらないように思った。しかし後から考えると、成人映画といえども、九十分の映画なら九十分間ずっとセックスシーンというわけではないだろう。ストーリーがあるのだから、単純に時間で考えるとセックスシーン以外の場面の方が多いのは当然だ。しかし、その時の私は映画の内容を確かめる余裕はなかったので、実際どうだったのかは分からない。

人が少ない劇場の前の方に私は兼人と並んで座った。座った途端、兼人がキスをしてきた。とても獰猛《どうもう》で野蛮な口づけだった。いきなりだったので思わず拒絶しようとしたが、兼人は強引な上に一回りも年上で体力もあり、華奢《きゃしゃ》な身体の私にはとても抵抗できなかった。兼人の生き物のような舌が、しっかりと閉じた私の唇から侵入し、口腔内を蠢《うごめ》いた。

やがて兼人の手が、私の胸元に伸びてきた。シャツの上から、時にはシャツの隙間から直接、兼人の白く長い指先が私の乳首を転がした。私は声を抑えるのに必死だった。もし声を出したら後ろにいる客に気付かれると思ったからだ。しかし兼人の指が、次に下腹部に伸びてきた時、私は思わず喘《あえ》ぎ交じりの吐息を発してしまった。下は駄目、と私は兼人の手を払いのけようとする。どんなに拒絶しても兼人が止めてくれないのは分かっている。でもいくらなんでも映画館の中でなんてやり過ぎだ。他の客がいるのに――。

その時、私は大変なことに気付いた。さっきまで後ろで映画を観ていたはずの他の客が、まるで私たちを取り囲むように集まってきていたのだ。場内は暗かったので、彼らが集まってきたことに気付かなかった。もう誰も映画なんか観ていない。スクリーンの中で行われている行為よりも、私と兼人の戯れの方が見物《みもの》のようだった。

しかし、信じられないのは兼人だった。彼は私たちを他の客が取り囲んでいるのを分かっていても尚、私の身体をまさぐるのを止めないのだ。

羞恥心と兼人の愛撫によって与えられた仄《ほの》かな快楽が混ざり合って、全身がカーッと熱くなった。本気で止めて欲しかった。兼人に身体を触られるのは嬉しい。心地よいと思う。でもこんな映画館で、しかも見知らぬ男たちに見られながらなんて絶対に嫌だ。でもそう思えば思うほど、私の身体は快感によって小刻みに震えるのだ。

兼人が私を座席から立ち上がらせた。もう解放してくれるのだと思ったのだ。でも違った。兼人は私の両手を前の座席の背もたれにつかせ、自分は少し蹲り、そして私が穿いているズボンを下着ごと一気に下ろした。もともと先ほどの愛撫によって半ばずり下げられていたのだ。映画館の冷たい空気に、そして周囲の客たちのいやらしい視線に、私の尻が曝された。

もう止めて、と涙交じりに懇願した。でも、ここまできて止めてくれるはずがないのは分かっていた。兼人は私の背後に回った。背中に当たる兼人の大きな胸板を感じる。尻に当たる兼人の屹立《きつりつ》した性器の感触も。ジーンズのデニム越しでも、猛々《たけだけ》しい欲望を放ちたいという意思を感じ取るには十分過ぎた。

兼人が自分のズボンのファスナーを下ろすのとほぼ同時に、屹立した欲望が飛び出して私の尻を叩いた。止めて欲しいのか、それとも続けて欲しいのか、そんなことも分からない状態に私はなっていた。

そのまま兼人は一気に私を貫いた。私は文字通り絶叫した。それは痛みではなかった。自分の意思など関係なく、どんな場所でも兼人の欲望を受け入れてしまう人間になってしまったことに対する絶望と悦《よろこ》びだった。兼人はお構いなしに腰を叩きつけてくる。私は椅子の背もたれを爪が食い込むほど握りしめ、半狂乱になりながら首を振りたくった。私を貫き、激しく突き動かしながら、兼人は私の全身をまさぐった。兼人の無数の手が、私の耳を撫で、乳首をつまみ、尻を撫で、太ももを擦《こす》った。時間の感覚がなくなって、劇場の中に入って出るまでの間に兼人にされたことを一度に体感しているのかもしれない、と本気で思った。

違った。兼人の両手はずっと私の腰をつかんでいた。私の身体をまさぐっているのは、観客の男たちだった。煙草と脂っこい匂いに塗《まみ》れた無数の指先が、私の全身を触りまくっていた。心底ぞっとした。でも、もう恐怖や嫌悪感が快感をブーストすることを兼人に徹底的に仕込まれていたので、私は涙を流しながら、切れ間なく達し続けた。こんな快感に打ち震えたのは生まれて初めてだった。私は普通の短大生だった。どちらかといえば大人しく、友達も少なく、目立たない。それなのに、いったいどうしてこんなことになってしまったのだろう？　だがここまで堕ちてしまったことが幸せか不幸かなんてことは、もう何一つ意味を持たなかった。果てしなく昇り続けて、果てしなく堕ちてゆく私がいる。現実はそれだけだった。

やがて兼人は小さく呻いて私の中に射精した。それで兼人の動きは止まったにもかかわらず、私の全身をまさぐる男たちの手は止まらなかった。いや、兼人が終わったからこそ、本格的に行動を始めたのだ。ここにいる全員に犯されると思った。それは泣き叫びたくなるような恐怖だった。そしてそれを心のどこかで望んでいる自分がいることにも気付いていた。

そんなことをされたら、私はどこまで昇ってしまうのだろう。どこまで堕ちてしまうのだろう。もうここまで汚れたのだ。これ以上汚れたからって、いったい何の問題がある？

達し続けて敏感になった身体を男たちにまさぐられて、私は喘ぎながらビクビクと痙攣した。兼人は終わったけれど、私が感じている快楽は兼人に突き動かされている時と何ら変わることはなかった。背もたれに顔を押し付け男たちが与えてくる快楽に打ち震えていると、顎をぐいっとつかまれて無理やり顔を上げさせられた。

見知らぬ中年男性の顔がそこにあった。嫌、と思う間もなくキスをされた。煙草臭かった。口臭もした。不快そのもののキスだった。しかし身体はまた次の快楽の余韻に向かって高まり始めた。唇を閉じ、歯を食いしばり、男の舌の侵入を堪える気力は、今の私にはなかった。私の口腔は易々《やすやす》と見知らぬ小汚い中年男性に征服された。その時――。

「おい、止めろ！」

兼人が叫んで、男の肩を突いた。それで私は我に返った。男の身体がぐらりと揺らいで、私から離れていった。兼人は始めた時と同じように軽くしゃがみ、私のズボンを上げてくれた。半ば放心して背もたれだけを支えに立っている私は、まるで子供のように兼人にされるがままになっていた。

「おら、どけ！」

兼人の叫びに、男たちはさあっとまるで潮が引くように離れていった。私は兼人に支えられながら劇場を後にした。自分の足で立っているだけでやっとだった。兼人がいなければ、きっと今すぐにその場に崩れ落ちてしまっただろう。

映画館の外に出ると、まぶしい太陽の光が私と兼人に降り注いだ。ああ日常の世界だ、と思った。さっきまで私がいた世界は何だったのだろうと思わずにはいられない。私は確かにここではない、どこか別の場所にいた。そこで別の人間になっていた。恋人と繋がるだけでは飽き足らず、他の男にも犯されたいと望む、はしたない人間に。

私は快楽の余韻を噛みしめながら、兼人と共に日ノ出町を後にした。どこに行きたいと聞かれたから、私は素直に桜木町か関内がいい、と答えた。それで桜木町で軽く食事をして別れた。次に会った時はどんないやらしいことをされるのだろう。私は無邪気に、そんな期待に胸を膨らませていた――青葉もあの映画館にいて、彼に一部始終を撮影されていたとは夢にも思わずに。

兼人は保守党の政策に反対していた。それは父や弟への反発などという子供っぽい理由から出たものではなかった。もっとちゃんとした理由があったのだ。しかし同時に彼は自分の欲望を我慢するということを知らなかった。その自由さは保守党のような政党が忌み嫌うものだから、わざと自分の欲望のままに振る舞ったという可能性は否定できない。しかし、それでも兼人はもっと自重するべきだったのだ。自分が天野家の長男であるのは厳然たる事実なのだから。

いつから青葉が私たちを尾行していたのか、それは分からない。もし四六時中青葉が後をつけていたならば、きっとホテルに出入りした瞬間も撮られていただろう。しかし成人映画館の中で、他の観客の好奇の視線を受けながらセックスをするなどやり過ぎだ。単にラブホテルに入るという以上のスキャンダルとして、面白おかしく書き立てられるに違いない。

青葉が殺される悲劇を回避する機会はいくらでもあったが、その一つがこの映画館の一件だった。公共の場所であんなことをするのだから、当然撮影される可能性も考えるべきだった。もちろん兼人とてフラッシュが焚《た》かれたらその場で行為を中断してカメラや携帯を取り上げるぐらいのことはしたに違いない。だがプロのライターの青葉が暗視補正機能や赤外線機能がついたカメラを持ち歩いていることも想定に入れておくべきだった。きっと夜間の撮影など日常茶飯事なのだろう。

青葉に撮影されたことに気付けば、そこで話をつけることができた。あるいは青葉のカメラを奪って壊してしまえば、もちろん罪に問われるだろうが、証拠は残らない。兼人がいかがわしい映画館に通っていたという噂は広まってしまうかもしれないが、それでも人が殺されるよりマシだ。

でも——私は思うのだ。もしかしたら兼人は、青葉という邪魔者を、自分の手を汚さずに始末できたことを喜んでいるのかもしれないと。

もちろん、喜んでいるのだろう。計らずとも自分にとって障害となる男が殺人事件に巻き込まれ、殺されたのだから。

もし計っていたとしたら？

兼人は阿部を意のままに操って、彼に青葉を殺させたのかもしれない——私が彼と新橋で出会った時から兼人のこの計画は、すでに動き始めていたのかもしれない。今ではそんなふうに思えてならないのだ。

青葉の事件を知ったのはテレビのニュースでだった。事件発生当時は、まだ犯人が不明だったから、まさか阿部が青葉を殺したとは夢にも思わなかった。兼人の秘密を青葉に売ったのは阿部なのだから、どちらかというと青葉の仲間のように私は考えていたのだ。

青葉は日比谷公園で殺されていた。兼人と初めて会った場所のすぐ近くだ。そんなこともあって、当初、私は兼人が口封じに青葉を殺したのではないかと疑った。殺人は重罪だ。常識的に考えて、政治家の息子であり、兄でもある兼人がそんなことに手を染めるはずがない。

だが青葉の記事を潰すとなったら、マスコミ対応専門のスタッフを動かさざるを得ない。彼らを動員するためには、まず父親の天野猛に頭を下げなければならないのだ。プライドの高い兼人がそれを嫌がったとしたら？

マスコミは、青葉個人にスポットを当てるというより、日比谷公園という有名な場所で殺人が起こったことを面白がっているような報道の仕方だった。どうしてもっと地味な場所で殺されなかったのだろう、と私は唇を嚙んだ。別にマスコミに派手に報道されようがされまいが警察の捜査に変わりはないだろうけど、そう思わざるを得なかった。

母は私が食い入るようにテレビを見ている横で、

「三十三歳で無職だなんて大変だわね、働き盛りなのに。最近は不景気だからかしら――」

などと暢気《のんき》に言った。青葉がそう紹介されていたのだ。どうやら世間では仕事のない自営業者は無職と認識されるらしかった。

自分が関係した男の子供――それだけではなく自分がお腹を痛めて産んだ実の子供がこの殺人事件に少なからずかかわっていたと知ったら、母はどんなに嘆き悲しむだろう。私は母の顔をまともに見られなかった。どうか兼人が犯人ではありませんように、青葉はまったくの別件で殺されたのでありますように、と私は祈った。そうであれば、私の元に警察が来ることもないだろうから。

だが、私の元に警察より先に来たのは利奈だった。

利奈と疎遠になったきっかけは、自分が兼人に心魅かれている事実に気付いたからだった。兼人とは利奈がきっかけで出会ったのだから、これ以上彼女と付き合うとまた兼人と会ってしまうかもしれない。そんなことにでもなったら自分の気持ちに整理がつかなくなると思ったのだ。もちろん兼人とこんな関係になってしまったのだから、もうどうでもいいことだけれど。

利奈の方も、あまり積極的に私に話しかけてはこないようになった。もしかしたら、私の方が利奈を拒絶しているのを彼女が悟ったからかもしれない。もしそうだとしたら、別に利奈には特別に悪い感情はないのだから彼女に悪いことをしたかな、と心が痛かった。

でも、心を痛める必要なんかなかった。利奈が私を避けていたのは、私が彼女を拒絶していたのとはまったく関係のない理由からだったのだ。

兼人の私以外の恋人が、利奈だった。

青葉が殺されたニュースを知り、私は破局の始まりをうっすらと感じていた。だからといって普段の生活ペースを崩すわけにいかない。そんなことをしたら、母に何かあったのかと疑われるのは目に見えている。母にだけは絶対にこの一連の出来事を知られたくなかった。

とりあえずいつも通り短大に向かった。青葉は殺されて初めて一流の新聞にその名前が載ったことになる。そう考えると皮肉だなと思い、私は一人自嘲しそうになる。不思議だった。極限状況に追い込まれると、人は笑うことしかできなくなる。

何回か兼人に電話をしたが、やはり繋がることはなかった。殺人事件の犯人として新聞の見出しを飾る兼人を想像した。青葉と兼人、二人の男の顔がぐるぐると脳裏を蠢き、その日の講義はまるで集中できなかった。

放課後、帰り支度を始めている私を、遠くの方から見つめる視線に気付いた。そちらを向くと、利奈がいた。彼女にしては垢抜けない紙袋を持っている。話す勇気はなかったが、もう避けられないと思い、私はゆっくりと彼女に近づいた。

利奈はゆっくりと微笑んだ。まるで母親のような慈悲深い笑みだった。利奈はいつも明るく、ゲラゲラと笑う活発な女の子だった。でも今は違った。その利奈の態度は、彼女が以前と以後とは違う人間になってしまったことを示すもののように思えてならなかった。

何の以前と以後なのだろう——青葉が殺されたことだ。それ以外ない。

でも、不思議だ。利奈にとって青葉とは、兼人のスキャンダルを探ろうと近づいてきた記者に過ぎないではないか。もちろん顔見知りの人間が殺されたのだから、それなりに衝撃を受けて然《しか》るべきだと思う。でも利奈の態度は、それだけではないように思えてならなかった。まるでもっと決定的なことで世界が反転してしまったかのような――。

「最近、どう？」

と利奈が私に訊いた。そんなことを訊かれるのも、私が利奈といかに離れていたかを表す証拠だった。

私はその利奈の質問には答えずに、

「最近、あまり話をしなかったね」

と答えた。

利奈は微笑む。そして何かを言うのかと思ったが、利奈は黙して語ろうとしなかった。まるでこっちの出方を窺っているかのようだった。

だから、私は、

「青葉が――」

そう呟いた。利奈は頷いた。それですべて納得したかのようだった。

「さっき、兼人さんが電話で教えてくれたの」

「え――兼人さんて、天野兼人さん？」

それ以外ないのに、私は利奈に訊き返してしまう。

「そうよ――」

そう利奈は答えた。まるで私の反応を窺うかのように。

何故、兼人が利奈に電話するのだろう。私とて、彼とは滅多に話せないのに。思えばその時、利奈が兼人の恋人であることに気付いてもよかったのだ。でも私は想像すらしなかった。人間は信じたくない可能性は真っ先に頭から消去する生き物であることを、分かっていなかったのだ。

「ちょっと話せる？」

私は頷き、利奈と一緒に食堂に向かった。あの時も、私は利奈と一緒にここで青葉に質問攻めにあっていた。あの時の三人のうち、一人はもうこの世にはいないのだ。それを思うととても不思議な気持ちになる。

利奈はテーブルの下に紙袋を置き、私と向かい合わせに座った。その瞬間、私は利奈の異変の根源に気付いた。どうして利奈が変わってしまったのかは分からない。でも利奈は、もう私のことを友達だとは思っていないのだ。

その座り方は、まるで容疑者を尋問する刑事のそれのようだったからだ。

そして利奈はその態度に相応しい質問を、唐突に私に投げかけた。

「あなたが青葉を殺したんじゃないわね？」

私は絶句して彼女を見つめた。もちろん私も青葉を殺したのは兼人ではないかと疑い、同じ理由で私も犯人ではないかと疑われるかもしれないと思っていた。でもそれはたとえば警察に疑われるとか、そういう類いのことだ。まさか利奈が私にそんな質問を投げかけるなんて夢にも思っていなかった。

「どうして——そんな——」

考えが追いつかず、私はそんな呻くような声を出すので精一杯だった。

「兼人さんに電話で言われたの。もしかしたらあなたが青葉を殺したのかもしれないって。青葉は多分、あなたのところにも来ただろうから、その時に——」

「青葉が来た？　どうして？」

まるで意味が分からなかった。青葉はあれ以来、一度も私の目の前に姿を現していない。それに今、利奈はあなたのところにも、と言った。では既に青葉は誰かのところに出向いたのだろうか。いったい誰の——。

はっ、として利奈を見返した。利奈は頷いた。そして信じられないことを言った。

「兼人さんと、阿部さんっていう人と、私と、そして青葉の四人で会ったの」

「え——どこで？」

「秋葉原の、阿部さんのマンションよ」

「どうして――そんな――」

見方を変えれば、あの秋葉原の喫茶店での、私と阿部と兼人の集まりの、メンバーを若干変えた再現であるのだろう。でも解せない。百歩譲って青葉がそこにいるのはいい。でも利奈がそこにいる理由はまったく分からない。彼女は何も関係ないはずだ。それにどうして私は呼ばれなかったのだろう。仲間外れにされてしまったようなショックは禁じえなかった。

「名目上は、青葉の取材を受けるということだった。阿部さんに間を取り持ってもらって――」

だから阿部がそこにいたのか。場所が阿部のマンションだったのも話題が話題だけに、アニメの音声が話し声をかき消してくれるとはいえ、喫茶店よりも、やはり個人の家の中で話したほうが秘密が保たれると考えたのだろう。でもどうして利奈が――。

その私の疑問に答えるように、利奈は言った。

「兼人さんは、青葉に私を紹介したわ。今付き合っている恋人として、結婚も考えている真剣な交際だって」

その瞬間、私の中でガラガラと何かが崩れていった。分かっていた。兼人が私なんかを選ぶはずがないことを。私と兼人は絶対に一緒になれないことを。だからこそ、私は兼人のどんな要求にも応えた。兼人を拒絶したら、もう二度と会ってはもらえなくなると思ったから。

こんなことをいつまでも続けられないことは分かっている。でも兼人に犯されている間だけは、確かに兼人は私のものだったのだ。

それが何の意味もないことは自覚していた。しかし他人にそれを知らされると衝撃は少なくなかった。ましてや利奈の口から聞くなんて。

「兼人さんは本気じゃないわ。私だって、いきなり結婚とか言われても困るし。ただ、そうやって青葉に君を紹介させてくれと兼人さんに頼まれただけだから」

そんなことを言われても何のフォローにもなっていなかった。少なくとも兼人は私に黙って利奈と会っていたのだ。もし新橋で会って以降、兼人と一度も会っていなかったとしたら、彼のそんな頼みを利奈が受けるはずはない。兼人だって利奈には頼まないはずだ。少なくとも利奈にとって初対面の兼人の印象は最悪なものだったのだから。

それでなくとも、知人に恋人として紹介させてくれと言うのだ。二人の付き合いがどんなものかは分からない。本気ではないかもしれない。二人とも遊びと割り切っての付き合いかもしれない。でもどんな付き合いであれ、私と兼人がしているようなことを、利奈も兼人としていることは明白だった。

兼人は阿部と会う時は私を選び、青葉と会う時は利奈を選んだ。ただそれだけのこと。あいつに泣かされた女の子だっている、という阿部の言葉を思い出した。彼は正しかったのだ。

分かっていたことだけど。

いつから親しくしてるの？　新橋で会った時の印象は良くなかったのに——そんな言葉が口をついて出そうになったが、思い止まった。そんなことは本質ではないと思ったからだ。私が兼人にコンタクトを取ろうとした時に、利奈に間に入ってもらったのだ。利奈は寺島に兼人の連絡先を訊き、彼女が兼人に私の電話番号を教えた。その際に、兼人が利奈を誘惑したのかもしれない。私には私の物語があるように、利奈にも利奈の物語がある。

「どうして青葉に紹介したの——？　スキャンダルを揉み消すため？」

利奈は頷いた。

「そうよ。私のような女と真剣に交際しているということにすれば、少なくとも山のようにセフレを作っているという噂の火消しにはなるでしょうから」

自分が沢山いるセックスフレンドの一人だなんてことは分かっていたつもりだった。でも、やはり分かってはいなかったのだ。私は兼人を好きだったんじゃない。兼人に愛されている自分が好きだったのだ。でも利奈も兼人に愛されていた。私だけじゃなかった。

「肉体関係は、あった——？」

と私は利奈に訊いた。私のその言い方が大仰に聞こえたようで、利奈は、肉体関係ね、と小さく呟いて笑った。

「どう思う？」

　と利奈は悪戯っぽく笑った。この瞬間だけ、彼女はいつもの利奈だった。明るく、無邪気で、よく笑う。自分より下の存在の私に手を差し伸べて救ってやっているつもりの、いつもの彼女。

　私は利奈の質問に答えず、目を伏せた。あったのだろう、と私は思った。所詮、私は兼人にとって性的な遊びの延長線上の存在に過ぎないのだから。

　再び視線を上げると、いつもの利奈は消え失せて、冷たい表情をした彼女がそこにいた。否――今後、この表情の利奈が、いつもの彼女なのだ。利奈は変わってしまった。もう二度と元には戻らない。

「兼人さんは私を青葉に会わせれば、それですべてチャラになると思っていたようだった――でも、そうはならなかったの。青葉は見抜いていたわ。所詮、兼人さんが私と真剣に交際しているとか、結婚するつもりとか、そんなものはポーズなんだって。だから決定的なカードを出した。あなた気付かなかった？　ずっと青葉につけられていたのよ。あの日ノ出町の映画館で――」

　それからも利奈は何かを言っていたが、そのほとんどが耳に入ってこなかった。衝撃と、絶望と、後悔と、羞恥心が嵐のように私の中を駆け巡った。もちろん見知らぬ男たちに兼人との行為を見られたのは死にたくなるくらい恥ずかしかった。でも、その恥ずかしさは快感をお膳立てする道具に過ぎなかった。所詮、見知らぬ男たちなのだ。あの映画館から一歩出れば日常に回帰できるのだから。

しかし、それは大いなる錯覚だった。あの映画館に一歩足を踏み入れてしまった私にとって、あの世界こそが日常になってしまったのだ。白いミルクに混ざった黒いインクのように、それが薄かれ濃かれ、もう純白の日常には戻れない。

どんなに汚れようとも、それが私と兼人の間だけで止められたならば、私はいつでも無垢《むく》な人間に戻れたのに――。

「――写真を見たわ。あなたと兼人さんの――」

その言葉だけがぼんやりと知覚できたのは、それが私にとって最も知られたくない秘密だったからだろう。もう駄目だ。私は生きていけない。心の底からそう思った。利奈は明るい。友達も多い。そしてお喋りだ。きっとこのことを面白おかしく吹聴するだろう。この短大にもいられなくなる。母がどんなに嘆き悲しむか――。

「誰にも言わないわ」

その言葉で、私ははっと顔を上げて利奈を見た。その言葉は、待ちわびていた兼人との電話と同じ。私にとって、天から伸びる蜘蛛の糸。利奈の瞳の奥に宿る私への軽蔑を確かに感じたけれど、私は無我夢中でその蜘蛛の糸に飛びついた。

「だって兼人さんに無理やりされたんでしょう？」

利奈はそう言ってくれたが、私は頷けなかった。いくらでも抵抗できた。逃げ出すこともできた。でも私はそうしなかった。何よりも私自身、兼人と繋がりながら、見知らぬ男たちに身体を撫で回されながら、感じていたのだ。悦んでいたのだ——。

利奈もそんなことは百も承知のようで、それ以上私に問いかけることはせず、話を再開した。

「写真を見せられた兼人さんは今のあなたと同じようだった——絶句していた。それから怒り狂って青葉からデジカメを奪って、その写真を消去したの。でも青葉は言った、デジカメだからバックアップはちゃんとあるって——写真そのものを記事に載せるかどうかは分からないけど、これだけの決定的な証拠があれば、どこも記事を買ってくれると青葉は話したわ。兼人さんの話は阿部さんに教えられたけど、まさかここまでとは思わなかったとも——私も、そう思った」

その場に居合わせなかったことを、私は最初、仲間はずれにされたように感じ、あまりいい気分はしなかった。でも今は違う。その場に居合わせなくて本当によかった。そう思えてならない。

「みんな言葉を失ってたわ。青葉に兼人さんの性癖を教えた阿部さんですら」

性癖——その利奈の言葉が私の心を貫いた。兼人を愛していると信じた気持ちも、他の人にしてみればそんな一言で片づけられてしまうのだ。

「阿部さんは言ったの。こんなのは違う。こんなのはやり過ぎだって。こんなことは僕は望んでなかったって——写真の中身があまりにもショックだったから、急に怖じ気づいたんでしょうね。そもそも諸悪の根源は彼なのに。彼が青葉なんかに接触しなければ、あなたと兼人さんの秘密も守れた」

違う、と私は心の中で呟いた。阿部がいなければ、私があの日、秋葉原に呼び出されることもなかったのだから。あの日から兼人との交際が始まった。私と兼人を結びつけたのは、間違いなく阿部なのだ。

「青葉は言葉を失った私たちを見てとても得意そうだったわ。それもそうでしょうね。私たちの態度が、彼の写真がどれほどの特ダネかの証明なんだから」

「じゃあ、じゃあ——」

私は絞り出すように声を発した。

「——その写真のせいで、青葉は殺されたと?」

「私には分からないわ。ただ、無関係だとはもちろん思えない。兼人さんはあなたが殺したんじゃないかと疑っているぐらいだもの」

　確かに一番の動機があるのは私と兼人だ。どうして兼人は私に連絡してくれないのだろう。もちろん、青葉の事件は今日報じられたばかりだ。今後、もしかしたら私の元に兼人から電話がかかってくるかもしれない。しかしどうであれ、利奈にはもう連絡したのだ。つまり私は利奈よりも優先順位が後なのだ。

　映画館であんなことをしたのだから、私は特別だと思っていた。違った。特別な女の子にはあんなことはしない。私だからやったのだ。使い捨てのセックスフレンドだから。その事実を思い知らされ、私は思わず泣きそうになった。でも堪《こら》えた。利奈の前だったから。

「もう一度訊くけど――あなたが殺したんじゃないわね？」

「そんなことしてない――青葉とはあれから一度も会ってないから――電話では話をしたけど」

　利奈は頷いた。

「信じるわ。少なくとも、兼人さんを信じて、あなたを信じない理由はないから。いずれにせよ、犯人はすぐに捕まると思う。ただ、私たちも警察に嫌なことを聞かれるかもしれない。特にあなたは――」

　そうだ。もし青葉が殺されたのが兼人を追っていたせいだとしたら、私たちも事情聴取されるのは明白だ。あの日ノ出町の映画館での出来事も、包み隠さず話さなければならない。どれだけ好奇の目で見られるのだろう。デジカメの写真だって削除したそうだけど、青葉の言う通りどこかにバックアップがあるはずだ。いいや、そんなことはどうでもいい。全部些細なことだ。私一人が刑事の前で恥ずかしい思いをするのなら。

でももし私が事情聴取を受けたら、もしかしたらそのことが母の耳にも伝わってしまうかもしれない。それだけは耐えられなかった。私と兼人の間に身体の関係があると知ったら、母はどんなに悲しむだろう。どんなに絶望するだろう。私が泣くのはいい。でも母を泣かせたくなかった、女手一つで私を育ててくれた母だけは——。

その時、利奈がテーブルの下から紙袋を出して、私の前に置いた。

「これ、あなたにあげるわ。一度着たけど」

「何——？」

私は紙袋を覗き込んだ。最初は何だか分からなかったけど、どうやら服のようだった。黒いボンデージ——。

紙袋から出そうと手を伸ばした瞬間、はっ、とした。秋葉原駅前のアダルトショップで売っていた、ブラックウィドウのコスチュームだ。

「私も彼と一緒に、あのお店に行ったのよ。あんないやらしいお店に入ったのは初めてだから、私、はしゃいじゃって――そしたら、兼人さんが最上階のコスプレ売り場に案内してくれて、この服をあなたが欲しがっていたって、教えてくれたの」

「別に、欲しがってなんかない――」

そう呟いた。嘘だった。私もこの服を着たかった。着て、ブラックウィドウのように強くなりたかった。利奈のように華麗になりたかった。

「この映画、二人で観に行ったわね――懐かしい」

そう利奈は、吐息を吐き出すように言った。

「正直言って私、あなたが本当にこのコスチュームが欲しいだなんて思っていなくて。確かに秋葉原ではどんなコスプレも自由かもしれないけど、あなたはキャプテン・アメリカの方が好きだったでしょう？　だから私は兼人さんにこのコスチュームを買ってもらったの。ちょうど、誕生日が近かったから。そのままの格好で阿部さんのマンションまで行ったわ。コスプレなんかしたの初めてだったけど、何だか別の自分になれたような気がして、とても気分がよかった――青葉も面白半分で写真を撮ってくれたわ。楽しかったけど、まさかその後に、あんな修羅場になるなんて――」

つまり利奈はこの服を着たまま、私と兼人が通じている写真を観たのだ。何だかシュールな光景だなと思い、私は自嘲しそうになる。もちろん本当に笑うことはできなかったけれど。

「この服、やっぱりあなたが着るのが相応しいと思う。サイズが合えばいいけど」

私はこの服をどんなに着たかったことか。でも着ることはできなかった。兼人が冗談半分に買ってくれると言ってくれたけど、実際買ってもらっても困ると思った。こんな服が似合うのは、やはり利奈だ。私にはとても似合わない。

しかし私は紙袋を突き返せなかった。ただじっと、袋の中身を見つめることしかできなかった。

「もう、兼人さんとは会わないわ。向こうは名門一族の長男だし、どれだけ遊んでいるか分かっていたつもりだけど、ここまでとは思わなかったから」

私は利奈を見つめた。彼女にとって、私も兼人と同じなのだ。兼人の秘密を暴いた青葉が殺され、もう私たちは以前の関係には戻れない。決して、決して戻れないのだ。そんな気持ちが通じたのか、利奈は言った。

「ねえ、お願いがあるの。これからも今まで通り私と付き合ってくれる？」

欺瞞《ぎまん》だ。きっと利奈は私のことを唾棄すべき、いやらしい人間だと思っているのだろう。でもそういう気持ちを悟られたくないから、こんな白々しいことを言うのだ。

私は利奈に答える代わりに、逆に彼女に質問をした。それは今までずっと私が疑問に感じていたことだった。

その私の質問に、利奈は答えた。

「どうしてだろう――改めてそう訊かれると分からない。でも、あなたといるとホッとしたのは確かよ。だから一緒に映画にも行った。あなたは特別な人だった。あなたといると癒された。本当よ。一番の友達だと言っていいくらい。だから、こんなことになってしまったけど、青葉を殺した犯人が捕まって、事件が落ち着いたら、またあなたといつも通り付き合いたい。いい？」

私は頷いた、彼女と同じように。本当はもう仲良くする気なんて更々ないのに、体面だけは友人を装う。そしてこのまま、もう二度と以前のような関係を取り戻すことはない。友情の確認は、私たちが完全に終わってしまったというサインだった。傷をこれ以上深めないためには、二人は今後とも友人同士であるという偽りのコスチュームを着たまま別れるのが最善の選択なのだ。

利奈は他人行儀の微笑みを絶やさぬまま、私の前から立ち去った。紙袋に入れられたブラックウィドウのコスチュームを残したまま。

兼人との終わりはすべての終わりであることを、私は知った。兼人に純潔を奪われ、友人とも別れ、私はこれから一人で歩かなければならない。たとえ、どんな孤独と絶望の未来が待ち受けていたとしても。

私は紙袋の中に手を突っ込み、コスチュームをそっと撫でた。フェイクレザーの生地は、まるで磁石のように私の掌に吸いついた。この中に未来があるのかもしれない。利奈が一度袖を通したこのコスチュームに。私は決して利奈を失ったわけではない。この服を着ればいつでも利奈になれるのだ。そして新しい私になれる。奇麗で、明るく、活発で、友達の多い、憧れ続けてきた利奈のように。

利奈とはそれっきり別れてしまったが、兼人とはまだ一悶着あった。私たち二人がもっとも青葉を殺す動機のある人間には違いない。利奈と別れた感慨にふけっていても、青葉が殺された事件はまだ解決したわけではないのだ。

兼人が青葉を殺したかもしれないし、もしかしたら私が青葉を殺した犯人として警察にマークされているかもしれない。今から考えると、いくら何でも慌てふためき過ぎだったと笑ってしまうが、仕方がない。当時の私はまだ世間を知らない二十歳前の短大生だし、何よりも青葉を殺した犯人が阿部だなんて夢にも思っていなかったのだ。

青葉を殺した犯人として、阿部は最も遠いところにいた。何しろ、阿部は青葉の仲間だったのだから。仲間割れで殺してしまったなど、可能性の片隅にも入れていなかった。つまり私は——おそらく兼人や利奈も——阿部を真っ先に容疑者圏内から外してしまったのだ。

私は件の四人が集まった現場に居合わせなかった。でも利奈の話を聞くだけで、その時の阿部の様子をありありと思い浮かべることができる。

こんなのは違う、こんなのはやり過ぎだ、こんなことは僕は望んでなかった——。

では阿部が実際は何を望んでいたのか。それは想像するしかない。恐らく、私と一緒にラブホテルに入った瞬間を青葉が撮影するとか、その程度のことだったのではないか。その程度のことでもニュースになると考えるだけ、阿部もまだ幼かったのだろう。

だがマスコミのスクープ合戦は阿部が考える以上に苛烈で、また青葉は彼が想像する以上に有能だった。青葉がスクープした兼人の特ダネに、阿部自身が恐れをなしてしまったのだ。阿部は、兼人の情報を青葉に売ったことを後悔していたのかもしれない。マスコミによって何もかも無茶苦茶にされると感じたのだろう。だから、そうなることを防ごうとした。青葉を殺すことによって。

阿部が犯人であることを知ったきっかけは、日曜日に兼人からかかってきた一本の電話だった。こうなってしまった今でも、私にとっては兼人の電話は天から伸びてきた蜘蛛の糸に他ならなかった。しかしそれは、兼人にすがりたくてがむしゃらに飛びつくようなものではもうなかった。私はただ、青葉が何故殺されなければならなかったのか、誰によって殺されたのか、その謎の答えが知りたかった。

『――久しぶりだな』

懐かしい兼人の声がした。

どうして何の連絡もくれなかったのか、利奈には青葉が殺された時、すぐさま連絡したのに――そんな言葉が口をついて出そうになったが、生産的な会話ではないと思って止めた。重要なのは過去ではなく、兼人が電話をかけてきたという事実なのだから。

「全部聞いた――」

『――ああ』

私はそう、吐息のような小さな声で言った。

と兼人も言った。彼もすべて了解しているようだった。

『そっちに、警察が来たりしたか？』

「来てない――今のところ。兼人さんは？」

『ああ、まだな。でも例の写真のバックアップが見つかったら、警察が来るのも時間の問題だ。バックアップが見つからなくとも、デジカメのメモリから削除した写真を修復しているかもしれないし――』

「心配ない」

と私は言った。

「何もやましいところはないんだから」

もちろん、青葉が殺された件について言ったのだ。同時に、あなたが犯人じゃないよね？と兼人に問いかける言葉でもあった。

『俺は殺してない』

私が何を言いたいのかが分かったのか、兼人はそう言った。

「でも、殺されてよかったと思う？」

『ああ、当然だろう？　これで目の上のたんこぶが消えた。君の言う通りだ。堂々としてりゃあいい。君なんて、あの集まりにはいなかったんだからな。つまり写真を撮られたことを知らなかった。動機がないんだから殺すはずもない』

と兼人は白々しいことを言った。彼が私を疑っていることを、利奈に聞かなかったとでも思っているのだろうか。

『犯人はすぐに捕まるだろう。警察がちゃんと捜査しているだろうし、青葉が俺たちのことで殺されたと決まったわけでもない。とにかく、ほとぼりが冷めるまで、今までみたいに頻繁に会わないほうがいいと思う』

堂々としていればいいといったくせに、何という矛盾だろう。この瞬間、私は悟った。青葉が殺されたのは予想外だったけれど、これでいい区切りがついたと兼人は判断したのだ。私は兼人に捨てられるのだ。

こんな関係、いつまでも続けられるはずがないと分かっていたけど、衝撃は少なくなかった。唇を嚙みしめ、あの時、利奈の前では決して流せなかった涙が一筋零《こぼ》れた。

でも兼人は私が涙しているだなんて想像もしていないだろう。保守党や親や弟に反抗し、自由に生きる。誰とでも気兼ねなく身体の関係を結び、飽きたら簡単に別れる。それが彼の掲げていた自由なのだから。

野党から出馬するなんて話は、ただの格好つけのポーズに過ぎなかったのだろう。彼は自分の生きたいままに生きられれば、ただそれだけでいいのだ。そうでなければ映画館であんなことをするはずがない。

そう——すべては兼人のせいだった。青葉の写真が警察に見つかったら、兼人は無傷では済まないだろう。もちろん私もそうだ。でももともと立場のある人間と私とでは、傷の深さが段違いだ。天野猛と桐人はどうなるのだろう。もちろん彼らには何も関係がないのだが、イメージが重要な政治家にとって、身内のスキャンダルは少なからずダメージになる。

何にせよ、もうどうでもよかった。すべては終わったのだ。こんなままごとのようなお遊びは。もし本当に私と兼人の間に血の繋がりがあるのなら、天野猛の財産を相続云々という話も出るだろうが、それはもっと先のことだ。私は兼人と別れ、もう二度と会うことはない。警察が来たら、素直に事情聴取には応じよう。それだけのこと。私は短大を卒業し、就職をし、兼人を忘れて生きてゆくんだ。そう心に誓った――誓った、はずだった。それなのに――。

『なあ――頻繁に会わないほうがいいと言ったのにおかしいかもしれないけど、最後の頼みがあるんだ』

そんな頼みなど無視して、そのまま電話を切ればよかった。でも私にはそれができなかった。私は弱い人間だった。ほんの少しだけ残った兼人への未練を断ち切れなかったのだ。兼人が望んでいるのなら、私はそれに応えなければならない。そうすれば兼人にとって必要な人間でいられる。兼人が振り向いてくれる。兼人がまた熱く、激しい悦びを与えてくれる。馬鹿だった。そんなもの何にも意味がないのに。

それでも、私は、

「なあに――？」

と訊き返してしまった。

兼人は私がそう答えることを疑いもしなかった様子で、至極当たり前のように、言った。

『またあの時みたいに、阿部に会って欲しいんだ。これが最後だ。これが終わったらもう君を煩わすことは一切ない』

今度はどういう意図があるのだろう、と私は考えた。阿部と一対一で会う時だけ、兼人は私をその場に連れて行く。青葉と阿部の二人に会う時は、私ではなく利奈を連れて行ったにもかかわらずだ。何らかの意図があるに違いない。私はそれをあれこれ考えたが、結局分からなかった。物凄く単純なことなのに、私はその答えを導き出せなかった。考える時間がなかったということもあるが、それよりも考える気力がなかったと言ったほうが正確かもしれない。

もう、何もかもすべて、どうでもよかったから。

それでも私は、

「阿部さんに？　どうして？」

と一応訊ねた。何も訊かずに、言われるままについていくのは流石にどうかと思ったからだ。言われるままに映画館に入ってしまったから、青葉にあんな写真を撮られてしまったのだから。

『君がどうしても必要だからだ』

と兼人は応えた。

今から思うと、この時兼人はすでに、青葉を殺したのが阿部だと悟っていたのだろう。直接問い質す機会はついぞなかったから本当のところは分からないけれど、多分、間違いないと思う。この事件において、私は最初っから最後まで傍観者に過ぎなかった。青葉が殺されたことも、阿部が逮捕されたことも、すべて私が関知していないところで勝手に起こったものだ。でも兼人は違う。彼は正真正銘の当事者だ。阿部の性格も知っている。そしてあの状況。確かに少しは私のことも疑ったのかもしれない。でも阿部に呼び出されて、兼人はすべてを悟った。阿部は自分の罪を告白するつもりだと。

利奈の話によると、青葉が隠し撮りした私たちの写真を見て、阿部は戸惑いを隠せなかったという。青葉の協力者にもかかわらずだ。その様子をじかに目撃した兼人は、阿部も青葉殺害の容疑者足りうる、と判断したのだろう。そして今やそれは確信に変わった。

でも何故、その現場に兼人は私も連れて行こうと思ったのだろう？　答えは簡単だ。兼人は阿部と一対一で会うのを恐れたのだ。青葉のように殺されるかもしれないと考えたから。二対一ならたとえ阿部が襲ってきても取り押さえられると思ったのだろうか？　もしかしたら私が阿部に刺されている間に自分は逃げようぐらいのことは思っていたのかもしれない。そんなものだ。兼人にとって私は、あらゆる意味での使い捨ての恋人に過ぎなかったのだ。

私ではなく利奈を連れて行けばいいのに、と言おうとしたが、もし兼人が本当に阿部に襲われる覚悟で会いに行くつもりだとしたら、ただの皮肉だと思って黙っていた。利奈は適任ではないだろう。

「今から？」

『ああ』

「阿部さんと会ったら、もう兼人さんとは二度と会えないの？」

兼人は一時黙って、そして言った。

『――こんなことになっても、まだ会いたいと思うか？』

会いたかった。

兼人がどんな男だか、十分に思い知らされたつもりだった。それでも兼人への気持ちは抑え切れなかった。社会が私たちを認めてくれなくてもいい。未来のない二人であったとしてもいい。いや、未来がないからこそ、少なくとも私は兼人への現在にしがみついていたいのだ。無理だと分かっていたからこそ、私は彼の申し出を受けた。これでもう二度と会ってくれないならそれでもいい。でも彼と一緒にいられた想い出の時間を一秒でも増やすためには、私は何だってしただろう。

阿部の前に躍り出て、彼の凶刃から兼人を守ることも厭《いと》わないと思った。情けないと思ったけど、それは事実だった。玩ばれても、捨てられても、構ってもらうだけ倖せだと思ってしまう、兼人に毒された私の、それが成れの果てだった。

兼人と秋葉原の駅前の、例のアダルトショップの前で待ち合わせをした。ここを彼と二人で冷やかしたあの日はほんの数ヶ月前なのに、今の私は随分と遠くに来てしまった。

「よお」

そんな軽い声を発しながら、約束の時間から十分遅れで兼人は現れた。その兼人の態度は、まったくいつも通りで、多かれ少なかれ自分のせいで殺人事件が起こったかもしれないことなんて、まったく気にもかけていないふうだった。

もちろん、強がっているだけなのかもしれないけど、実際問題、本当に気にしてないかもしれないと思い、私は少しぞっとした。何しろ彼は政治家一家の長男なのだ。自分のせいで愚民が死んでいくことなんて当たり前だと思っているかもしれない。もちろん問い質せば彼は否定するだろう。しかし政治家にはなれなかったにせよ、生まれながらに人の上に立つ教育を叩き込まれたら、知らず知らずのうちにそういう考えを抱いてしまっても仕方がないのではないだろうか。

それでも兼人は私を見つめ、私が久しぶりに会った兼人にどんな対応をするのかを窺っていた。その態度が、かろうじて残る、兼人の青葉の死に対する後ろめたさのように思えた。

「兼人さんは、青葉さんを誰が殺したと思っているの？」

と私は訊いた。素直に阿部が怪しい、と言ってくれることを期待した。もう会うことがないのなら、最後ぐらい隠しごとは止めて欲しかった。でも、兼人は——。

「さあ、知らないよ。ライターだから、いろんな取材をしていたんだろう。あいつの殺された原因が、俺たちを追った例の取材と関係しているとは、まだ決まっていない」

——私が殺したかもしれないと疑っていたくせに。

今更、そんなことで兼人を責め苛もうとは思わなかった。疑われているだけ、必要とされているだけ倖せだと思ってしまう自分を自覚していたから。

「あいつのマンションはすぐそこだ。とりあえずさっさと用事を済ませてから、二人で飯でも食おう。特上のウナギにしようか？　美味い店があるんだよ」

最後の晩餐？　と言いたかったが黙っていた。阿部のマンションは神田川を渡った靖国通り沿いにあった。新築らしく奇麗なマンションだった。

「最上階が阿部の部屋だ」

と兼人が教えてくれた。秋葉原の奇麗な夜景を眺めながら、四人は私と兼人がまぐわっている写真について言い争っていたんだなと思うと、どこか滑稽な気がした。しかしそれで人が死んだとなったら、決して笑い話では済まされない。

マンションの前のインターホンを押して阿部を呼び出そうとした。しかしなかなか応答がなかった。

「何だ？　いないのか？　人を呼び出しておいて――」

兼人が憤ったようにインターホンを連打する。阿部が応答したのは、返事がないからウナギを食いに行こうか、と兼人が私に言った時だった。

『――はい』

「いるのかよ！　何でさっさと出ない――」

その瞬間、エントランスの扉が開いた。私は兼人と思わず顔を見合わせた。

「様子が変だな――」

そう兼人は呟いてエントランスの中に足を踏み入れた。私もそれに倣いながら、この期に及んで様子が変だなどと宣《のたま》う兼人に憤り、思わず言った。

「警察を呼んだほうがいいんじゃないですか？」

「え？」

「だって、様子が変なんでしょう？」

兼人は軽く笑う。

「君は普段の阿部のことを知らないんだろう？」

「そうですけど、でも青葉さんのこともあるし――」

「警察を呼ぶって、どういう件で？　友達が無愛想だから来てくれって言うのか？」

「そんなことじゃなくても、青葉さんの事件のことを言えば、きっと対応してくれると思います」

兼人は私を見つめた。そして、ゆっくりと首を横に振った。

「警察に行って、俺と君との関係も全部話すのか？　映画館のことも──」

私は答えることができなかった。

「もちろん、バレたら仕方がない。その時はその時だ。でも今の段階では、誰も俺たちと青葉の関係に気付いていないじゃないか。それなのにわざわざ自分から何もかもぶちまけることはない」

寝た子を起こすようなことはするな、ということか。

兼人に反論したい気持ちはあったが、私とて映画館でのあんな行為を警察の人たちに自ら進んで話すような気にはなれなかったので、しぶしぶ兼人に頷いた。兼人はすたすたとエントランスを横断し、エレベーターに乗り込んで最上階のボタンを押した。勝手知ったる様子だった。きっと何度も来たことがあるのだろう。

阿部の部屋の前まで来て、兼人はインターホンを押した。応答はすぐに返ってこなかった。やはり何かあったのかもしれない──私はそう思った。

「何だ！　この期に及んで駄々を捏ねるのか？」

兼人は部屋のドアを、こぶしでドンドンと叩いた。私は思わず周囲を窺った。他の住人に見咎められるかもしれない。目立つことはしたくなかった。

彼を制止しようとした時、ガチャリ、とドアの施錠が解かれた。

そしてゆっくりとドアが開き、阿部が顔を出した。私は思わず唾を飲み込んだ。一見、以前あの喫茶店で会った時の彼と何も変わっていない様子だったが、少しだけ顔が青白いように感じた。私がここにいることは阿部にとって想定外のはずだ。彼は兼人しか呼んでいないのだから。しかし阿部は私がここにいるのがまるで当然のように無言で私を見つめた。

「いるんだったら、さっさと開けろよ！」

阿部はその兼人の言葉にやはり無言で、ドアを開け放ったまま私たちに背を向けて再び向こうに消えていった。ドアを開けるという必要最小限の行為さえも億劫《おっくう》といった様子だった。とにかく、呼び出した人間の態度ではなかった。

「お邪魔するぞ」

しかし兼人はそんな阿部の様子など、まるで気づかないふうに玄関の三和土《たたき》に足を踏み入れた。日ノ出町の映画館の前に立った時のように、行っては駄目と、私の中の何かが呼びかけた。でも私にはやはり、兼人に背中を向けるという選択肢はなかった。兼人に逆らえないというより、彼を見捨てられなかったのだ。もし阿部が兼人に危害を加える気なら、私は彼を守らなければならない。

玄関に足を踏み入れ、ドアが閉まった瞬間、あからさまな異変を感じた。不快な臭いがしたのだ。これは、そう――血の臭いだ。

「兼人さん――やはり警察を呼びましょう。様子が変です」

と私は言った。だが兼人は私のその言葉を無視して玄関で靴を脱いだ。警察の介入を恐れていたというよりも、阿部に対する責任感がそうさせているようだった。

そして兼人は言った。

「嫌だったら、君は帰っていい」

思えば兼人と出会ってから今まで、それが彼が私に対して見せた、唯一の誠実、優しさだった。もちろん最初は、一人よりも二人の方が阿部に襲われる危険性が少ないとの判断だったのだろう。だから私を呼んだ。あくまでも保険だ。しかし兼人は、この臭いで自分の予想が完膚なきまでに正しいことに気付いたのだ。阿部に殺されるかどうかは分からない、しかし、少なくとも青葉を殺したのは阿部だと――。だから私だけは逃がそうとしてくれた。その心遣いは本当に嬉しい。しかし私は兼人と共にいなければならない。そのために、私はここにいるのだから。

私はゆっくりと首を横に振った。そして阿部の部屋に、兼人と共に足を踏み入れた。

空気中に存在している血の臭いの粒子が全身にまとわりついて不快だった。

「阿部。上がるぞ？」

そう兼人は向こうにいる阿部に断ってから、ゆっくりと廊下を歩み出した。私もその後に続いた。阿部はリビングのソファに座り、グラスを傾けていた。透明な液体に浸る氷がグラスとぶつかり、カチャン、カチャンと穏やかな音を立てている。何を飲んでいるのかは分からないが、アルコールであることは間違いないようだ。

掃除や整理整頓が行き届いている奇麗な部屋だと思った。特に異変は見受けられない。それなのに、この臭いは――。

「阿部、どうした？　何の用だ？」

阿部は私の方を見やり、

「一人で来るのが恐かったのか？」

と兼人に言った。兼人はあっさりと、ああそうだよ、と答えた。格好つけている場合ではないことは、兼人も十分分かっているようだった。

「この部屋、こんなに殺風景だったか？　フィギュアはどうした？　処分したのか？」

「全部しまって押し入れに片づけた。アメコミに詳しいことがバレたらまずいから。それに、万が一、血で汚れると嫌だったから」

「――どういうことだ？」

阿部はグラスを傾けながら、兼人に言った。

「キッチンにいる」

「誰が？」

「桑原君が――」

どこかで聞いた名前だと思ったが、すぐには思い出せなかった。私は部屋を見回した。異変はない。しかし振り返った瞬間、私は思わず、ヒィッ、と喉を鳴らした。そんなふうな声を上げることなんて生まれて初めてだった。その声につられて兼人も後ろを振り向いた。声は上げなかったものの、兼人も驚きを隠せない様子だった。

そこに血まみれの男が倒れていた。

私はまじまじと男を見つめた。血液が失われているせいもあるのだろうが、その真っ白な顔と床に溢れている真っ赤な血のコントラストが、ぞっとするほど美しかった。

血は固まったらどす黒くなるはずだから、出血してからまだそれほど時間は経っていないようだ。もっとも、あまりにも大量に血が溢れたから固まるまで時間がかかっているだけなのかもしれない。

「誰だ？」

　と兼人は阿部に聞いた。

「前に話しただろ？　桑原銀次郎ってライターの友達がいるって」

　思い出した。秋葉原の喫茶店で、初めて彼と会った時のことだ。阿部は言っていた。最初は彼に情報を売ろうと思ったが、桑原銀次郎が主に仕事をしている週刊標榜は保守系の雑誌だから、保守党のスキャンダルは載せてくれないかもしれないと――。だから週刊標榜のライバル誌、週刊クレールで書いていた青葉に話を持っていったのだと。

「青葉も執念深いが、桑原君も優秀だ。今日一日で、君があの子にブラックウィドウのコスチュームを買ってやった店も突き止めたんだから」

「あの子？　利奈のことか？」

「そうだよ。僕は何とか誤魔化して桑原君があの店に行かないように仕向けたけど、結局駄目だった。だからもう隠し通せないと思って――」

「だから殺したのか？」

「そうだよ」

　と阿部は何でもないことのように言った。

「利奈って子の身元を桑原君が暴くのも時間の問題だろう。そしてあの子は、あの日、僕らの間で何が起こったのかを包み隠さず話すだろう。だってあの子には黙っている理由なんてないからね」

あの日、ここで起こったこと――。兼人は青葉の裏をかいたつもりで、利奈が本命の恋人だと青葉に紹介する。しかし青葉は最強のカードを持っていた。日ノ出町の映画館で盗撮した、私と兼人の写真――。

「お前は、馬鹿だ」

と兼人は阿部に言った。

「覚えているか？　利奈は店からここまで、あの格好のままで来たんだぞ？　それで面白半分に、青葉に写真を撮られたじゃないか。つまりあの写真は、青葉のデジカメに残されたままだ。当然、デジカメは警察が押収しただろう。この――」

と青葉はキッチンに血まみれで横たわっている男を指さした。

「この桑原は利奈のところまでたどり着くかもしれない。でもこいつにそれができて警察にできないと思うか？　どうせ警察はあの写真から利奈を見つけ出すだろう。なのにどうしてこいつを殺せば秘密を守れると思った？　殺したって何の意味もないじゃないか！」

「意味がなくはない！」

阿部が絶叫した。ここに来て初めて見せた、彼の感情の発露だった。

「警察は別にいいよ。警察にバレたって！　それで捕まることも覚悟している。でもマスコミは駄目だ！　マスコミだけは！　確かに桑原君は僕の友達だ。でも青葉と同じ人種であることには変わりない。青葉が映画館で君らの写真を撮ったのも、特ダネを撮って金儲けしたいって一心だ。仕事を辞めたのに、そうやって遊びほうけていられる君みたいな身分の人間には、僕らの気持ちは分からない！　いい？　人間は金のためには、ある程度のラインなんて簡単に越えてしまうもんなんだよ？　もちろん僕だってそうだ。だからこんな都心のマンションにも住めた。桑原君だって金のためには、僕のことも平気で売るだろう。そういうもんだよ、人間なんて！　だから——だから、殺した。桑原君も、青葉も——」

そして阿部は笑った。

「青葉を殺したことは褒めてくれるだろう？　僕はただ責任を取っただけなんだ。確かに君が憎かった、それは認める。僕はただ、君にちょっと嫌がらせをしようと思っただけなんだ。でもまさか、君がこの子と映画館であんなことをするなんて——それも青葉が君を狙っていると分かっていたにもかかわらず——」

私のせいだ、と思った。

あの時、勇気を出して兼人の誘いを断れば、阿部も青葉を殺さずとも済んだのだ。私と兼人の淫らな快楽のせいで、阿部も、青葉も、この桑原という男も人生を破綻させることになったのだ。

「それに――」

阿部は私を見た。そして言った。

「君に僕みたいになって欲しくなかったから」

それは兼人ではなく、確かに私に向けて発せられた言葉だった。秋葉原の喫茶店で、あいつには気をつけたほうがいいよ、と言った口調と同じだった。それから阿部は、

「君もこうなって喜んでるだろう？」

と兼人に訊いた。兼人は答えなかったが、阿部は構わず話し続けた。

「確かにこうなった以上、君のところにも警察が来ることは避けられないだろう。天野猛の長男が殺人事件に巻き込まれたとなったら大スキャンダルだ。それでも、あんな写真が世に出回ってマスコミに面白おかしく書かれるよりマシだ。君は保守党の議員の子供に生まれて不幸だと思っているんだろう。だから君はどこまでも自由に生きようとした。すべては保守党に反発するために。それでも君はやり過ぎた。しかも有力政治家の息子という地位を最大限利用しながらだ。そんなことがいつまでも続けられるはずがない。いつか歪《ひず》みが出てくるに決まっている。こんなことになってもなお、君が今のこの自由な生き方を続けるのなら、僕は君のことを心底尊敬する。でも、君は決してそんな生き方はしない、できないはずだ。

僕は逮捕されるだろう。青葉や桑原君を殺した動機を最大限アピールすれば、世間の同情を買えるということは分かっている。でも僕は決してそんなことはしない。ずっと隠し通すよ、君らのために――」

「隠す？　何て言うつもりだ？」

「君は有名な政治家の息子だ。別にこのことに限らなくても、叩けば埃はいくらでも出てくるだろう。女の子のこととか、金遣いが荒いこととか――たとえば、そういう情報を青葉に売ったけど、そんなありきたりなスキャンダルじゃ記事は書けないって突っぱねられたっていうのはどうかな？　それで言い争いになって、殺してしまった。そこそこ殺人の動機として説得力があるんじゃないかな」

「説得力がある？　本気か？」

「これじゃ不服か？　じゃあ、最初は報酬を貰える約束だったけど、いざ記事を書く段階になって青葉が金を払うのを渋ったというのはどう？　十分動機になると思うけど」

兼人は答えなかった。阿部とて人を二人殺した事態を軽く見ているわけではないのだろう。だがどうしていいのか分からず、そんな軽い口調で話すしかなくなっているのだ。

「打ち合わせするために日比谷公園で青葉と待ち合わせたのか？　それとも最初っから殺すつもりで呼び出したのか？」

「もちろん殺すつもりだった。僕は普段から刃物なんか持ち歩いていないから。あそこは広いし、夜は人が少なくなるから人殺しにはうってつけだと思って。君が諦めて独占取材に応じると嘘をついて呼び出したんだ。喜び勇んでやってきたよ。あのデジカメは持ってこなかったけど。いくらバックアップがあると言っても、また勝手にカメラをいじられて写真を消去されるのが嫌だったんだろう」

「桑原を殺したのはどう説明する？」

「青葉を殺した動機に辻褄《つじつま》が合えば、どうだっていいさ。桑原君に青葉の殺害を追及されてカッとなって刺してしまった——それで十分だ。彼は所詮、第三者だ。今回の件には関係ないから」

そうだな——と兼人は頷いた。信じられなかった。この期に及んで、まだ兼人は自分の秘密を守ろうとしているのだ。自分の秘密を握ったライターを阿部に殺させ、自分は安全圏内にい続けるつもりなのだ。私が愛した男は、そんな卑劣な人間だったのだ。

初めて阿部と会った日のことを思い出した。何を話していたのかは分からないが、穏やかな話ではなかったのだろう。阿部は兼人に裏切られ彼を憎んでいた。だから兼人の秘密を青葉に売った。だが土壇場で再び兼人の側についたのだ。青葉や桑原を殺すという手段によって。そんなことをしたところで、もう決して振り向いてはくれないと分かっているにもかかわらず。

私は、どうなのだろう。

阿部の立場に私がいたら、私も同じことをするだろうか。自分で罪を全部一人で被って、これも兼人のためだと自分に言い聞かせるのだろうか。

そんなことをしたところで、兼人はきっと感謝もしてくれない。だから――。

だから、私は。

阿部が私を見つめた。その視線で、兼人はまるで私の存在に初めて気付いたように振り返った。

「おい！　何してるんだ！」

「警察に、通報する」

私は携帯電話を取り出しながら言った。阿部は今、桑原のことを第三者と言ったが、私こそが第三者だ。私は決して当事者じゃない。でも阿部はきっと未来の私だ。これ以上兼人にかかわると、きっと彼の秘密を守るために、私も阿部のように自分を犠牲にする日が来てしまう。そうしたら、もう第三者なんて言い訳は通用しないのだ。

だから、そうなる前に。

「ああ、通報するさ。桑原の死体をこのままにはしておけないからな。だが、その前にちゃんと三人で口裏を合わせないと」

「口裏を合わせる？　何の？」

「何のって──」

「兼人さんに振り回されて、この人が殺人を犯した。事実はそれだけ。何も話し合う必要なんかない」

「いいのか？　警察に事情聴取を受けるぞ。俺たち三人がどんな人間で、今まで何をしてきたか、刑事たちに全部話さなきゃいけないんだぞ？　耐えられるか？」

私は阿部を見つめた。阿部は私の視線に耐え切れないように、視線を逸らした。

「全部、公にしたところで、この人の罪は軽くならないかもしれない。それでも、あなたにも責任があることを世間に訴えることはできる」

「責任？　俺に何の責任がある⁉」

私たちを玩んだ罪だと言おうとしたが、言えなかった。

確かに阿部は捨てられて兼人を恨んでいるだろう。だからこそ、青葉に兼人の秘密を売った。だが私は？　映画館であんなことをされたのが玩ばれたと言えるかもしれないが、あれは私自身楽しんでいた。そうだ。兼人の責任かどうかは関係ない。私の責任かどうかだ。ここで彼らを見逃すことは、私の責任に目を背けることと同じだ。私と兼人はもう終わるのだ。

ならせめて自分自身の手で終わらせたい。

どうせ、しばらく距離を置いたほうがいいなどと言っておきながら、また自分の欲望を吐き出したい時には都合よく呼び出すのだろう。そして阿部のように自分を犠牲にしてまで兼人にとっての邪魔者を排除する人間に成り下がってしまう。私はそんなのは――嫌だ。

「何で連れてきたんだ？」

と阿部は私を見やり、兼人に訊いた。

「一人で来たら、阿部さんに殺されると思ったのでしょう？」

と私は兼人に言った。兼人は答えない。

阿部は、おかしそうに笑った。

「僕が君を殺すと？　そんなふうに思われていたなんて、ショックだね。でも仕方がないか――僕は実際に人殺しだ――」

まるで虚空に呟くように、阿部は言った。そのまま、私たちは沈黙した。誰も、何も言葉を発しようとしなかった。

その時、耳慣れない携帯の着信音が響いた。私のものでも、兼人のものでもない。阿部のものか、と思ったがそうではないようだった。すぐに止んだから、恐らくメールの着信音だろう。

私たち三人は、ゆっくりと倒れている桑原を見やった。どうやら、その着信音は桑原から聞こえてきたようだった。

阿部は桑原に近づき、ズボンのポケットから彼の携帯電話を取り出した。その画面をしばらく見つめた後、阿部は慟哭《どうこく》しながらその場に崩れ落ちた。携帯を持った手を、だらんとだらしなく放り出しながら。私は兼人を見やったが、彼は冷たい目で阿部を見下ろしているだけだった。

阿部の手から携帯電話が落ち、床に転がった。私は恐る恐るその携帯電話に指を伸ばした。手に取った瞬間に、この携帯に指紋がついてしまったな、と思ったが何が阿部を慟哭させたのか知りたい、という好奇心の方が強かった。

メールには、外に出ていたので返事が遅くなってごめんなさい、というメッセージと共に、青葉の顔写真が入れられた額を撮った画像が添付されていた。どうやら遺影のようだった。何故桑原の携帯に青葉の遺影の写真が送られてきたのか、いったい誰が送ったのか、私には皆目見当もつかなかった。ただ青葉を殺した阿部にとっては、たとえ偶然であっても自分の罪を突きつけられたように感じたのかもしれない。

それから私は、今度こそ本当に自分の携帯で110番に通報した。今度は兼人も止めなかった。私の態度から、口裏を合わせることは不可能だと思ったのだろう。阿部などは自分が犯人であることを隠そうともしていない。そもそも、マスコミに兼人の秘密を知られたくなかったからこその犯行なのだから、別に警察に兼人の秘密を知られたって構わないのだ。ただ奇異の目で見られるのが鬱陶しいぐらいのこと。

第一、天野猛の長男で、天野桐人の兄が殺人現場に居合わせたとなったら、たとえ秘密を隠し通せたとしても、何かあるのではとマスコミが群がるに決まっている。利奈の元にもマスコミが来るかもしれない。利奈はこれからも友達でいましょうと言ったけど、それなりの報酬を提示されたら、洗いざらい話してしまうだろう。すべて阿部の言う通りだ。人間は金のためなら友人ぐらい平気で売るのだ。そして兼人は、やり過ぎた。

V

兼人とは本当にそれで最後だった。あれ以来、会うことも、電話で話したことも一度もない。

ただ数年前の衆議院議員選挙の際、渋谷で見かけたことはあった。兼人は街宣車の上から、自由競争と言うと拒否反応を起こす方は少なくないが、海外との貿易の完全自由化という保守党の理念は長期的な視座に立つと必ずや日本の経済発展のためにプラスになると信じています、などと息巻いていた。恐らく、誰かが書いた原稿を丸暗記したのだろう。

あんなに父親や弟や、保守党を嫌っていたくせに、いったいどういうつもりなのかと私は冷めた目で兼人を見つめていた。せめて私がいることに気付けばいいのに、と思ったが、どうやらそれは叶わなかったようだ。仕方がない。こんなに大勢の群衆がいる。すでに兼人にとって私は一般大衆の一人に過ぎないのだ。仮に対面しても気付かれないかもしれない。

そんなものだ。

兼人にとって私と過ごした数ヶ月も、阿部のことも、青葉のことも、思春期のはしかのようなものだった。大人になったら治る、甘ったれた反抗期。野党から出馬すると息巻いていたのも、すべてポーズに過ぎなかった。本気でそんなことをやったら、もう父親の猛から甘い汁を吸うことはできなくなるのだ。狡猾な兼人がそんな選択をするはずがない。

愛も、信念も、関係なかった。あるのは保身だけだ。それが賢い兼人の生き方なのだろう。

私には真似できそうにはないけれど。

ただ救いだったのは、その選挙で兼人が落選したことだ。殺人事件に巻き込まれたというスキャンダルが影響したのかもしれない、と一瞬思ったが、あの事件はもう大分昔のことだからほとんどの有権者は覚えていないだろう。敗因はやはり兼人本人にあった。

私が見た限りだけど、やはり兼人は桐人に比べて、どことなく垢抜けなく、また人前に出慣れていない感じが否めなかった。それは、また世襲議員か、と世間をうんざりさせるに十分だった。桐人にはそのネガティブなイメージを払拭できるほどの人間的魅力があった。兼人には望むべくもない。

私は兼人に国政に進出してもらいたくなかった。所詮、私とは遊びに過ぎなかったことが、保守党からの出馬で名実ともに明らかになったからだ。

兼人が野党から出馬したらこの国が良い方向に変わるかもしれない、と一瞬でも思ってしまった私が馬鹿だったのだ。

阿部の犯行が明るみになった当初、犯人が兼人の友人、また第二の犯行の後、現場に兼人が居合わせたことでそれなりに天野猛と桐人もマスコミの冷ややかな視線に曝された。日ノ出町の映画館で撮られた写真のバックアップは、必ず青葉の家のどこかにあるはずだ。もし写真がマスコミに見つかったら終わりだ、と私は戦々恐々としていたのだが、終ぞ写真が公になることはなかった。

被害者が兼人のスキャンダル狙いで接触していた情報提供者の阿部と仲間割れになったという事実が明るみになると、天野家の人々を攻撃する報道も沈静化した。過剰な報道合戦が事件を招いたという世論になることを恐れたのだろう。天野猛と桐人という二人の政治家のカリスマ性は、出来の悪い長男が殺人事件に巻き込まれたぐらいで揺らぐほど、脆弱《ぜいじゃく》なものではなかった。

ただ心残りは、あの桑原銀次郎というライターのことだった。倒れていた彼を発見し、私は彼がてっきり死んでいると思ってしまった。恐らく兼人も、刺した本人の阿部もそうだっただろう。だが彼にはまだ息があった。そのことにもっと早く気付いて、さっさと救急車を呼んでいれば、もしかしたら彼もあんな酷い状態には陥らなかったかもしれない。

阿部が逮捕されてからしばらくして、私は桑原の見舞いに行った。

集中治療室を出たから家族以外の人間でも面会できるだろうという話だったから病院に直接向かったが、当初は桑原とどんな関係なのか分からないと言われて面会を拒否された。憤ったが、殺人事件に巻き込まれた被害者だからそういう対応も止むを得ないのだろう。後日、私を事情聴取した刑事に話を通してもらい何とか面会は叶った。

意識がまだ戻っていないから、見舞いに行っても向こうには分からないだろう、と言われたが、構わなかった。私はただ、あの時すぐに助けてあげられなくてごめんなさい、と心の中で謝りたかっただけなのだから。ただの自己満足と言われれば、そうかもしれない。でも自己満足に浸って罪悪感を少しでも和らげることも許されないほど、私の罪は重いのだろうか？

桑原は病院のベッドで、いろいろな機械に繋がれて静かに息づいていた。自発呼吸はできているようで人工呼吸器はなかったが、まるでチューブに繋がれたSF映画に登場するキャラクターのようだと思った。しかし集中治療室にいた頃はもっと酷かっただろう。

桑原が昏睡状態に陥っている原因は、阿部に刺された際の大量出血により脳への酸素の供給が滞ったせいだった。外傷性ショックで意識を失い、完全な心停止には至っていなかったが、私と兼人が阿部のマンションに行かなければ、あのまま桑原は放置されていた可能性は非常に高い。そうなった場合、大量出血が血圧の低下を招き、多臓器不全で亡くなっていただろう。もちろん、私と兼人が桑原を助けてあげた、などと胸を張ることはとてもできない。私たちがすぐに１１０番に通報しなかったせいで、桑原の救助が遅れたのは事実なのだから。

桑原は血液が失われたため全身に酸素が行き届かず、ほとんどすべての臓器にダメージを負ったという。もちろん心臓や肺や肝臓や腎臓も大事な臓器だ。しかし私の勝手な印象だが、それらの臓器が弱ったとしても、まだ人間は個人として生きてゆける。医師の治療によって改善するケースもあるだろう。また決して簡単ではないけれど、いざとなれば臓器移植という手段もある。でも万が一脳にまで取り返しのつかないダメージを受けていたら？

私は持ってきた花を花瓶に生け、パイプ椅子を広げて座った。彼に話したいことは沢山あったけれど、向こうは意識がないのだ。たとえ返事がなくても聞こえているという保証があれば語りかけようという気にもなるけれど、現状、彼の認知能力がどのレベルなのかを確認する術《すべ》はない。

その時、気配を感じて私は後ろを振り向いた。病室のドアは安全のために常に開放されているが、その開いたドアにもたれかかるようにして、一人の女性が立っていた。ジーンズにデニムのジャケットというラフな格好だった。首からじゃらじゃらと下げている光り物のアクセサリーが、圧倒的に病院の雰囲気に馴染まない。いつからそこにいたのだろう、と私は彼女を見返した。

「あなた、銀ちゃんの友達？」

と彼女が言った。一瞬、何のことだか分からなかったが、桑原の下の名前を言っているのだとすぐに気付く。確かに銀次郎という名前だと、ニックネームは自動的に銀ちゃんだろう。

私は立ち上がって、自分の名前を告げた。当然、向こうも名乗るのだろうと思ったが、そんなことは一切なく、ポケットに手を突っ込んだまま病室の中に入ってきて、やはり壁にもたれかかって私と桑原を交互に見ている。煙草でも吸い出しそうな雰囲気だった。

「彼を発見したんです――もっと早く救急車を呼んでいれば、ここまで酷い状態にならなかったかもしれないと、それだけが心残りで――」

と私は言い訳がましく言った。こんなざっくばらんな態度なのだから、彼女は桑原とそれなりに親しい間柄なのだろう。身内なのかもしれない。一方、私といえば、彼の発見者というだけの赤の他人なのだ。彼女の目に私は、突然病室に現れた胡散臭い人間に映っているのではないか、そんな不安が言わせた言葉だった。

「大丈夫、すぐに目が覚めるわ」

「覚めるでしょうか」

覚めるわよ、と言いながら彼女はベッドに近づいてきた。そして桑原の頬をそっと撫でた。

「今まで頑張ってきたんだもの。今はちょっと休憩しているだけ。そうでしょう？」

彼女は語りかけるようにそう言った。私は慌てて、もう一つのパイプ椅子を出して、彼女に座るように勧めた。彼女は桑原を見つめたまま無言で椅子に座った。私のことなど眼中にないのだろうな、と思ったが違った。

「あなたにとって銀ちゃんは大事な人なの？」

と彼女は訊いた。突然そんなことを訊かれて、私は返答に困った。

「さっきも言いましたけど刺された彼を発見して通報したから、それで――」

「それだけの関係？」

私は頷いた。すると彼女はケラケラと笑った。

「そんなことで、わざわざお見舞いに来る？」

確かに見舞いに来るにしては関係が薄いかもしれないが、しかし初対面なのにそんな言い方はないだろう。通報者が心配になって様子を見に来るのがそんなにおかしいだろうか。私は何となく、初めて兼人と会ったあの新橋の夜を思い出した。彼女と兼人は、ある意味で同類だ。初対面の人間に対して臆するところがない。

「桑原さんの、ご家族の方ですか？」

「家族なんかじゃないわ。時々ゲームセンターでゲームをやるだけの仲」

と彼女は嘯いたが、この堂々とした態度は、ただの遊び友達とは思えない。家族じゃなくても、それなりの深い間柄なのではないか。たとえば恋人とか。しかしそれにしては、こんな状態の桑原をまるで心配していないように見えるのが不思議だ。でも悲しみの表現は人それぞれだ。泣いていないからといって、悲しんでいないという理屈にはならない。それは分かるが――。

「この人の持ち物の中に私の連絡先があったから、呼び出されたのよ。それで私は今日、ここにいるの」

彼女のその言い方はやはりあまりにも素っ気なく、彼女が桑原と親密だとは考え難い。わざわざこの人を選んで連絡したということは、携帯電話の電話帳などではないのだろう。もっと特別なもの、仕事用の手帳か何かに連絡先が書き記してあったのだろうか。もしそうだとすると仕事関係だろうか。私はあれこれ考えたが、確信が持てる答えを見つけ出せなかった。

問い質したい気持ちはあったが、私が訊くことじゃないし、訊いたところでまともに答えてくれそうにない雰囲気だったので、いろいろ詮索するのは失礼だ、と私は自分に言い聞かせて好奇心を抑えた。

「どうしてあなたが銀ちゃんを発見したの？」

「桑原さんを刺した阿部って男に呼び出されたんです」

「じゃあ、あなたの知り合いが銀ちゃんを殺そうとしたってこと？」

「いえ、知り合いじゃないんですけど――」

保守党の天野桐人の兄の兼人と恋人の関係――セックスフレンドと言ったほうが正しいだろうか――にあった、と正直に告白する勇気はなかった。だから、ぼやかして話した。

「交際相手の元カレが、阿部だったんです。阿部は彼女に復縁を迫ったんだけれど、彼女はそんな気はなくて――だから阿部と会わされたんです。もうこの人と付き合うからって――」

あの日、なぜ私を呼び出して阿部と会わせたのか意味が分からなかったが、すべてが終わった今では理解できる。阿部は兼人と交際していたのだ。別に私と付き合い始めたから、阿部と別れたという話ではないだろう。兼人なら私と同時に阿部とも付き合うことができただろうから、単に飽きたから捨てたというだけに過ぎない。しかし阿部は兼人と別れることを渋った。だから兼人は駄目押しに私を阿部に会わせたのだ。

もちろんあの時はまだ私は兼人と交際していなかったが、新橋で一度会っただけで兼人は私が自分と同類であることを見抜いたのだろう。誘惑すれば簡単に落ちると。仮にそうならなかったとしても、私を阿部への顔見せのためにあの喫茶店に呼び出すのは全然構わないのだ。その場しのぎで阿部を騙せればいいのだから。私は阿部とはろくに話もしなかったのだから嘘がバレる心配もない。

そしてあの、あいつには気をつけたほうがいいよ、という阿部の言葉。きっと阿部は私に、過去の自分を見ていたのだ。いつか君も僕のように捨てられるよ、と阿部は言っていたのだ。あの時、私は彼に確かに自分の未来を見ていた。だがそれに気付かなかった。そして今の私がここにいる。

「じゃあ、良かったわね」

などと彼女は言った。

「その元カレは今は刑務所。邪魔者がいなくなったってことだから」

私は返事に困った。一人が殺され、もう一人は昏睡状態だ。良かったなどとはとても言えない。それに今は兼人を女性に置き換えて話したが、彼ともう別れてしまったのだから。

「でも、どうして元カレは銀ちゃんを刺して、もう一人のええと――」

「青葉ですか？」

「そう、その人を殺したの？」

私はすぐに答えられなかった。阿部が兼人に捨てられた仕返しに、青葉に兼人が同性愛者だということを密告したのだ。だから兼人は阿部のマンションで青葉と会う際、利奈を連れて行った。利奈と実際に付き合っていようが、肉体関係があろうが、そんなことはどうでもよかったのだ。ただ自分が異性愛者であるとアピールできればいいのだから。

だが青葉は兼人が思う以上に有能だった。青葉が盗撮した写真に写っている私に、阿部は自分を投影したのだろう。もしかしたら、阿部も兼人と一緒にあの映画館に行き、同じことをされた経験があるのかもしれない。それでようやく阿部は自分が何をしたのかに気付いた。たとえ兼人に対する復讐でも、こんなことは決してしてはならなかったのだと。

――。

それで青葉と口論になり、彼を殺した。そして阿部の元にやってきた友人の桑原までも

「ねえ、どうして？」

何も知らない彼女は、子供のように無邪気に訊いてくる。正に子供だと私は思った。先ほどからの態度、その服装、遠慮という言葉を知らない好奇心。だから私は――。

「その恋人の親兄弟は保守党の有名な政治家なんです」

と思わず口走ってしまった。そうしたら、あとはもう止まらなかった。

「保守党はその名の通り右寄りの政党です。伝統や国体、また家族というものを重んじます。日本で同性結婚が認められていないのは、保守党が頑張っているせいもあるでしょう。でも、もし保守党の有名政治家の家族が同性愛者だったら――これは大スキャンダルです。だから青葉も必死に追ったんです。青葉は決定的な場面を写真に撮りました。与党の保守党を嫌っているリベラル系のメディアがこぞって手に入れたがるほどの写真です」

これは後で知ったのだが、青葉が殺された際、私にブラックウィドウのコスチュームを渡した後だろうか、利奈が例の新聞社勤務の伯父さんに事件について相談していたのだ。あんなことの後に関係者が殺された以上、見て見ぬふりはできなかったのだろう。事件の直後は、政治部の記者が青葉のアパートの張り込みまで行ったという。私の元には来なかったから、利奈は私の名前は出さなかったのだろう。それが利奈の唯一の私に対する優しさだった。

「同性愛者？」

彼女は意味が分からないというように、呟いた。

私は言った。

「さっき交際相手のことを彼女と言いましたが、あれは嘘です。俺の恋人は男性です」

何故、その日会ったばかりの、しかも名前も分からない見ず知らずの女にそんな告白をしてしまったのか今でも分からない。だが見ず知らずだからこそ、打ち明けられたということもあるのだろう。もう二度と会うこともない行きずりの女だから。実際、私が桑原の見舞いに訪れたのは、その日が最初で最後だった。彼女が桑原とどういう関係だったのかは分からずじまいだった。きっと永久に謎のままだろう。

青葉と初めて会った時のことを思い出す。彼は私に、兼人とどういう関係なのかをしつこく聞いた。今となっては想像するしかないけれど、もしかしたら既に彼は私のことを兼人の恋人と睨んでいたのではないか。もちろんその時はまだ私と兼人との間には何もなかったけれど、結果的にそうなったのだから彼の読みは正しかったのかもしれない。

「じゃあ銀ちゃんのことも好きなの？」

などと彼女は言った。それで思わず私はベッドの上で静かに息づいている桑原を見やった。今は少し頬に赤みが差しているが、発見した時の、自らの真っ赤な血に塗れている桑原の顔貌は強烈だった。真っ白な頬に血の赤が映えて――。

その時、私は気付いた。桑原の見舞いに来た理由に。私は桑原のあの真っ白で血まみれの顔貌に心魅かれた。見舞いだなんて嘘だった。あの整った顔立ちを、もう一度この目に焼き付けたかっただけなのだ。あの時助けただけの関係なのに、私は桑原を好きになりかけていた。話したこともなく、喋っている姿を一度も見たことのない男にもかかわらず。兼人のことを批判する資格はない。私も兼人のように浮気な男だ。もちろん兼人とは別れてしまったのだから、新しく誰と付き合おうと問題ないのだが、こうも簡単に次の恋人候補を探してしまう自分に私は驚きを禁じえなかった。

思えば最初に兼人に関心を抱いたのは、私と顔立ちが似ているからだった。私は確かに兼人に自分の姿を見た。だから兼人を好きになったのだ。朝、毎日鏡に映る自分の顔を見て、考える。私がもし女に生まれたらどんなだっただろうと。女に生まれ変わるのは無理でも、女の服を着たらどんな感じだろうと。だからあのブラックウィドウのコスチュームに心魅かれた。そして鏡の中の自分を愛するように、兼人を愛したのだ。

その時——。

「ここにいたの⁉」

突然聞こえた甲高い声に私は思わず顔を上げた。中年の女性が病室の入り口に看護師と共に立っていた。看護師は、見つかってよかったですね、と女性に言ってその場を去っていった。女性は看護師に、ご迷惑をおかけして申し訳ありませんと何度も何度も頭を下げていた。

それからずかずかと病室の中に入ってきて、今まで私の話を聞いてくれていたデニムの彼女の前に立った。

「心配させないでよ。事故にでもあったらどうするの？」

「何が悪いの？　だって今日は銀ちゃんに会いに来たんでしょう？」

女性は膝を落とし、デニムの彼女と視線を合わせ、

「ここにはさっき来たでしょう？　さっき桑原さんにサヨナラしたでしょう？」

とまるで子供に言い諭すように話していた。それから私に視線を移し、

「申し訳ありません。桑原さんのご家族の方ですか？」

と私に訊いた。私は突然のことに慌ててしまって、いえ桑原さんを発見して通報した者です、家族ではないです、としどろもどろに答えた。だが女性は通報という言葉を聞いても、さして驚いたり興味をしめした様子はなかったから、社交辞令で訊いただけで、別に私のことなどどうでもよかったのかもしれない。

「娘が何かご迷惑をおかけしなかったでしょうか？」

そうか母娘なのか、そんな得心と共に、

「いいえ、迷惑だなんて、そんな――」

と私は答えた。

「何か話されましたか？」

その質問には答えられなかった。デニムの彼女が子供みたいだったからこそ、ついつい打ち明けてしまったのであって、この母親だったら恐らく私は話をしてはいなかった。しかしここで大した話はしていないと嘘をついても、きっと後で娘は母親に言うだろう。別にもう二度と会うこともないのだから、何を思われても平気だが、あんな話を再びする気にはなれない。

私が答えに窮していると、まるで助け船を出すかのように、母親があまりにも意外なことを言った。

「この子、認知症なんです。いろいろ事情があって——。もし何か話されたとしても、明日になれば全部忘れているでしょう」

私は暫く放心していた。

そうか、そうだったのか——きっと私は、彼女が普通の人間ではないことを、その子供のような態度から感じ取っていたのだ。彼女になら話しても大丈夫と、無意識のうちに悟っていたのだろう。だから私は彼女に——。

その時、彼女は私を指さして、母親に、

「この人、同性愛者なんだって」

と言った。

「ミカっ！」

母親は慌てたふうに、

「何か別のことと記憶を混同しているんです。失礼なことを言って大変申し訳ありません」

と私に対して深々と頭を下げた。彼女の言った、失礼なこと、という言葉が、私の胸に突き刺さった。もちろん彼女は悪気があって言ったわけではないだろうが。

「いいえ、構いません」

と私は答えた。このことで後で彼女――ミカが母親に叱られるようなことにでもなったら可哀想だな、と考えながら。

「桑原さんの前の奥さんがお医者さんで――連絡を頂いたんです。もしかしたら命が危ういかもしれないから、ミカを会わせるなら今のうちだって――」

さっきミカは、この人の持ち物の中に私の連絡先があった、と言っていたような気がする。どっちが正しいのだろうか、と思ったが私には関係ないことだったので、問い質すのは止めておいた。

「幸いにもこうして命を取り留めたようですけど――」

彼女は、ベッドの上の桑原を見つめていた。まるで過去に彼と過ごした時間を回想するかのように。

そして、言った。

「こんな言い方はいけないかもしれませんが、果たして今の状態で良かったんでしょうか？もう目覚めないかもしれないなら、いっそ――」

彼女はそこで言葉を切り、何か続きを言いたそうな素振りを見せたが、結局何も言わずに黙った。続く言葉があまりにも恐ろしかったのだろう。でも、そう思うのは仕方がないかもしれない。私だって考える。あのまま助からないほうがよかったのではないかと。私が阿部のマンションの部屋に足を踏み入れた時、もう彼が死んでいてくれたほうが、通報が遅れたという罪悪感に苦しむことはなかっただろうから。

そんなものだ。みんな自分のために生きている。私も、兼人も、利奈も、阿部も、青葉も、寺島も、こうなる前の桑原も。違うのは多分、ミカだけだ。

私はあのミカという女性が忘れられない。彼女は今回の事件にはまったく関係ない。にもかかわらず彼女の記憶は兼人や利奈や阿部や青葉や寺島のような事件の関係者と同じくらいの重みを持って、私の中に存在している。

恐らくそれは、私にとって彼女が、まるで最後の最後に現れるべくして現れた天使のように感じられたからかもしれない。私はミカに秘密を打ち明けていたのではなかった。私の中のもう一人の自分をミカに投影していただけなのだ。ミカが認知症かどうかなんて関係なかった。もう二度と会うこともない他人だからと思って、私は彼女にすべてを話したのだから。

もちろん、認知症のような病気に苦しんでいる患者を、まるで無垢な天使のようにとらえる危険性は十分分かっている。そんなものは健康な人間のエゴに他ならないのだから。でも私は兼人のことを愛するたび、自分の心はどこかおかしいのではないか、そんな恐怖に苛まれた。もし母に私のこの秘密を打ち明けたら、きっと母は泣くだろう。自分の腹違いのきょうだい、それも男同士にもかかわらず通じたのだから。心がおかしくなったと思われるに違いない。そんなものだ。今の日本では私のような人間を決して認めてはくれないのだから。ならばミカのように本当に心が壊れてしまったほうが、どんなに楽だろう。

女の子の服を着たいと思ったことは一度もない。女の子の遊びに夢中になったことも。ただ中学、高校と思春期を迎えても、私はクラスの女子を好きになったことはなかった。女子の友達は少なくなかったにもかかわらず。仄かな恋らしきものを感じたこともあったが、所詮錯覚だったことは兼人と出会って気付いた。男は女を好きになるものだという固定観念から、女子に対する友情を恋だと錯覚しただけなのだろう。

中高時代の女子は私を男として見ていなかった。利奈もそうだ。決して男の本性を剝き出しにしない、安全な友達として私と付き合っていたに過ぎないのだ。私とて彼女らには性的な意味での関心はなかったので、それで一向に差し支えなかった。

ずっと本当の自分になりたいと思っていた。今の自分はかりそめの自分で、どこかに本当の自分がいると。だから私は、母に天野猛が父親だと聞かされて、やはり、と思わずにはいられなかった。でもそれも錯覚だった。血の繋がりがどうだとか、親がどうだとか、そんなかかわり合いとは一切無縁の、女を愛せない男が私の正体だったのだ。

私はキャプテン・アメリカを演じているクリス・エヴァンスに憧れた。その理由を、自分も彼のような強く頼れる男になりたいから、と思っていた。でもそうではなかった。私は彼のような見目麗しい男に抱かれたいと思っていたのだ。そして兼人が私を目覚めさせた。兼人のような経験豊富な年上の男に、心を巧みにほぐされ本性を白日の下に曝け出された。人を愛し、彼が与えてくれる快感に打ち震えるたび、私は自分の心を恐れた。そして女の服を、ブラックウィドウのコスチュームを着てみたいと初めて思った。そうすれば少なくとも見かけは普通の恋人同士になれると思ったから。

今でも時々、あの服を引っ張り出して鏡の前で着てみることがある。そして一人微笑んでみる。女に見えるだろうかと、思う。この格好で日ノ出町の映画館に向かい、男たちに犯される自分の姿を想像する。そしてあそこに行けば、また兼人と出会えるかもしれない。国政選挙に出馬するようになった彼があういう場所で行きずりのセックスにふけるなんて現実的ではないかもしれないが、想像は自由だ。

私は再びあそこで兼人と出会う。心を通じ合わせなくても、身体を重ねることはできるのだから。そして兼人に貫かれながら、暗闇から伸びてくる無数の兼人の手によって全身をまさぐられる。実際は汚い中年の男たちの手なんだろうけど、想像は自由――。

兼人と過ごしたあの数ヶ月を、私は生涯忘れることはないだろう。あんなふうに扱われても、結局私は兼人のことを愛していたのだから。私に自分がどんな存在なのか自覚させた男。私の想い人。夢の中、私は毎晩兼人に犯される。そして快感に打ち震えるたび、私はどんどん女になってゆく。女の翼を広げて大空に飛び立つ。たとえそれが幻想の翼であっても、イカロスの翼のように溶けて落下する運命であっても、想像と夢の中では私はどこまでも自由でいられる。そうだ。私を犯している男は兼人ではない。保身のために保守党に寝返った、あんな裏切り者の男はもういらない。私と繋がるべき男は桑原だ。桑原が結局どうなったのかは、分からない。あのまま亡くなったのかもしれないし、今も昏睡状態が続いているのかもしれない。でももし回復しているのならば、いつか自分を助けてくれた礼を言いに、私の元に現れるかもしれない。

そうなったら、素敵だな、と思う。

兼人が本当にカミングアウトして野党から出馬したら世論の流れも少しは変わったかもしれないが、彼にはそんな勇気はなかった。今後も事あるごとに保守党から出馬し、やがて女性と結婚して倖せな家庭を作るに違いない。それが無難な生き方なのだから。でも私はそんな兼人の倖せを祈れない。兼人が私の倖せを祈ってくれたことが一度でもあるだろうか？私だけじゃない。彼は阿部の倖せも、利奈の倖せも、そしてこの国の人々の倖せも祈らないだろう。もちろん私は彼の人となりをすべて知っているわけではない。だが、野党から出馬したいなどと格好つけていた彼を知っているだけに、裏切られた気持ちは一生消えることはない。阿部や青葉や桑原を不幸にしてきた兼人が、どうして日本に暮らす国民を倖せにできると言うのだろう？

天野猛も、私の母もまだ元気で、天野家の財産の相続権のことを考えなければならないのは大分先になるはずだ。いっそ私も出馬しようかとも思う。もちろん野党からだ。有名政治家の愛人の子供が立候補するなんて前代未聞だろうが、話題性だけは抜群だ。もしかしたら勝ち目は十分あるかもしれない。いつか野党が私の存在を知って打診してくる可能性だってある。もしまた兼人が出馬することがあったら、その選挙区に住民票を移して兼人の対立候補として立候補するのも悪くない。それが彼に対する私の復讐だ。

自分が政治家になるなんて考えたこともなかった。実現するかどうかも怪しいだろう。しかし想像は自由なのだ。

　でも万が一、政治家になれたら――その時は、誰かに頼るのではなく、自分から進んでこの国を変えてゆきたいと思う。私のような人間が胸を張って生きられる世界に。誰にも気兼ねなく、愛する人間と繋がれる世界に。それが私の革命だ。敵はあまりにも強大で勝ち目があるとは思えないが、挑戦してみたい。たとえこの命が尽きたとしても、私はきっとそのために生まれてきたのだと、そう思うから。

この作品は書き下ろしです。原稿枚数464枚（400字詰め）。

彼女《かのじょ》の倖《しあわ》せを祈《いの》れない

浦賀《うらが》和宏《かずひろ》

平成26年4月10日　初版発行

発行人――石原正康
編集人――永島賞二
発行所――株式会社幻冬舎
〒151-0051東京都渋谷区千駄ヶ谷4-9-7
電話　03(5411)6222(営業)
03(5411)6211(編集)
振替00120-8-767643
印刷・製本―図書印刷株式会社
装丁者――高橋雅之

幻冬舎文庫

ISBN978-4-344-42175-2　C0193　う-5-6

幻冬舎ホームページアドレス　http://www.gentosha.co.jp/
この本に関するご意見・ご感想をメールでお寄せいただく場合は、
comment@gentosha.co.jpまで。